Vals

Abonneer u nu op de Karakter Nieuwsbrief.
Ga naar www.karakteruitgevers.nl en:
* ontvang maandelijks informatie over de nieuwste titels;
* blijf op de hoogte van speciale aanbiedingen en
kortingsacties;
* én maak kans op fantastische prijzen!
www.karakteruitgevers.nl biedt informatie over al onze boeken,
Nova Zembla-luisterboeken en softwareproducten.

Sasha Otten

Vals

Karakter Uitgevers B.V.

© Sasha Otten
© 2008 Karakter Uitgevers B.V., Uithoorn
Omslag: Studio Marlies Visser
Afbeelding omslag: Rijksmuseum Amsterdam
Opmaak binnenwerk: ZetSpiegel Best

ISBN 978 90 6112 038 4
NUR 305

'Begraaf uw doden diep in uw hart.'
– Marianne van Oranje Nassau

Met gebogen hoofd staat ze naast het bed. Het gesnik van Annemarie gaat haar door merg en been. In een machteloos gebaar legt ze haar arm om de schouder van haar vriendin. Het voelt als verraad.

Het kleine lijfje in het veel te grote bed ziet er kwetsbaar uit. Het is omringd door slangen en een groot deel van het gezichtje gaat schuil onder het beademingsapparaat. Met regelmatige tussenpozen wordt lucht in de kleine longetjes gepompt, waardoor het lijkt of het meisje rustig ligt te slapen. Maar schijn bedriegt. In het ziekenhuisbed vecht Eefje voor haar leven.

Het is mijn schuld, is het enige wat ze kan denken. Een verschrikkelijke gedachte, die – sinds dat sms'je en Peters telefoontje over het tragische ongeval – haar denkwereld bepaalt. Het is mijn schuld.

Maar hoe had ze ooit kunnen vermoeden dat die valse bitch bereid zou zijn om zó ver te gaan?

I

I

Ze kijkt op de wekker. Tien over tien.

Maandagochtend.

Hoe lang is het geleden dat ze de luxe heeft gehad om de hele ochtend in bed te blijven? En nog wel op een werkdag? Ze kan het zich niet meer herinneren. De afgelopen maanden hebben onafgebroken in het teken gestaan van rennen en racen. Vroeg op, laat thuis en weinig slapen.

Diana geeuwt ongegeneerd, staat zuchtend op en loopt naar de gang. Ze pakt de krant van de deurmat en stapt weer in bed.

De afgelopen maanden is ze elke dag om halfzes opgestaan om rond halfzeven in de auto te zitten. In een poging de eindeloze files op de A1 voor te zijn. Wat echter in negen van de tien gevallen vergeefse moeite was. Ze zal zich nu wel twee keer bedenken voordat ze opnieuw een grote interimklus in het oosten des lands aanneemt. Forenzen van Amsterdam naar Apeldoorn: er is gewoon geen beginnen aan.

Met een knopje zet ze haar bed in de leesstand. Ze trekt het bovenste kussen achter haar rug vandaan en schudt het op. Dan duwt ze het weer terug en wiebelt net zo lang met haar bovenlichaam tot ze zich naar haar zin heeft genesteld.

Ze kijkt weer op de wekker. Tien voor halfelf. En nog steeds maandagochtend. Ze glimlacht om deze schandelijke uitspatting. En bekijkt de koppen op de voorpagina.

Geen spannend nieuws vandaag. Ze laat de krant op de grond vallen en reikt naar de stapel tijdschriften naast haar op het bed. Ze trekt de bovenste *Elsevier* ertussenuit. Hmm, deze is van week 35, dat is meer dan twee maanden geleden! Is het dan echt waar dat zij, Diana Dubois, de grootste nieuwsjunk aller tijden, in geen maanden de bladen heeft bijgehouden?

Ja natuurlijk, elke ochtend was er – tussen twee happen muesli door – teletekst. Maar dat geldt natuurlijk niet als volwaardige bron van informatie. En 's avonds, als ze rond negenen uitgeput thuiskwam, was ze gewoon té bekaf om zich nog druk te maken over de dingen die in de wereld spelen. Dan kon ze alleen nog maar een diepvriespizza aan.

Maar dat gaat nu allemaal veranderen.

Ze bladert wat door het tijdschrift, maar vindt geen van de artikelen de moeite waard om te lezen. Misschien nog niet eens zoveel gemist, de laatste tijd. Ze gooit het blad naast zich op de grond en pakt een volgend magazine. *HP/De Tijd.* Van vorige week. DE CORPORATE PIKORDE. TOP 40 VAN HET VADERLANDSE ZAKEN-LEVEN. WIE HEEFT DE GROOTSTE? staat in vette letters op de cover. Altijd leuk, zo'n vergelijkend warenonderzoek. Even kijken op welke positie haar Apeldoornse opdrachtgever staat. Goede graadmeter voor de populariteit van de Veluwse verzekeraar. En voor de marktwaarde van Ronald Haverkamp, wiens zakelijke rechterhand zij de afgelopen maanden is geweest.

Snel scant ze het artikel. Ron staat op zevenendertig. Met zijn nummer in het rood. Wat betekent dat hij een 'daler' is en geen 'stijger'. Jammer voor Ronnie en zijn polissen. Voltooid verleden tijd.

Gek eigenlijk dat ze zich daar geen moment druk om maakt. Niet om wat ze heeft afgesloten, maar ook niet om de toekomst. Dat er niet van tijd tot tijd paniekscheuten door haar maag flitsen als ze denkt aan de tijd die komen gaat, zoals tot voor kort eigenlijk altijd wel gebeurde. Vooral als er niet direct een nieuwe klus in het verschiet lag. De typische freelancer-angst dat je bent vergeten, of dat je telefoon kapot is, en dat je nooit meer aan de bak komt.

'Ben ik soms veranderd?' vraagt ze zich hardop af. Dat kan haast niet anders. Misschien ligt het aan haar leeftijd. Vijfendertig. Ouder en wijzer.

Ze bladert terug in de *HP*. Naar de top drie. Op één staat Patrick Groothof van Koninklijke Laurens, de onbetwiste marktleider in cosmetica en schoonheidsproducten. Net zoals vorig jaar.

Geboeid bestudeert ze zijn foto.

Die moet deze zomer genomen zijn, want hij staat er gebruind op onder een stralend blauwe hemel. Aan het stuurwiel van een donkerblauwe sloep op de Loosdrechtse Plassen. Met zijn regelmatige gelaatstrekken kan hij doorgaan voor een Amerikaanse filmster. Maar het meest opvallende aan hem zijn zijn ogen. Indringende ogen van een zeldzaam violetblauw. Hypnotiserende ogen.

Hoe oud zou hij zijn? Ze schat tien jaar ouder dan zij. In de tekst leest ze dat hij achtenveertig is. En getrouwd. Met een zeventien jaar jongere actrice.

Xenia.

Nooit van gehoord. Haar voornaamste wapenfeit is een gastrolletje in een dagelijkse soapserie in de vooravond. Vandaar.

Normale mensen staan dan altijd in de file.

Ineens dringt tot haar door dat dat voorlopig niet meer zo zal zijn. En dat ze de komende tijd elke avond naar elke gewenste soap zal kunnen kijken. Met ingang van vanavond. De eerste stap in haar nieuwe leven zal de kennismaking zijn met actrice Xenia Groothof, de eerste BN'er in haar nieuwe sociale kringetje.

En via haar misschien Patrick? Hmm, niet aan denken.

Weer een geeuw. Een gedachte kruipt haar hoofd binnen. Ergens in haar achterhoofd blijft hij hangen. Het is een vage gedachte en in eerste instantie drukt ze hem met gemak weg.

Maar hij vecht terug. Zo gemakkelijk raakt ze hem niet kwijt. Hij begint door haar kop te spoken. Wint aan kracht en neemt langzaam bezit van haar hele hoofd.

'Vrij?' mompelt ze voor zich uit.

Nu ze het heeft gezegd, lijkt het ineens heel echt. En niet eens zo onmogelijk.

En op dat moment neemt Diana een besluit. Om nu eens echt een langere periode vrij te nemen. Om eens helemaal op adem te komen en de boeken te lezen die haar al maanden verwijtend aan liggen te staren. Maar wat belangrijker is, om eens uitgebreid de tijd te nemen om goed na te denken wat ze wil met haar leven.

Ineens staat haar heel duidelijk voor ogen wat ze de laatste tijd heeft gemist.

Verdieping. Zingeving. De dingen waar het in dit leven écht om draait.

Vijfendertig is ze nu. Welbeschouwd al halverwege. En al haar klokken tikken maar door.

De biologische natuurlijk, iets wat niet valt te ontkennen, want daar word je als vrouw voortdurend op gewezen.

Ze voelt echter dat niet alleen haar lichaam verandert. Ook haar geest. Dat ze andere dingen belangrijk gaat vinden. Andere prioriteiten gaat stellen. Dat blijkbaar ook haar geestelijke klokwerk aan groot onderhoud toe is.

Te lang heeft ze de spirituele kant in zichzelf genegeerd. Te lang heeft ze alleen maar doorgejakkerd omdat ze dacht dat de wereld dat van haar eiste. Omdat er geld moest worden verdiend. Het netwerk moest worden onderhouden. En de leegte gevuld. De leegte die is achtergebleven na haar besluit om bij Dick weg te gaan. Dat is nu alweer... God, is het echt bijna twee jaar geleden? De onaangename herinnering aan hun scheiding staat nog zo haarscherp in haar geheugen gegrift dat het veel korter lijkt. De slopende ruzies die eraan voorafgingen. De slepende juridische strijd om de financiële afwikkeling van hun huwelijk. Zo verschrikkelijk allemaal dat ze zich met nog grotere energie op haar werk heeft gestort, zichzelf erin heeft verdronken.

Ergens vandaan klinkt een gedempte ringtone. Geconditioneerd als ze is, begint ze wild te graaien in de chaos van papier en beddengoed. Te laat ontdekt ze dat haar mobieltje naast het bed ligt, onder haar kimono, en zelfs een wanhopige duikvlucht kan haar niet meer redden. 1 GEMISTE OPROEP, meldt het schermpje, maar niet lang daarna klinkt de bevrijdende klank van de voicemail. Ze herkent het nummer niet direct.

'Hé, Diaan, met Albert-Jan. Van TopSelexz. Zou je me snel terug willen bellen? Ik heb een klant die erg in je geïnteresseerd is. En ik denk jij ook wel in hem. Superbedrijf. Beursgenoteerd. Helemaal jouw dingetje. Hoor ik van je? Bye!'

TopSelexz, het grootste headhuntersbureau van de Randstad. Tja, net nu ze besloten heeft om voorlopig geen werk meer aan te nemen. Albert-Jan moet maar eventjes wachten.

Maar… superbedrijf… beursgenoteerd?

Ergens begint iets te kriebelen.

2

'TopSelexz.'

'Albert-Jan? Met Diana Dubois.'

'Hé, Diaan, goed van je te horen. Ik heb net bij je ingesproken.'

'Ja, ik hoorde je bericht. Klonk op zich goed, maar ik hoop niet dat je iets spannends voor me hebt. Ik ben net toe aan een paar maandjes vrij.'

'Ben je vrij? Dat komt prachtig uit. Dan kunnen we vanmiddag vast wel een drankje doen in het Amstel Café. Is vier uur oké?'

'Nou, weet je, ik...'

'Fijn! Spreek je straks en zal je dan alles vertellen over een fantastische kans die ik voor je heb. Bye-bye!'

Overrompeld zakt Diana terug in de kussens. Vanmiddag vier uur. Op haar eerste dag vrij laat ze zich er met het grootste gemak in luizen.

Ze blijft nog even liggen, maar het goede gevoel van daarnet is bedorven. Ze besluit maar op te staan en loopt in haar kimono naar de keuken voor een espresso.

De rest van de ochtend tut ze wat rond in huis. Ze checkt haar mail, plukt wat dode blaadjes uit de ficus naast de breedbeeldtelevisie en haalt even een vochtig doekje over de plinten in de hal. Waar betaalt ze die werkster eigenlijk voor? Zoveel hoeft ze toch ook weer niet te doen in dit supermoderne penthouse waarin nauwelijks wordt geleefd!

Rond twaalven begint haar maag te rommelen en scharrelt ze wat rond in de keukenkastjes, op zoek naar iets eetbaars. Een aangebroken pak volkorenknäckebröd. Een half bakje hüttenkäse. En de eeuwige muesli. Niet echt het type lunch waaraan ze gewend is, maar ze zal het ermee moeten doen.

Daarna staat ze een hele tijd uit het raam te staren. Onder haar raast het verkeer voort en hoog in de lucht cirkelen wat meeuwen rond, maar ze hoort en ze ziet niets.

En dan is het zomaar ineens drie uur.

Amstel Café, denkt ze, toch maar even iets representatiefs aantrekken. Is niet echt een plek voor een spijkerbroek.

Tegen vieren trekt ze de voordeur achter zich dicht en wandelt ze richting Amstel Café. Met tegenzin.

Waarom doe ik dit eigenlijk, denkt ze. Waarom laat ik mijn leven altijd en immer door anderen bepalen? Ik moet me schrap zetten, me niet meteen laten verleiden om weer een nieuwe opdracht te accepteren. Ik heb die paar maanden vrij echt verdiend.

Ondanks deze gedachten, die maar door haar hoofd blijven dwarrelen, geniet Diana van de najaarszon op haar gezicht. Het is een mooie dag voor begin november. Als dit weer aanhoudt, dan worden het heerlijke vrije dagen de komende tijd! Genieten van een prachtige herfst, daar verheugt ze zich nu al op en het sterkt haar in haar beslissing om tegenover Albert-Jan haar poot stijf te houden. Ik ben echt gek als ik geen vrij neem, denkt ze. Punt uit.

Albert-Jan zit er al. Strak in het pak, zoals altijd. Op het moment dat ze hem ziet, herinnert ze zich weer waarom ze hem eigenlijk helemaal niet mag. Het is een mooie jongen, maar hij is haar te glad, te gemaakt. En ze heeft hem er nog nooit op mogen betrappen dat hij ook maar één seconde naar een ander luisterde. Daarvoor vindt hij zichzelf gewoon te interessant.

Met een joyeus gebaar begroet hij haar. 'Kom, we gaan nog even op het terras zitten. Kan nog net qua temperatuur. Laatste kans dit jaar.'

Zonder haar reactie af te wachten loopt hij naar buiten. Vlotte jongen.

Op het terras vinden ze een zonnig plekje met een fabuleus uitzicht over de Amstel. 'Sancerre?' vraagt Albert-Jan. En voor ze de kans krijgt, heeft hij al besteld. Ze wordt gek van die vent, maar heeft de fut niet om ertegen op te treden.

'Sorry, ik sta in de vakantiestand,' zegt ze terwijl ze een sigaret opsteekt. 'Heb een paar versnellingen teruggeschakeld nu mijn klus erop zit. Ik ben leeg. Ik heb maandenlang keihard gewerkt in Apeldoorn. Ik verbaas me er zelfs over dat ik nu hier met jou zit. Ik heb mezelf echt voorgenomen een flinke time-out te nemen.'

'Ach, dat is toch niks voor jou,' glimlacht Albert-Jan. 'Jij moet in het spel blijven, midden in het leven. Je gaat je doodvervelen en je wordt diep ongelukkig als je thuis naar de geraniums gaat zitten staren. Bovendien heb ik de leukste baan voor je die zich op jouw vakgebied kan voordoen. Een unieke kans die je maar één keer in je leven in de schoot wordt geworpen. Dus ik ben blij dat we even kunnen praten.'

Wantrouwig kijkt Diana hem aan. Het bekende verkooppraatje. Hij wil immers zo snel mogelijk een factuur sturen naar zijn opdrachtgever. Klus geklaard. Volgende patiënt.

'Heb je de *HP* van vorige week gelezen?' vraagt Albert-Jan.

'Ja, toevallig vanochtend doorgebladerd,' antwoordt ze, nog steeds op haar hoede.

'Dan heb je vast wel gezien wie er weer op nummer één staat in de top veertig van de absolute top van dit moment,' glundert hij.

'Groothof? Patrick Groothof?' zegt Diana aarzelend. 'Van Laurens?'

'Van Kóninklijke Laurens,' zegt Albert-Jan.

Hij ziet nieuwsgierigheid in Diana's ogen en schakelt snel door. 'Mijn opdrachtgever is niemand minder dan Patrick Groothof van Koninklijke Laurens B.V. En weet je wat nog veel mooier is: hij wil niemand anders dan jou!'

Als een bliksem dringt de ironie van de situatie tot haar door. Patrick Groothof. Vanochtend nog had ze in bed dubieuze fantasieën over hem en nu beweert Albert-Jan dat hij háár wil! Ze schiet in de lach. 'Míj? Maar ik ken die goede man helemaal niet... en... en hij mij ook niet,' brengt ze met moeite uit.

Albert-Jan kijkt haar gepikeerd aan. Voelt zich duidelijk niet serieus genomen.

'Kennelijk heeft hij over jou gehoord,' zegt hij op verongelijkte toon. 'Want hij heeft ons specifiek gevraagd jou te polsen.'

Dan herpakt hij zich en gaat verder op hetzelfde verkoperstoontje van daarvoor. 'Voor een fantastische baan. Hoofd Zakelijke Communicatie. Standplaats Wassenaar. Een prachtige kantoorvilla, op een megalandgoed. Veel reizen, een staf van acht personen, een hele serie glamourproducten, beursgenoteerd, alles wat jij wilt en waar je goed in bent.'

Ze steekt een nieuwe Marlboro Light op, want het wordt haar even te veel.

'Jeetje, Albert, wat een slechte timing. Dat dit juist nu voorbijkomt. Ik wil eigenlijk niet. Het klinkt als een droombaan, maar ik heb echt besloten nu even niets te doen.' Ze neemt een stevige trek van haar sigaret en staart naar de omhoogkringelende rook.

'En ik had me eigenlijk voorgenomen om—'

'Maar je kunt toch wel een keer met de man práten?' onderbreekt Albert-Jan haar. Hij is ervaren genoeg om aan te voelen dat haar verdediging langzaam zwakker wordt. Hij gooit er nog een schepje bovenop. 'Alleen praten kan geen kwaad. Het is alleen al geweldig om eens met die man kennis te maken. Die kans laat je toch niet voorbijgaan?'

In gedachten ziet Diana de foto van Patrick in zijn sloep op de plas. Wel spannend om hem een keer te ontmoeten. Hoewel... hoe heette dat vrouwtje van hem ook alweer? Die soapactrice met die rare naam?

Nou ja... praten kan nooit kwaad.

'Ik zal er even over nadenken. Ik zit vol andere voornemens. Ik weet het niet. Als ik ga praten schept dat toch verwachtingen. Ik kan bij zo'n man toch niet vrijblijvend op de thee gaan?'

'Ik garandeer je dat je er geen spijt van krijgt. En je hoeft echt niet meteen ja te zeggen.' Albert-Jan beseft dat zijn vis heeft toegehapt. Uit ervaring weet hij dat Diana nooit opgewassen zal zijn tegen deze verleiding. Hij moet haar alleen maar zover zien te krijgen dat ze het gesprek met Groothof aangaat. En hij weet dat die alles in de strijd zal gooien om haar binnen te krijgen.

Dat kun je rustig aan hem overlaten.

Diana neemt nog een slokje van haar sancerre. De verwarrende gedachten steken opnieuw de kop op. Ze zou toch een tijdje over haar eigen agenda beschikken? Ze heeft toch een lijst met duizend dingen gemaakt die er nooit van komen?

Maar Patrick Groothof ontmoeten is ook een buitenkans. En zo'n baan komt inderdaad maar één keer in je leven voorbij. Misschien is het wel haar lot. Misschien is ze niet op de wereld gezet om met de handen in de schoot te zitten. Waarom komt dit anders nu op haar pad?

'Vooruit dan,' zegt ze aarzelend. 'Alleen kennismaken. Vrijblijvend. Wil je dat er nadrukkelijk bij zeggen? Ik wil niet dat die man denkt dat ik echt daar kom werken.'

'Natuurlijk,' zegt Albert-Jan stralend. Hij weet dat de buit definitief binnen is. 'Ik zal snel een afspraak maken. Zullen we nog even iets lekkers bestellen om je vakantie te vieren?'

In gedachten verzonken stemt Diana toe. Ze heeft er meteen spijt van. Laat ze weer een ander over haar tijd beslissen.

En dat ze nu nog wel een tijdje aan Albert-Jan vastzit, weet ze uit ervaring.

Maar ach, ze heeft geen andere plannen voor vandaag.

Dus langzaam laat ze de wijn haar verwarring wegspoelen.

3

Met een wild gebaar smijt Xenia haar servet op tafel. 'Jij klootzak,' sist ze tussen haar tanden. 'Ongelofelijke eikel dat je bent.'

Hij weet dat het slechts een kwestie van tijd is voordat de mensen om hen heen verbaasd zullen opkijken. Want de scène die nu gaat volgen, kan hij dromen.

Haar ogen spuwen vuur en haar bloedrode nagels knijpen woedend in het tafelkleed. Hij weet dat ze op haar volgende move zit te broeden en dat ze elk moment kan exploderen. Als een vulkaan die op het punt van uitbarsten staat.

Hij neemt een slok van zijn wijn. Overweegt wat hij het best kan doen. Met haar in discussie gaan, haar duidelijk maken dat ze zich vergist? Of haar proberen te sussen, trachten de bui over te laten drijven? Om daarna zo snel mogelijk af te rekenen en het restaurant te verlaten. Hij probeert het met een voorzichtig lachje. 'Nounou. Wat een lelijke woorden. Heb je die van je broers geleerd?'

Dat is voor haar de druppel. Ze explodeert.

'Arrogante bal dat je bent. Je doet nog niet eens je best om een leugen te verzinnen.' De woorden klinken afgebeten. Haar stem net iets harder dan spreektoon. 'Het kan je geen moer schelen dat de hele wereld doorheeft waar je mee bezig bent. En dat je mij daarmee voor gek zet.'

Hij ziet dat de mensen aan de tafels naast hen elkaar aankijken.

En weet dat ze er een moord voor zouden willen doen om nu ongegeneerd hun kant op te kijken. Zoals ze dat eigenlijk de hele avond al zouden willen doen, als de goede smaak dat niet zou verbieden. Het is nou eenmaal not done om openlijk naar een bekende Nederlander te kijken. Dat hoort in het geniep te gebeuren, met zo nu en dan een korte, schichtige blik.

In de lange, smalle spiegels aan de muur zitten ze naar Xenia te gluren. De eigenaar van Le Hangar heeft die niet voor niets langs alle wanden op ooghoogte laten aanbrengen.

Xenia is inmiddels in een heftige worsteling met haar tasje verzeild geraakt. Een cigarillo heeft ze te pakken, maar haar aansteker heeft zich blijkbaar in de diepte genesteld. Plotseling geeft ze de strijd op. Kijkt hem weer aan. In een ratelend tempo begint ze te praten. Ze struikelt bijna over haar woorden.

'Maar het is genoeg. Ik heb er genoeg van. Ik hou ermee op. Ja, dat doe ik! Jij kunt wat mij betreft barsten. Ik hoef je niet meer. Ik ben het zat. Het is over. Ik heb genoeg van je. Hoor je? Genoeg! Ik heb een hekel aan je. Ik... ik háát je!' De laatste woorden krassen door de ruimte. Het is opeens opmerkelijk stil in het restaurant.

Maar tot haar dringt dat niet door. Nu haar accu zo is opgeladen is ze elke feeling met haar omgeving kwijt. Complete kortsluiting.

'Heb je me gehoord? Ik háát je!'

Hij blijft zwijgen. Wat hij nu ook doet, het maakt toch niets uit. Hij kan alleen maar hopen dat er hierbinnen niemand van de bladen zit. Dat ze buiten staan, dat weet hij. Hij heeft ze gezien toen ze naar binnen gingen, met hun lenzen in de aanslag.

Ze schuift met een ruk van de tafel af en wil opstaan. Maar de punt van haar sjaal zit vast onder een poot, zodat de stoel met een klap achterovervalt.

Slechts een enkeling in de zaak heeft nu nog de zelfbeheersing om niet te kijken. Wie wil er nou een moment van deze fantastische show missen?

'Weet je wat jij kunt, Patrick Groothof? Jij kunt voor mijn part dood neervallen.'

Ze draait zich om en wankelt naar de garderobe. Niet op haar allerelegantst.

Als ze even later met haar jas aan langsloopt op weg naar de uitgang, blijft ze een moment naast hem staan. 'Hartstikke dood!' krijst ze. Dan slaat de deur met een klap achter haar dicht. Wat kan hij anders doen dan blijven zitten en de ober om de rekening wenken? Hij kan alleen maar hopen dat als hij straks thuiskomt, ze een beetje gekalmeerd zal zijn. Soms is zo'n aanval van wantrouwen en achterdocht van korte duur. Maar het kan ook langer duren. Veel langer.

Met een oude vriend uit zijn jaarclub, nu hoofd Psychiatrie in Enschede, heeft hij het wel eens over die extreme stemmingswisselingen van Xenia gehad. Diens reactie was natuurlijk dat hij geen zinnig woord over haar kon zeggen zonder haar zelf eerst te observeren, maar hij heeft Patrick wel op een spoor gezet. Sinds die tijd begrijpt hij dat Xenia duidelijk trekjes vertoont van iemand die lijdt aan een ernstige persoonlijkheidsstoornis. Haar extreem wisselende buien. Haar agressie. Haar drang om dingen kapot te maken. Hij heeft er zich toen verder in verdiept en is al snel de term 'borderline' tegengekomen. Een ernstige vorm van persoonlijkheidsstoornis die eigenlijk alleen met medicijnen behandeld kan worden. Maar daarmee hoef je bij Xenia beslist niet aan te komen.

Als de ober even later terugkomt met zijn creditcard, buigt hij zich licht voorover.

'Neemt u me niet kwalijk, maar ik denk dat mevrouw buiten op straat uw hulp nu even nodig heeft,' fluistert hij discreet.

Patrick zucht diep, zet zijn krabbel op de bon en steekt de portefeuille terug in zijn binnenzak. Dan staat hij op, laat zich in zijn jas helpen en loopt naar buiten om de schade op te nemen.

4

'Wat ík daarvan vind?' Annemarie stopt even met snijden, kijkt haar aan, en richt dan haar aandacht onmiddellijk weer op de prei. 'Ik zou je echt voor gek verklaren als je het niet zou doen.' Met razendsnelle, korte bewegingen hakt ze verder.

Diana, die naast haar op het aanrecht zit, slaat haar handelingen gebiologeerd gade. Zo snel en geroutineerd heeft ze nog nooit iemand groente zien schoonmaken. Alleen op tv. Annemarie snijdt haar prei met de nonchalante flair van een presentator van zo'n trendy kookprogramma. Annie als *The Naked Chef*.

Als de hele prei in keurige, gelijke schijfjes voor haar ligt, kijkt Annemarie haar opnieuw strak aan.

'Mag ik voor het gemak even samenvatten wat ik tot nu toe van je gehoord heb?' Ze steekt het vervaarlijk uitziende mes omhoog en telt ermee af op de vingers van haar linkerhand. 'Eén: je hebt zojuist een fantastisch aanbod gekregen van een topbedrijf, voor een functie waarvan alle andere vrouwen in dit land alleen maar kunnen dromen. Twee: het bedrijf in kwestie is het grootste cosmeticaconcern van Europa. Een droomwereld vol glamour dus! En drie: je baas wordt de man die niet alleen de meest charismatische en inspirerende topmanager van ons land is, maar ook nog eens een superlekker ding. Ik herhaal: als je die baan niet neemt, verklaar ik je compleet voor gek.'

Helemaal opgewonden door deze tirade grijpt ze een volgende

preistengel en valt erop aan. 'Of zit je liever in een bloemschikklasje met een groep overblijfmoeders?'

'Natuurlijk niet, en daar gaat het ook helemaal niet om. Dat weet jij ook wel,' antwoordt Diana, terwijl ze in haar tas graait op zoek naar haar sigaretten. Net als ze er een uit het pakje wil halen, herinnert ze zich dat ze van Annemarie in huis niet meer mag roken. Niet sinds de geboorte van Evelien, die last heeft van een ernstige aandoening van de luchtwegen. Ze laat het pakje vallen en neemt een slok van haar chablis. Binnenshuis drinken mag gelukkig nog wel.

'De vraag waar ik mee zit, is of ik er nou wel goed aan doe om gelijk weer in de volgende baan te stappen. Net op het moment dat ik eigenlijk besloten had om eens een tijdje niks te gaan doen. Niet alleen om weer eens even op adem te komen, maar vooral omdat ik het tijd vind om eens goed na te denken over wat ik aan het doen ben en hoe ik verder wil. En als ik heel eerlijk ben, komt de gedachte dat ik me volgende week heerlijk laat verwennen op de Malediven me heel wat sympathieker voor dan het idee dat ik me weer aansluit in het grauwe leger der filerijders.'

Vol bewondering bestudeert ze de kookverrichtingen van Annemarie, die nu met de platte kant van het mes een aantal teentjes knoflook staat te pletten.

'Trouwens, sinds wanneer kun jij eigenlijk zo goed koken?'

'Ontzéttend leuke workshop gevolgd,' antwoordt Annemarie, terwijl ze met een geblokte theedoek de gietijzeren wok boven het vuur heen en weer schudt, waarbij de vlammen hoog opslaan. 'En weet je bij wie? Ach nee, die ken jij vast niet. Heeft overdag zijn eigen kookprogramma op SBS. De Nederlandse Jamie Oliver.'

'O, die Surinamer van *Born to Cook*. Hoe heet die ook alweer? Ramon Beuken of zoiets, toch? Ramon Beuken, om mee te hmhm in de keuken.' Diana grijnst haar vriendin vrolijk toe. 'Ja, ik mag dan een duffe kantoormuts zijn, dat betekent niet dat ik de laatste smakelijke hapjes op culinair gebied niet ken.'

Ze kijken elkaar aan en schieten allebei tegelijk in de lach.

Het is heerlijk om weer eens zo ouderwets met Annemarie te kletsen. Annie en zij kennen elkaar al bijna vijftien jaar, vanaf het eerste jaar van de opleiding in Utrecht. In eerste instantie leek het niet of Diana, de rijzige verschijning met haar lange rode krullen, groene ogen en zachte g, en de Leids-bekakt sprekende Annemarie, een propje van amper een meter zestig, veel met elkaar gemeen hadden. Tot de eerste keer dat ze samen dronken waren geworden. En elkaars humor ontdekt hadden. Vanaf dat moment waren ze dik met elkaar.

En dat is door de jaren heen zo gebleven. Vriendinnen door dik en dun. Want naast hun gemeenschappelijke gevoel voor humor ontdekten ze al heel snel ook een ander, en minstens zo belangrijk raakvlak: een grenzeloze ambitie.

Een hun beiden aangeboren gedrevenheid die zich direct had vertaald in een felle concurrentiestrijd. Om de beste cijfers. De meeste aandacht. De leukste jongens. Maar natuurlijk ook een eigenschap die hen van tijd tot tijd als kijvende wijven tegenover elkaar had gezet. Want ook in hun ruzies waren ze aan elkaar gewaagd.

Maar nooit voor lang. Want dan gingen ze altijd snel weer drinken. En lachen.

Die grenzeloze behoefte om jezelf te bewijzen, om in alles de allerbeste te worden, heeft er ook toe geleid dat hun carrières eigenlijk altijd gelijk op zijn gegaan. Alle twee hebben ze heel bewust de door henzelf uitgestippelde loopbanen in de communicatie en pr gevolgd, waarbij ze wonder boven wonder elkaar nooit in de wielen zijn gereden. En ongeveer tegelijkertijd kwamen ze op een punt in hun carrière dat hun reputatie zo gevestigd en hun netwerk zo groot was, dat ze hun vaste banen konden opzeggen om op freelancebasis tijdelijke klussen aan te nemen. Wat financieel veel aantrekkelijker was en natuurlijk een veel grotere mate van vrijheid bood. En de mogelijkheid om tussen twee lucratieve interimopdrachten door eens een tijdje heerlijk niets te doen. Samen hebben ze dan ook verre delen van de wereld bereisd,

Azië en Afrika, en hebben ze lief en leed gedeeld over alles wat hen bezighield. En dit zou ongetwijfeld tot in eeuwigheid zijn doorgegaan als Annemarie Peter niet was tegengekomen. En van hem in verwachting was geraakt.

Tot Diana's verbijstering betekende dit voor haar vriendin een punt achter haar carrière in het bedrijfsleven. Zelf was ze inmiddels samen met Dick, die ook actief zijn eigen carrière in de ICT najoeg. Voor hen beiden was het stichten van een gezinnetje dan ook beslist geen optie. Integendeel: in het begin hadden Dick en zij elkaar eerder opgezweept en was er ook tussen hen een soort concurrentiestrijdje ontbrand waarin geen plaats was voor kinderen. Maar dat gold dus duidelijk niet voor Annemarie, die had namelijk geen moment geaarzeld met de beslissing om vanaf dag één fulltimemoeder te worden. En al vrij snel na Catootje was Evelien geboren, nu een hyperactieve kleuter van vier.

Annemarie controleert voor de derde keer de instelling van de heteluchtoven en zet drie asymmetrisch gevormde designborden op de keramische warmhoudplaat. Dan trekt ze een heel klein blikje doperwten open, deponeert de inhoud in een glazen bakje en zet dat in de magnetron. 'Anders eten ze helemáál geen groente,' zegt ze met een verontschuldigende blik op Diana.

Die haalt haar schouders op en schenkt de glazen nog eens vol. 'Weet je dat je vanaf je vijfendertigste nog maar vijfenzestig procent kans hebt om binnen een jaar zwanger te worden?'

'Alsof jij zit te springen om kinderen. Lady Di met tepelkloven, laat me niet lachen.'

Ping, klinkt de magnetron. Annemarie werpt een korte blik op de keukenklok en trekt de ijskast open.

'Diana, kijk nou voor één keer eens goed naar jezelf. Je zwemt in het geld en hebt volledige vrijheid om te bedenken of je die baan wel of niet wilt hebben. Zie je niet hoe bevoorrecht je bent? De helft van de vrouwen in Nederland moet elke week weer bij manlief bedelen om een handjevol huishoudgeld.'

28

Diana schiet in de lach. 'Dat moet jij zeggen in je kapitale villa aan de Zoeterwoudsesingel in Leiden! Maar natuurlijk heb je gelijk en natuurlijk kan ik niet ontkennen dat het een kick voor me is om me in de PC Hooft helemaal ziek te kunnen shoppen. Maar helaas is het wel zo dat vrouwen in Nederland nog steeds slechter betaald worden dan mannen in vergelijkbare functies.'

'Nou, schat, des te meer reden voor jou om daar eens flink verandering in te brengen. Blijkbaar willen ze per se jou. Dat wordt dus niet goedkoop voor ze. Ik zou ze financieel helemaal uitkleden.'

Op dat moment vliegt de deur van de eetkamer open en stuift Evelientje binnen, gevolgd door een schattig negermeisje met een hoofdje vol vlechtjes. 'Ik wil Pringles!' jengelt Eefje, en ze verdwijnt direct daarna onder het kookeiland. 'Jullie moete me zoeke!'

Na een korte stilte klinkt een hard, kletterend geluid. Van pannen die vallen. En vaatwerk dat sneuvelt. En dan een hartverscheurende gil, gevolgd door kortademig gesnik. Het zwarte meisje blijft bedremmeld in de deuropening staan.

'Evelien!' roept Annemarie bestraffend. 'O shit, waar is die inhaler nu weer? Wacht, let jij even op de meisjes?' Ze neemt nog vlug een slok en snelt de keuken uit.

Versteend blijft Diana op het aanrecht achter. Haar ogen star gericht op de plek waar zich net een kleine ramp heeft voltrokken. Het negerinnetje begint met harde uithalen te huilen. En ook het gesnik onder het eiland houdt aan, waarbij de korte ademstoten steeds raspender klinken. Zelden heeft ze zo'n behoefte gehad aan een sigaret.

En op dat moment weet ze het zeker: ze gaat met Laurens praten.

5

Onder haar is het uitzicht veranderd. Ze hebben de Amsterdamse binnenstad achter zich gelaten en vliegen nu in zuidelijke richting. Iets verderop ziet ze de ring en de afslag naar de A4. Het verkeer staat op verschillende plaatsen vast, ook nu, buiten de spits. Ze kent het maar al te goed.

Er breekt een glimlach door op Diana's gezicht. Met de helikopter naar je werk. Hier zou ze aan kunnen wennen. Hoeveel mensen in Nederland zouden dat dagelijks doen? Dat zangeresje van vroeger, hoe heet ze ook alweer... die getrouwd is met die Amerikaanse platenjongen, dat zijn eigenlijk de enigen die haar zo snel te binnen schieten. Maar die zijn alweer een tijdje geleden uit Nederland vertrokken, bedenkt ze, naar Engeland of zo. Omdat ze dit land te klein vonden. Te weinig ruimte. En blijkbaar ook te weinig ruimte in de lucht.

Een eigen helikopter, wie heeft dat nou nog meer bij ons? De koningin? Nee, die heeft haar eigen bus. Connie Breukhoven? Nina Brink? Alleen de happy few. Dat lijdt geen twijfel.

Ze moet de neiging onderdrukken om haar Nokia te pakken en al haar vrienden te bellen om te vertellen wat haar nu weer overkomt. Maar ze weet dat dat niet mag. Dat is een van de eerste dingen die ze controleren zodra je een vliegtuig in bent gestapt. Of je mobiel wel uit is. Dat zal in een helikopter dan ook wel zo zijn.

Ze schrikt van de stem in haar koptelefoon.

'... voorkeur?'

De piloot kijkt haar vragend aan.

Ze grijnst schaapachtig terug en wijst verontschuldigend in de richting van de ronkende motor en de zwiepende wieken.

'... niet verstaan.'

Hij gebaart naar het schakelaartje bij haar mond.

Ze zet het om en herhaalt haar woorden. Ze hoort dat haar microfoon nu aanstaat.

'Ik vroeg of je voorkeur hebt voor een bepaalde route,' herhaalt de piloot. 'Wil je langs de kust of binnendoor?'

'Dat hangt helemaal van de plannen af. Ik heb geen idee waar je me naartoe brengt. Wat mij betreft vliegen we door naar Parijs.'

'We zijn op weg naar het hoofdkantoor. Wassenaar. Minuutje of twintig. De kust dan maar? Mooi met dit heldere weer.'

Ze knikt en voelt meteen dat de machine naar rechts afbuigt. De piloot gebaart met zijn hoofd naar links. Daar ligt Schiphol.

'Mogen we niet overheen. Verstoring van de luchtverkeersroutes.'

Ja, dat is bekend. Maar goed dat ze niet is gaan bellen.

De kustlijn is werkelijk magnifiek. De zee schittert in het bleke novemberzonnetje. Twintig minuten lijkt veel te kort. En het is nog maar amper een uur geleden dat die prachtige oldtimer ineens bij haar voor de deur stond. Als dit de manier van Koninklijke Laurens B.V. is om haar in te pakken, dan zitten ze aardig op de goede weg.

'Je wordt om halftwaalf afgehaald,' zei Albert-Jan toen hij haar belde om de afspraak voor het sollicitatiegesprek te bevestigen. 'Nee, ik heb ook geen idee waar. Maar ga er maar van uit dat het een lunch wordt.'

Het had haar eigenlijk geïrriteerd. Wat een arrogantie om haar zo in het duister te laten tasten. Temeer omdat ze toch een behoorlijke claim op haar tijd legden. Was dit soms een of ander raar psychologisch spelletje? Om de kandidaat zich tijdens het gesprek minder zeker te laten voelen? Omdat je je dan niet helemaal op de situatie kon voorbereiden? Een moment lang had ze overwogen om het hele sollicitatiegesprek af te zeggen. Maar toen ze de goudkleurige Bentley op haar stoep zag staan, was ze blij dat ze aan die impuls geen gehoor had gegeven. De chauffeur bij het geopende portier had een uitnodigend gebaar gemaakt en ze was zo verbluft geweest, dat ze had vergeten te vragen waar de reis naartoe ging. En toen ze eenmaal achterin zat, als een prinses in een gouden koets, en de auto over de weg gleed, had ze besloten het zo maar te laten. Het over zich heen te laten komen.

Ze zag dat ze door Amsterdam-Zuid reden, over de Apollolaan. De Bentley draaide het parkeerterrein van het Hilton op en reed door tot voor de trappen van de entree. Een jongeman snelde naar beneden en opende het portier voor haar. Ze stapte uit en bedankte haar chauffeur, die inmiddels ook naast de auto stond.

'Ik loop met u mee, mevrouw,' zei hij. 'Wilt u mij misschien volgen?'

Ze gingen het hotel binnen. In de lobby liep hij direct door naar de lift en drukte op het knopje. Een zacht *ping*-geluidje en de deuren links gleden open. Ze stapten naar binnen en hij koos een etage. De tiende. De hoogste. Hij zal me toch niet naar zijn hotelkamer brengen, schoot het door haar heen. Maar toen herinnerde ze zich dat iemand haar ooit verteld had dat op de bovenste verdiepingen van het Hilton de grootste hotelsuites van Amsterdam zaten. Met meerdere kamers en een grandioos uitzicht over de stad. En dat een aantal van die suites permanent verhuurd werd aan grote bedrijven, die daar belangrijke zakenrelaties ontvingen.

Opnieuw het *ping*-etje en ze waren er. Maar deze etage zag er beslist niet uit alsof zich daar de zakensuites bevonden. Een kale gang. Een betonnen trap. Haar hart begon sneller te kloppen. Wie is die man? Waar brengt hij me naartoe?

Ze keek hem aan. 'Ik snap hier helemaal niets van. En ik wil nu graag weten wat...'

Met een kort, beleefd gebaar legde hij haar het zwijgen op. Zijn glimlach was vriendelijk. Niet de lach van een ontsnapte tbs'er.

'Nog één momentje geduld, mevrouw. Er wordt op u gewacht.'

Hij liep de gang in en de trap op. Ze aarzelde even, maar besloot toen hem toch te volgen. Wel had ze haar mobieltje uit haar tas gehaald. Het alarmnummer was daarin voorgeprogrammeerd. 112. Je wist maar nooit.

Toen hij de stalen deur boven aan de trap openduwde, waaide er een vlaag koude wind naar binnen. De deur voerde naar het dak.

Behalve de wind en het geruis van het stadsverkeer ver onder hen hoorde ze het geronk van een motor. En nog een geluid, dat ze niet direct kon thuisbrengen. Een regelmatig, zoevend geluid alsof er iets groots ronddraaide.

Haar nieuwsgierigheid won het van haar angst en ze nam de laatste tree, het dakterras op.

En daar stond hij dan. De zilvergrijze helikopter waarin ze nu boven de kustlijn van Zuid-Holland vliegt.

6

Het landschap onder hen is alweer veranderd. Ze hebben de kust verlaten en zijn landinwaarts gekoerst. Over duinlandschap en bebouwing. Daarna ziet ze een weidse, bosrijke omgeving. Buitenplaatsen. Met daarop, op regelmatige afstand van elkaar, een imposante rij zeventiende-eeuwse landhuizen. Dit moet een van de mooiste stukjes van Nederland zijn.

Diana voelt dat ze dalen. Een enorm gazon komt dichterbij. Nauwelijks staan ze op de grond of het portier wordt vanaf de buitenkant geopend. Een man van middelbare leeftijd, een beetje gebogen onder de nog nadraaiende wieken.

'Mag ik u van harte welkom heten op Hofwijck.' De man maakt een uitnodigend gebaar en ze stapt uit. Ze kijkt naar het prachtige buitenhuis, de hoge ramen, de weelderige ornamenten en de monumentale trappen.

'Wat u ziet, is de tuinzijde van het huis. De voorzijde is vele malen indrukwekkender. Het gebouw dateert van 1680 en verkeert nog geheel in originele staat. Dezelfde bouwmeester als Paleis Soestdijk. Interieur en ornamentiek van de beroemde Franse architect Daniel Marot, die de Louis XIV-stijl in ons land introduceerde. Hofwijck is voor ons land het belangrijkste monument uit de barok. Mag ik me even voorstellen: Hendrik de Jager, opzichter.'

Het duizelt haar, al die informatie, maar het enthousiasme van de man werkt wel aanstekelijk. Ze schudt zijn hand. 'Diana Dubois. Ik neem aan dat u weet waarvoor ik kom?'

'Maar natuurlijk, mevrouw. Mag ik u naar de heren begeleiden?'

Opnieuw een hoffelijk, uitnodigend gebaar, ditmaal om hem te volgen. Tot haar grote verbazing brengt hij haar niet naar het huis. Ze lopen om de helikopter heen, in de richting van een grote vijver met in het midden een fontein die zijn waterstralen hoog opspuit. Rond de vijver loopt een pad, dat ze enige tientallen meters volgen. Dan slaan ze links af, een zijpad in dat naar een bosje van hoge bomen en rododendrons voert.

Ze lopen door de bosschages en komen uit in een omheinde tuin, met grindpaden rond een perfect symmetrisch patroon van laag gesnoeide buxushagen. In het midden van de tuin staat een klein gebouwtje, minder mooi dan het landhuis en waarschijnlijk uit een latere periode, een soort elegant tuinhuis.

'Dit is de oranjerie van het huis. Midden negentiende eeuw. Gebouwd in opdracht van de prinses.'

Ze lopen het voorportaal in. Veel glas en krullerig smeedwerk. Een rij enorme houten kuipen met daarin sinaasappelboompjes. Dan betreden ze een ruime zaal. In het midden van het plafond bevindt zich een gigantische glazen koepel, waardoor het koude herfstlicht naar binnen valt. Aan de muren hangen oude schilderijen met veel naakte figuren in dramatische poses.

Achter in de zaal, naast een brandend haardvuur, staat Patrick Groothof.

Diana's hartslag versnelt.

Hij straalt iets ongelooflijk... mondains uit, dat is het woord dat zich aan haar opdringt. On-Nederlands. Een man van de wereld. In zijn donkerblauwe Armani-pak ziet hij er fantastisch uit, zeker voor zijn achtenveertig jaar. En zijn ogen... Nu ziet ze dat geen foto daar recht aan kan doen. Zijn irissen zijn van een bijzondere kleur blauw die naar de randen toe donkerder wordt.

Bijna violet. Het zijn ogen waarvan je – als je niet zou oppassen – in de ban zou kunnen raken. Patrick Groothof, de absolute topman van het Nederlandse bedrijfsleven. Het creatieve brein achter zeker een dozijn internationale deals, de meest geciteerde autoriteit in financiële kolommen.

Met beide handen uitgestoken komt hij haar tegemoet. 'Mevrouw Dubois. Wat geweldig om u te mogen ontvangen. Ik hoop dat we u niet te lang in onzekerheid hebben laten verkeren. Het idee was u te verrassen. En om u een gevoel van luxe en verwennerij te geven, want dat is waar Laurens voor staat. Ik hoop dat we daarin zijn geslaagd.'

Zijn stem is zacht. Melodieus. Bijna hypnotiserend.

'Patrick Groothof.'

Zijn handdruk is stevig. Haar tengere hand voelt klein in de zijne. Hij legt zijn andere hand erbovenop. Een warm gebaar. Hij heeft prachtige nagels.

De opzichter helpt haar uit haar jas. Ze beseft dat ze nog steeds niets heeft gezegd. Maar voordat ze haar mond kan openen, neemt Patrick alweer het woord.

'In de achterste tuinkamer zal een eenvoudige lunch worden geserveerd. Maar eerst wil ik met u het glas heffen.'

Een knal echoot door de ruimte. Achter in de zaal, bij het vuur, heeft Hendrik de Jager een fles champagne geopend. Hij schenkt twee glazen vol en komt met een zilveren dienblad naar hen toe.

Patrick neemt beide glazen van het blad en geeft er een aan Diana. Ze klinken.

'Ik neem aan dat Hendrik u al een en ander van de historie van dit buiten heeft verteld?'

Eindelijk vindt ze tijd voor een antwoord.

'Ja, ik heb al een hele geschiedenisles achter de rug.' Ze glimlacht kort naar Hendrik de Jager. 'Ik moet zeggen dat u in uw opzet geslaagd bent. Ik ben diep onder de indruk. Niet alleen van deze sprookjesachtige omgeving, maar ook van uw kidnaptechnieken.'

'Pas maar op, in sprookjes verandert een gouden koets zo weer in een pompoen. Ach, maar wat sta ik te bazelen, dat geldt natuurlijk voor Assepoester, niet voor een prinses als Diana.' Patricks charmeoffensief is in volle gang. Oppassen geblazen. 'Over prinsessen gesproken. Waarover Hendrik u ongetwijfeld niet heeft verteld, is deze plek waar we nu staan. Bent u in voor een tweede lesje geschiedenis? Mag ik trouwens Diana zeggen? Ik ben Patrick.'

'Dat is goed. Maar ik smeek je, niet te veel jaartallen.'

'Die smeekbede kan ik gelukkig verhoren. Want het verhaal van deze oranjerie is niet van groot historisch belang. Het is uitsluitend de pikante anekdote die eraan is verbonden. En het romantische geheim...'

'Nu maak je me toch wel heel nieuwsgierig. Maar ik had al zo'n vermoeden toen ik al dat bloot op die schilderijen zag.'

'Ja, op al deze doeken staan overspelige liefdes afgebeeld. Maar het zijn uitsluitend werken van mindere meesters uit de zeventiende eeuw. De grote namen hangen uiteraard goed beveiligd in het huis. Kijk.' Hij loopt naar een doek waarop een meer dan volslanke dame is afgebeeld die in innige omhelzing ligt met een soort vogel. '*Leda en de Zwaan*, van Francesco Brunelli de Jongere. Dit schilderij vertelt het verhaal uit de Griekse mythologie van de god Zeus, die een slippertje maakt met de mooiste vrouw op aarde. En om aan de ogen van zijn hyperjaloerse vrouw, de godin Hera, te ontsnappen, heeft hij zichzelf vermomd als zwaan. Konden we dat allemaal maar!' Hij grijnst naar haar, een scheve grijns, die hem zo mogelijk nog sexyer maakt. 'En nu de reden van al dit moois.'

'De heer De Jager zei iets over een prinses.'

'Inderdaad, daarmee doelde hij op prinses Marianne, de dochter van koning Willem I. Zij heeft deze oranjerie laten bouwen met een heel speciale bedoeling. Het huis Hofwijck werd bewoond door haar beste vriendin en hofdame, gravin Jacoba Helena Bentinck, de weduwe van graaf Jean Charles Bentinck. Zelf woonde de prinses in die tijd in Voorburg, niet ver hiervandaan, op haar buitenverblijf Rusthof. Maar om op gezette tijden te ontsnappen aan de ogen van haar hofhouding vroeg ze haar boezemvriendin toestemming om hier, verborgen in de bossen, dit gebouw neer te zetten. Als liefdesnestje. Want de prinses had een geheime minnaar.'

'Toe maar. Dus de prinses was overspelig?'

'Zijzelf niet. Ze was inmiddels gescheiden van haar echtgenoot, prins Albert van Pruisen, omdat hij haar tijdens hun huwelijk voortdurend bedroog met de hofdames. Nee, haar liaison moest strikt geheim blijven omdat haar minnaar een getrouwde man was. En ook nog eens haar ondergeschikte. Johannes van Rossum was haar koetsier.'

'Die haar in een gouden pompoen hiernaartoe reed? Ga je me dat nu vertellen?' Haar gespeelde spot valt bij hem in goede aarde. Zijn grijns wordt nog breder.

'Echt, Diana, er is geen woord gelogen van wat ik zeg. En daarvoor zal ik je nu het bewijs leveren. Maar niet voordat je mij absolute geheimhouding hebt gezworen over wat je nu gaat zien.'

'Ik kan zwijgen als het graf.'

Patrick loopt naar de open haard en schuift met zijn rechterhand zoekend over een stenen ornament.

Een korte klik van rechts.

In een pilaar tussen twee schilderijen springt een verborgen deurtje open.

Vergenoegd reageert Patrick op haar verbijsterde blik.

'Wat had ik je beloofd? Romantiek én spanning!'

7

Nieuwsgierig loopt Diana naar het geheime deurtje, dat op een kier staat. Patrick doorkruist met grote stappen de zaal en komt naast haar staan. In zijn hand heeft hij een brandende kaars. 'De toegangspoort tot het mysterie van de prinses. Het is er wel wat krap en vochtig. En er is geen elektriciteit. Durf je?'

'Ik zou het je zeer kwalijk nemen als je je interessante college hier zou beëindigen.'

'Dan nodig ik je uit me te volgen.'

Een kort moment aarzelt ze. Is het wel verstandig om samen met hem daar naar binnen te gaan?

Verwachtingsvol kijkt hij haar aan. Met zijn mooie ogen.

Iemand met zulke mooie ogen kan niet slecht zijn, besluit ze, en ze loopt achter hem aan een kort gangetje van ruwe baksteen in, met een laag, gewelfd plafond. Een meter of twee verderop stuiten ze opnieuw op een deurtje. Patrick bukt en lijkt iets te zoeken, met de kaars schijnt hij bij. Als hij overeind komt, houdt hij een grote, ijzeren sleutel in zijn andere hand, waarmee hij de deur van het slot draait. Die gaat knarsend open. Ze stappen een klein, rond vertrek binnen, dat helemaal leeg is op een kaal en roestig stalen ledikant na.

'Ziehier, het heilige der heiligen van prinses Marianne der Nederlanden. De Lady Diana van de negentiende eeuw. Misschien is dit zelfs wel het bed waar de vrucht van haar verboden liefde is verwekt. Haar liefdesbaby Johannes Willem, die helaas op jonge leeftijd stierf. Een tragisch lot, waar Marianne nooit overheen is gekomen. Zo zie je maar: zelfs prinsesjes zijn niet per definitie gelukkig.'

Een licht gevoel van ontroering maakt zich van Diana meester. Zo'n droevig verhaal in zo'n macabere setting. Ze huivert, niet alleen vanwege de klamme kou in het kamertje, maar ook vanwege een onbestemd gevoel dat haar overvalt. Alsof ze zich hier niet alleen bevinden.

Dan dringt ineens tot haar door hoe sociaal ongepast dit eigenlijk is. Alleen met een vreemde man in dit vertrekje, met wie ze nota bene straks nog een sollicitatiegesprek moet voeren. Gauw weg hier. Niet te lang met Patrick in dit duistere hol blijven staan.

In de zaal loopt ze direct naar het knapperende haardvuur om een beetje op temperatuur te komen.

'De architect van dit gebouw moet echt een genie zijn geweest, want het kamertje is voor niet-ingewijden absoluut onvindbaar. Het ligt ingeklemd tussen twee van de tuinkamers, waaraan met het blote oog niet te zien is dat die korter zijn dan de andere. Een briljante optische truc. Ook aan de buitenkant van het gebouw valt volstrekt niets waar te nemen. Maar nogmaals: mondje dicht, want slechts een enkeling is hiervan op de hoogte, en dat willen we graag zo houden. Ons spookbeeld is grote horden dagjesmensen en een legertje onwelriekende geschiedvorsers over de vloer.'

Waarom zij dan wel?

'Zo, nu ken je het geheim van Hofwijck, dat toch beslist niet onderdoet voor dat van Soestdijk. Nu móét je wel bij ons in dienst treden, want je begrijpt dat we je nu niet meer laten gaan.'

Hendrik de Jager komt de zaal weer in met de mededeling dat de lunch is geserveerd. Ze volgen hem naar een grote tuinkamer, waar de twee andere directeuren van Laurens al op hen wachten. Commercieel directeur Karel van Rooy, een goedmoedige, kalende zestiger, en Anton van Hasselt, Financiën en Juridische Zaken, wiens lange, donkere gestalte gelijk een heel sympathieke indruk op haar maakt. Hendrik, die in zijn eentje de gerechten en de drank serveert, houdt haar een heel mooie chablis voor, die ze echter weigert. Het lijkt haar nu echt beter om op de spa over te gaan, al is het alleen maar om een goede indruk op de heren te maken.

Het eten is verrukkelijk. Na een frisse zalmmousse wordt haar een moot gegrilde heilbot voorgezet die zo zalig ruikt dat het water haar in de mond loopt. Maar helaas ziet ze nauwelijks kans ervan te genieten, zozeer gaat ze inmiddels op in het gesprek.

In uitgebreide bewoordingen en van tijd tot tijd bijgestuurd en aangespoord door een vraag van een van de mannen, vertelt ze over haar achtergrond en visie op het vak. Haar ideeën over communicatietechnieken in dit tijdperk van informatierevolutie vallen in goede aarde, te oordelen naar de instemmende knikjes die ze van alle kanten krijgt. Hierdoor vallen zelfs de laatste restjes zenuwen van haar af. Ze spreekt in rake formuleringen en de juiste woorden blijven komen en tegelijkertijd is ze zich er heel goed van bewust hoe ze op haar toehoorders overkomt. Ze kan eigenlijk niet anders dan concluderen dat die een perfecte en zeer gepassioneerde presentatie voorgeschoteld krijgen.

Ruim drie uur later, als ze weggedoken in het zachte leer van de Bentley over de A4 richting Amsterdam zoeft, maakt de opgewonden spanning in haar lichaam langzaam plaats voor een gevoel van euforie. Maar wat haar is overkomen, kan ze nog steeds niet bevatten.

De heli op de heenweg. En nu met de Bentley weer terug. Een paleis op een landgoed dat misschien nog wel mooier is dan dat van Máxima zelf. Het superromantische verhaal van de prinses en haar geheime geliefde. Het geanimeerde gesprek met de directeuren. Het fabelachtige aanbod dat ze haar hebben gedaan. Het enthousiasme van Patrick. En Patrick zelf, natuurlijk. Het is allemaal wel heel erg veel. En heel erg heerlijk.

Ze zou nu dolgraag Annemarie willen bellen, maar doet dat niet, omdat ze bang is dat de chauffeur dan meeluistert. En iets opvangt wat hij niet mag horen. Want tot haar eigen stomme verbazing heeft ze de moed gehad om *hard to get* te spelen. Terwijl haar innerlijke stemmetje schreeuwde 'Ja, ja, neem mij, nu!' hoorde ze zichzelf – alsof het een ander was die sprak – doodgemoedereerd zeggen: 'Daar zal ik over nadenken.'

Erover nadenken! Over een salaris van vier ton! Ze lijkt wel gek.

8

De wachtkamer zit tjokvol. Zoals altijd slaakt Evelien een opgewonden kreetje als ze het felgele plastic kasteel met de rode en
groene torens ziet. 'Mama, ik wil pele!' kirt ze, maar ze laat zich
gelukkig nog wel, zij het ongeduldig, uit haar winterjasje pellen.
Zodra Annemarie erin is geslaagd de jas, wanten en muts te verwijderen, bestormt Eefje het houten laddertje en werpt zich met
ware doodsverachting op de glijbaan aan de andere kant, waarop
halverwege een klein jongetje zit te huilen. De botsing die volgt,
zorgt voor nog meer commotie, waaraan Eefje echter resoluut een
einde maakt door over het knaapje heen te klimmen en op haar
buik verder te glijden. Beneden aangekomen krabbelt ze overeind, om direct dit hele ritueel te herhalen, alsof de duivel haar
op de hielen zit. Haar ademhaling is gejaagd.
    'Evelien, een beetje rustig aan,' roept haar moeder nog naar
haar, met als enige reactie een korte, verongelijkte blik. Je ziet
toch dat ik bezig ben? Ze had het kunnen weten.
    Annemarie kijkt naar het bord boven de balie waarop digitale
cijfers het laatst opgeroepen nummer aangeven en vergelijkt dat
met het volgnummertje dat ze net heeft getrokken. Acht wach-
tenden voor haar. Ongeveer een halfuurtje, schat ze. Gelukkig
komt bij de deur net een stoel vrij en vindt ze op de leestafel nog
een laatste beduimelde *Margriet* tussen de *Donald Ducks* en de
Tina's. Het is niet anders: Eveliens tweemaandelijkse controle op

43

de kinderafdeling Interne Geneeskunde van het Universitair Medisch Centrum Leiden is een tijdrovende bezigheid.

Al snel na de geboorte van Evelien kregen Peter en zij in de gaten dat er iets niet in orde was met haar longetjes. Al in de wieg lag hun kleine meisje vaak moeizaam te ademen, alsof ze buiten adem was. Catootje had dat nooit gedaan. Ook klonk Eefjes ademhaling soms rochelend. Urenlang zat Annemarie dan naast haar zuigeling, als een waakzame kloek, uit angst dat haar schat op zeker moment zou ophouden met ademen, of zou stikken. Ze had dan bange visioenen van wiegendood, omdat ze in die eerste tijd wel de klok had horen luiden, maar nog niet wist waar de klepel hing. Na enkele onderzoeken van de kinderarts kwam de eerste voorzichtige diagnose: astma. Veel kinderen groeien daaroverheen, maar mogelijk zou Eefje er haar hele leven last van houden. Peter en zij kregen instructies hoe ze de symptomen konden leren herkennen en hoe ze medicijnen konden toedienen als Eefje benauwd werd.

Maar Evelientje was een kleine druktemaker. In tegenstelling tot Catootje een paar jaar daarvoor ging Eefje niet beschouwend en rustig op onderzoek uit in de grote wereld, nee, zodra ze kon lopen, stortte ze zich onmiddellijk met hart en ziel in dit nieuwe avontuur. Eefje was als een wervelwind en niets was veilig voor haar grijpgrage handjes. Annemarie en Peter realiseerden zich al snel dat er qua inrichting drastische maatregelen genomen moesten worden, wilden ze op den duur nog enige huisraad overhouden. Alle breekbare zaken verhuisden naar plekken boven een meter, alle potentiële moordwapens verdwenen achter deuren en in laden. Maar zelfs dat was nog geen garantie dat hun kleine stoomtank niet soms een bloemenvaas of broodmes wist te bemachtigen. Haar energie en vindingrijkheid waren gewoon onuitputtelijk. Eefjes gedreven koppigheid groeide met de dag en zo ontwikkelde ze zich tot de hyperactieve vierjarige van vandaag.

44

Ping! Het getal op het bord verspringt. Nummer 64B wordt verwacht in kamer zes. Annemarie verzamelt jassen en tassen en staat op. Dan vist ze haar kind uit de timmerhoek, waar het net met een houten hamer gekleurde staafjes in een plankje met gaten slaat. Ze negeert het heftige protest en sleept Evelien aan haar kraag mee naar de spreekkamer, om de wachttijden voor alle andere moeders na haar niet nog langer te laten worden.

Zodra dokter Heemstra van achter haar bureau over haar halve leesbrilletje opkijkt, verandert de hevig tegenstribbelende lastpost op slag in een schuchtere dreumes die zich achter de veilige gestalte van haar moeder probeert te verbergen. Want dokter Heemstra is een enge mevrouw die altijd in haar mondje wil kijken en van wie ze altijd haar hemdje moet uittrekken.

'Goedemiddag, mevrouw Van Maarssenbeek. Neemt u plaats,' zegt dokter Heemstra. 'Dag Eveline, wil je niet naast mama komen zitten? Kijk eens wat voor lief konijntje hier op mijn bureau staat?'

Eefjes nieuwsgierigheid wint het van haar angst, want een konijntje is wel iets heel bijzonders. Maar in aanwezigheid van dokter Heemstra blijft ze op haar hoede. Het rode, geblokte konijn is zacht. Ze mag het aaien.

Ondertussen bladert dokter Heemstra in een blauwe map, die ze van een stapeltje op haar bureau heeft gepakt. Als ze heeft gevonden wat ze zoekt, leest ze dit eerst even aandachtig door en kijkt dan – als altijd over haar halve brilletje – Annemarie aan.

'Ik heb hier de uitslag van het onderzoek van de vorige keer. Dat was... laat eens kijken... ruim twee maanden geleden...'

'7 september,' antwoordt Annemarie. 'Maandag 7 september.'

'Inderdaad. Er is toen een bloedtest gedaan om naar allergieën te kijken, zie ik hier... hmm.' Dokter Heemstra verdiept zich opnieuw uitgebreid in het dossier en trekt daarbij haar wenkbrauwen op. 'Ja, dat is duidelijk.' Opnieuw kijkt ze Annemarie met haar ernstige, bleekblauwe ogen aan. 'We zien in het bloed dat zich een allergie ontwikkelt voor pollen, huisstofmijt en huisdieren. Als Eveline zwemles krijgt, kunnen de klachten toenemen. Daar moet u rekening mee houden. Ook stress en opwinding kunnen een aanval van benauwdheid uitlokken.' Haar ogen boven het brilletje worden zo mogelijk nog strenger. 'Het lijkt er dus op dat Evelines astmatische aandoening zich verergert en dat de behandeling op den duur misschien intensiever zal moeten worden. U moet zelf de symptomen goed in de gaten houden en zo nodig medicijnen toedienen. Als Eveline een jaar of vijf is, kunnen we een longfunctietest doen. Dan krijgen we meer duidelijkheid over de ontwikkeling van de aandoening. In de tussentijd is een tweetal zaken van het grootste belang. Uiteraard naast het gebruikelijke regime van vermijding van pollen, huismijt en huisdieren. Eén: in geval van een heftige aanval moet de inhaler altijd bij de hand zijn. En twee: probeer stress en heftige opwinding en al te grote inspanning te vermijden. Extreme emoties kunnen namelijk tot grote benauwdheid leiden. Hou uw kind goed in de gaten. Het lijkt me goed dat u over een halfjaar terugkomt voor een controle. Wilt u daarvoor een afspraak maken met de assistente?'

Annemarie kijkt naar de hoek van de kamer, waar Eefje met haar buik op de zitting van een stoel het konijn, dat op de kop onder de stoel op de grond ligt, met haar linkerhand probeert te pakken. 'Kom ma, konijtje, kom ma!' Ze hijgt nog heftig na omdat ze net daarvoor over de leuning van de stoel heen naar de zitting geklommen is met het konijn in haar mond. De band van haar tuinbroek is losgeschoten en de gesp zit aan de rugleuning van de stoel vastgehaakt. Als Eefje straks het konijn te pakken heeft en weg wil lopen van de stoel, zal ze vast komen te zitten en struikelen. Dat ziet ze nu al.

'Dank u, dokter, helemaal duidelijk. Ik maak meteen een nieuwe afspraak.'

'Geen stress en extreme inspanningen,' moppert ze bij het verlaten van de spreekkamer. Een schier onmogelijke opdracht met deze kleine tornado.

9

Diana draait haar Volvo de oprijlaan op. In de verte ziet ze het hoofdkantoor, het zeventiende-eeuwse landhuis van paleisachtige allure. De opzichter had gelijk: de voorkant is nog imposanter dan de achterkant. Ze zet de auto stil en houdt een fractie van een seconde haar adem in. Ze is heus wel wat gewend en eerlijk gezegd beschouwt ze zichzelf niet als iemand die gauw geïmponeerd is, maar dit overtreft toch haar stoutste verwachtingen. Een landgoed in Wassenaar, compleet met vijvers en fonteinen. Waar zich ook nog eens geheimzinnige en romantische gebeurtenissen hebben afgespeeld rond een prinses van lang geleden. Is dit wel de juiste omgeving voor een eenvoudig Brabants meisje als zij?

Zeg, meiske, het zijn toch allemaal maar gewoon mensen? Zoals altijd op momenten van onzekerheid schieten deze bemoedigende woorden van haar moeder als een mantra door haar hoofd. Ze werpt in de achteruitkijkspiegel een korte controlerende blik op haar make-up en trekt op. Het grint knerst onder de wielen van de auto.

De kleine parkeerplaats is bijna vol. Maar gelukkig weet ze haar auto met wat moeite tussen een zilvergrijze Jaguar en een rode Alfa Spider te manoeuvreren en zichzelf door het halfgeopende portier naar buiten te wurmen. Niet de allerelegantste entree aller tijden, maar wie weet heeft niemand haar gezien. Ze strijkt haar jas glad, drapeert haar sjaal eroverheen en beklimt de trappen van het bordes. Nog voor ze heeft aangebeld, zwaait de imposante deur open. Een knap, jong meisje in een klassiek serveersterspakje vraagt of ze haar jas kan aannemen, direct gevolgd door een wat oudere vrouw, die haar welkom heet en haar uitnodigt haar te volgen. Met de vrouw loopt ze de brede trap op, in de richting van het feestgedruis. De nieuwjaarsreceptie van Koninklijke Laurens B.V. is in volle gang.

'Diana Dubois, wat een aangename verrassing!' Ze kijkt opzij en ziet Karel van Rooy, die haar met uitgestoken hand tegemoet snelt. 'We waren al bang dat we het zonder je gewaardeerde aanwezigheid zouden moeten doen. Maar daar ben je dan gelukkig, een lichtpuntje in deze donkere tijden.' De stevige handdruk van de directeur Commerciële Zaken geeft haar een goed gevoel. Ze hoeft nu niet alleen naar binnen.

In de grote salon is het een drukte van belang. 'Wacht, dan stel ik je aan mijn echtgenote en dochter voor,' vervolgt Van Rooy, en hij kijkt om zich heen. 'Antoinette, liefste, heb je een momentje?' In een groepje dames draait een matroneachtige vrouw zich om en knikt haar minzaam toe.

Een veel jongere vrouw in hetzelfde groepje blijft demonstratief met haar rug naar Diana toe staan en doorpraten met haar buurvrouw.

'En dat is onze dochter Elaine,' wijst Karel. Met duidelijke tegenzin draait Elaine van Rooy zich om. Met een hautaine blik in haar ogen kijkt ze Diana aan.

Het voelt niet echt alsof ze er vriendinnetjes bij heeft.

Met een jongensachtig enthousiasme dat niet echt bij zijn leeftijd past, neemt Karel van Rooy haar op sleeptouw. Ze schudt talloze handen, hoort en vergeet talloze namen en grijnst haar kaken lam. De mannen reageren zonder uitzondering joviaal, de meeste vrouwen terughoudend.

De dames zien eruit alsof ze een modeshow van Frans Molenaar bijwonen. Stuk voor stuk tot in de puntjes verzorgd. De jongere vrouwen hebben een iets spannender couturier aangedurfd.

Diana neemt klakkeloos aan dat het allemaal 'echtgenotes van' zijn, want dit soort vrouwen kom je gewoonlijk in het bedrijfsleven niet tegen. Zelf draagt ze een eenvoudig marineblauw mantelpak, dat in deze omgeving aanvoelt alsof ze zich heeft gekleed voor een middagje Albert Cuyp.

Ze begrijpt dat ze wordt gewogen en beoordeeld. Een nieuw kippetje in het hanenhok. De enige vrouw in het mannenbolwerk dat Laurens tot nu toe altijd is geweest.

Dan ziet ze Patrick Groothof staan.

Als hij Diana ziet, breekt de scheve grijns door op zijn gezicht. Een kort weeïg gevoel in haar maagstreek. Maar ze herstelt zich en tovert haar meest professionele glimlach tevoorschijn.

'Gelukkig nieuwjaar, Patrick.'

'Insgelijks, Diana, dit gaat een prachtig jaar worden.' Hij wenkt een ober en neemt twee glazen champagne van diens dienblad, waarvan hij er haar een aanreikt.

Ze klinkt met haar flûte tegen de zijne. 'Op een prachtig jaar.'

'Ik beloof je dat het een spannend jaartje wordt,' klinkt hij terug.

Het kost geen moeite een geanimeerde conversatie met Patrick te voeren. Hij is geestig, charmant en op een vleiende manier zeer belangstellend. Uitgebreid informeert hij naar haar kerstdagen en hij is net halverwege een anekdote over de zijne als er iets verderop een schel, hoog lachje klinkt dat ieders aandacht opeist.

'Ach, daar zullen we de chef hebben,' lacht Patrick, en Diana draait zich om. Op een meter of vijf van haar vandaan ziet ze een blonde, zwaar opgemaakte jonge vrouw staan. Te blond. Te opgemaakt. En zeker te jong. Naast haar staat een knappe jongeman, die blijkbaar net iets grappigs in haar oor heeft gefluisterd. Hij komt Diana bekend voor.

'Patrick, lieveling!' Op haar hoge stiletto's schrijdt de vrouw naar hen toe en blijft naast Diana staan. Met opgetrokken wenkbrauwen neemt ze haar uitvoerig in zich op. Om haar heen hangt een zoete wolk Femme van Cacharel. Dat droeg haar moeder vroeger ook altijd. Bestaat dat nog? Door haar strakke kapsel en het superstrakke satijnen topje dat de bovenkant van haar grote borsten onbedekt laat, doet ze Diana denken aan een overdreven getekende stripfiguur, alsof ze niet echt is. Betty Boop.

'Xenia Groothof, Patricks vrouw.' Met een kort, onvriendelijk gebaar wordt Diana een gemanicuurde hand toegestoken. De lange, scherpe nagels zijn bloedrood gelakt. 'En wie ben jij dan wel?' Ze praat met een licht ordinaire, Amsterdamse tongval.

'Lieverd, mag ik je voorstellen aan ons nieuwe hoofd Zakelijke Communicatie? Diana Dubois komt vanaf maandag ons team versterken. We zijn erg blij dat we haar voor de neus van de concurrentie hebben kunnen wegkapen.'

'Blij?' Opnieuw glijdt de koude blik langs Diana's lichaam. 'Ach, ik begrijp het. Leuk voor de jongens.' Ze doet een stap naar voren en keert Patrick haar linkerwang toe. Hij mag haar zoenen. Dan vlijt zij zich tegen hem aan en slaat bezitterig haar arm om zijn middel. De betekenis ervan is onmiskenbaar.

'Maikel darling, haal jij even wat bubbels voor mama,' zegt ze temend tegen haar jonge aanbidder.

Nu ziet Diana waarom Xenia's begeleider haar vaag bekend voorkomt. Ze heeft hem wel eens op tv gezien, als gastpresentator van een dagelijks showbizzprogramma waarin hij met een stortvloed van woorden vertelt over het laatste van het laatste uit New York en ábsolute wannahaves. Xenia's personal stylist is niemand minder dan Maikel Ducroo.

Een klein uurtje later, als haar kennismakingsgesprekje met controller Fred Burgerveen een dood punt heeft bereikt en Diana net een voorzichtig hapje wil nemen van een verrukkelijke coquille Saint-Jacques, staat Patrick ineens weer achter haar.

'We gaan maar eens op huis aan,' zegt hij. 'Xenia heeft mor-

gen een belangrijke auditie.' Weer die scheve grijns. 'Ik ben ervan overtuigd dat wij elkaar snel beter leren kennen.'

Een man in een grijs uniform komt aangelopen, in wie Diana
haar helikopterpiloot herkent. 'Meneer, de heli staat klaar.'

Eén dubbelzinnige knipoog later is Patrick verdwenen.

10

'*Buongiorno, principessa!*'

Diana draait zich om van het raam. In de deuropening staat Patrick.

Hij loopt de kamer binnen en maakt een weids, theatraal gebaar met beide armen. 'En? Hoe bevalt je nieuwe kantoor? Een paleisje, toch? *La vita è bella*, nietwaar?'

Dat is het zeker. Vanaf het moment dat ze vanochtend is binnengekomen, heeft ze zich vergaapt aan de chique luxe van de kantoorruimtes waar ze van nu af aan haar werkplek zal hebben. Net als de ontvangstzaal op de eerste etage, die ze al kent van de nieuwjaarsreceptie, is ook het interieur van haar nieuwe kantoor op de tweede verdieping van een spectaculair en extreem ontwerp. Het is een smaakvolle combinatie van het originele barokinterieur, afgewisseld met hypermodern design. Op haar antieke bureau staan strakke, transparant glazen tafellampen. Daarnaast een grote mand vol Laurens-beautyproducten met een kaartje: *Een warm welkom van de raad van bestuur.*

Aan het klassieke, met engelen en goden beschilderde plafond hangt een eigentijdse kroonluchter van Swarovski-kristal. Antraciet- en zachtgroene tonen overheersen, waarbij de spectaculairste eyecatcher de zeker honderd jaar oude, knoestige olijfboom is die in een gebeeldhouwde marmeren kuip in de ronde erker staat. Een decoratief pronkstuk dat zelfs in dit koude winterlicht een warme, mediterrane nuance aan de ruimte geeft.

Patrick is inmiddels gaan zitten in een van de leren kuipstoeltjes tegenover haar bureau en maakt een uitnodigend gebaar naar haar om ook plaats te nemen.

Natasja, haar secretaresse, met wie ze vanochtend al kort heeft gesproken, komt binnen met een zilveren koffiekan.

Als hij haar ziet, staat Patrick op en kust galant haar hand. 'Natasja, ook voor jou uiteraard de aller-, allerbeste wensen. En dat ook dit jaar weer een jaar van vruchtbare en aangename samenwerking moge zijn.'

Natasja slaat haar ogen neer, zet de kan op het bureau en verlaat de kamer zonder een woord te zeggen.

'Altijd eventjes zakelijk flirten met de ondergeschikten, dat is mijn motto,' fluistert Patrick kwajongensachtig zodra ze de deur achter zich heeft dichtgetrokken. 'Anders krijg je muiterij. En sta je voor je het weet zelf aan het kopieerapparaat. Koffie?' Hij maakt een uitnodigend gebaar naar de kan. In verwarring schenkt Diana de kopjes vol. Zakelijk flirten? Zo'n banaliteit had ze van hem niet verwacht.

Een halfuurtje lang bespreken ze Diana's taken voor de komende tijd. Uiteraard heeft ze zich grondig voorbereid aan de hand van de stukken over Laurens die ze de afgelopen weken kreeg toegestuurd. Ze heeft zich intensief ingelezen in de organisatiestructuur en de korte- en langetermijnstrategieën. Ze weet wie de voornaamste aandeelhouders zijn en kent de percentages van de naamsbekendheid en marktaandelen al bijna uit haar hoofd. Op basis van deze informatie legt ze Patrick een aantal ideeën voor over het aanscherpen van de communicatielijnen en verbetering van de interne communicatie. Stuk voor stuk lijken deze bij hem in goede aarde te vallen. Tot slot spreken ze over het jaarverslag, dat al in de steigers staat en waarvan zij de afronding ter hand zal moeten nemen. Ook haar creatieve gedachten hierover komen bij Patrick goed aan.

'Dat is wel eventjes genoeg, voorlopig,' zegt hij, terwijl hij een laatste slok koffie neemt. 'Tijd om de benen wat te strekken. Ik jog elke ochtend om deze tijd een of twee rondjes door het park. Loop je ook?'

Ze lacht. 'Nee, helaas, ik ben niet zo actief.'

'Een andere sport? Tennis? Of vaar je?'

In gedachten ziet ze de foto voor zich waarop Patrick gebruind in zijn boot staat. Even ziet ze zichzelf naast hem staan, in een luchtige zomerjurk en met wapperend haar.

'Geen sportief type, deze dame, ben ik bang.'

'Maar golf toch wel?' vraagt hij vol ongeloof. En voordat ze ook dat kan ontkennen, springt hij op. 'Dit laat ik niet gebeuren. Daar gaan we wat aan doen. Kom mee.'

Hij pakt haar hand en trekt haar mee naar de deur. Ze kan nog net haar nieuwe tas van het bureau grissen.

Aan het eind van de gang opent hij een deur en maakt een overdreven buiging. 'Na u, mevrouw.'

Ze stapt een andere wereld binnen. Groen gras glooit en golft zich over een heuvelachtig duinlandschap. In de ruimte vóór haar strekt zich een schitterend gesitueerde golfbaan uit...

'Aanschouw dit wonder der techniek,' roept Patrick opgetogen. 'Ons allernieuwste speeltje. Kijk.' Hij pakt een golfclub uit een rek naast de deur. Met een brede grijns kijkt hij haar aan. 'Deze golfsimulator bevat de allernieuwste software en heeft supergevoelige sensoren!' Hij gaat staan op het stuk kunstgras dat midden in de halfdonkere ruimte ligt. 'Geen betere manier om je swing te oefenen.' Met een perfecte slag slaat hij de bal weg, die met een doffe knal wegschiet in een volmaakte curve over de course.

Geleund tegen de muur slaat ze hem gade. Ze lacht om zijn enthousiasme. Een klein kind in een snoepwinkel. Laat nooit iemand beweren dat Patrick Groothof niet de aantrekkelijkste man van Nederland is.

Als ze 's avonds naar huis rijdt, gloeit ze nog helemaal na. Haar eerste werkdag bij Laurens is nog mooier gebleken dan ze in haar stoutste dromen had durven denken. Het is alsof ze in een warm bad is gestapt.

Een warm bad van extreme luxe – ze kijkt naar haar nieuwe handtas, die naast haar op de passagiersstoel ligt. Een Prada van vijftienhonderd euro, die ze zich nu met gemak kan veroorloven. Een zelfgekocht cadeautje vanwege haar nieuwe baan.

Maar ook een verkwikkend bad van dynamiek, geestdrift en creativiteit. Het gevoel bij het absolute topteam van het Nederlandse en misschien zelfs wel Europese zakenleven te horen. Te mogen samenwerken met een bijzondere man als Patrick Groothof, voor wie het begrip 'charismatisch' is uitgevonden. De grote visionair en inspirator... hoewel? Bij dit laatste woord schiet haar opeens de scène met Natasja te binnen, van wie hij de hand kust. 'Zakelijk flirten met een ondergeschikte', zo noemde hij het toch? Ook nu weer bekruipt haar hierbij een licht onaangenaam gevoel, dat ze evenwel meteen van zich afschudt.

Diana Dubois uit Vught.

Hoofd Communicatie bij Koninklijke Laurens B.V.

Wie had dat kunnen denken.

II

'Het was gewoon te stuitend voor woorden. Die arme vrouw hangt daar wijdbeens in zo'n gynaecologisch martelwerktuig terwijl de plastisch chirurg haar kruis bestudeert en opsomt wat er allemaal moet gebeuren.'

Met een misprijzend gezicht vertelt Joep over een documentaire die hij pasgeleden op tv heeft gezien.

'De grote schaamlippen moesten kleiner en de kleine groter, er klopte gewoon niks van volgens hem. En er moest ook nog een en ander weggelaserd worden. Wat blijkt nou: in Amerika komen veel vrouwen bij zo'n dokter met de *Playboy* onder hun arm. Omdat ze net zo'n platte vagina willen hebben als de naaktmodellen op de foto's. Van die gefotoshopte sneetjes. Al die vrouwen willen dus eigenlijk dat hun geslachtsdeel wordt weggepoetst! Als dat geen toppunt van puritanisme is!' Joeps ogen zijn groot van verontwaardiging.

'Het was één grote aanklacht tegen de cosmeticabranche,' betoogt hij verder. 'Weet je dat maar twee procent van de vrouwen zichzelf mooi durft te noemen? Daarom heeft die documentairemaakster een website geopend waarop iedereen zijn klachten kwijt kan. Om juridische stappen te ondernemen tegen de grote cosmeticabedrijven van de wereld. Schijnt een groot succes te zijn. Dus je bent gewaarschuwd, dame. Je bent nu medeplichtig aan deze verwerpelijke praktijken.'

Hij steekt zijn vinger vermanend op en probeert haar streng aan te kijken. Maar zijn ogen lachen. Joep is een slecht acteur. 'Ach,' reageert Diana laconiek, 'zolang ze in de gevangenis maar een aansluiting voor mijn föhn hebben, overleef ik dat ook wel. En trouwens, wat laseren betreft zijn ze bij mij nooit verder gekomen dan mijn wenkbrauwen. Dat valt dus ook nog wel mee. Ik reken voor mezelf op vrijspraak. Bovendien zijn die luxe slagerijen een heel andere tak van sport dan de mijne. Wij doen alleen in geuren, kleuren en smeren. En wat is daar mis mee? Waarom mag je als vrouw je wimpers niet voller maken en je lippen niet glanzender? Dat betekent toch niet dat je niet geëmancipeerd zou zijn?'

'Ten dele met je eens, Diaan,' reageert Joep. 'Maar toch blijf ik bij mijn bescheiden mening dat de vrouwen van jouw generatie daarin op dit moment te veel doorslaan. Is dat niet wat we tegenwoordig de verbimboïsering van onze cultuur noemen?'

Bij deze laatste term trekt Joep zo'n vies gezicht, dat ze spontaan in de lach schiet.

'Oké, in zekere zin heb je wel gelijk,' zegt ze. 'Er bestaan zeker excessen in de schoonheidsindustrie. Er zijn branches die er alleen maar opuit zijn vrouwen onzeker te maken en die hun een negatief zelfbeeld willen opdringen door hun in de media voortdurend een onbereikbaar ideaalbeeld voor te spiegelen. Maar dat is niet de branche waarin ik nu werk. Wist je trouwens dat ze bij Laurens elk jaar twee procent van de omzet besteden aan research op het gebied van huidreconstructie? Niet uit winstbejag maar uit maatschappelijke overwegingen. Zo hebben ze een product ontwikkeld waarmee geweldige resultaten worden bereikt na borstamputaties. En ook ernstige brandwonden lijken er beter mee te genezen.'

Het is een winderige zondagmiddag, met jagende wolken en zo nu en dan een vlaag regen. Maar toch hebben Diana en Joep besloten een stuk te gaan lopen. Uitwaaien langs de Vecht, dat doen ze vaker sinds Joep en Arno in Nigtevecht wonen.

Het is nu een jaar of vijf geleden dat dit stel uit de stad is vertrokken om buiten te gaan wonen in de Vechtstreek, die grenst aan het Gooi. Iedereen verklaarde hen voor gek en de voorspellingen dat de jongens binnen een jaar met hangende pootjes terug zouden zijn in het bruisende Amsterdam waren niet van de lucht. Maar de werkelijkheid bleek anders: hun gastvrije huis in het idyllische dorpje aan de rivier de Vecht is een populaire weekendattractie geworden voor degenen die de grote stad eventjes beu zijn.

Zo ook voor Diana. De korte rit over de A2 naar de afrit Hilversum/Vinkeveen heeft voor haar de afgelopen twee jaar een heel speciale betekenis gekregen. Bij Joep en Arno is ze echt welkom, echt bij vrienden, hoewel beide mannen – kritisch en betrokken als ze zijn – haar echt niet altijd sparen. Met argusogen volgen ze haar wel en wee, als twee broers die zich verantwoordelijk voelen voor hun kwetsbare zusje. Het witte huis aan de Vecht is voor Diana een plek waar ze een klankbord vindt voor datgene wat haar bezighoudt, maar het is vooral een warm toevluchtsoord voor die momenten dat het leven alleen zwaarder valt dan anders.

Stevig gearmd banen ze zich een weg tegen de wind over de slingerende Vechtdijk. De donkere lucht weerspiegelt zich in het zwarte water en in het gele riet houdt zich een enkel waterhoentje schuil. In sommige van de woonboten is het licht al aan en de klok in het markante kerktorentje van het dorp slaat vier uur. En terwijl ze met haar beste vriend door de invallende schemering wandelt, vertelt Diana enthousiast en uitvoerig over de afgelopen weken bij Laurens, over haar nieuwe functie en de mensen met wie ze werkt.

Joep luistert aandachtig. Niemand kan zo goed luisteren als Joep.

'Hoe oud is die Patrick eigenlijk?' vraagt hij als ze is uitgesproken. 'En is het niet een vreselijke charmeur?'

'Dat kun je wel zeggen, ja. Soms zelfs een beetje op het randje.'
In gedachten ziet ze de vernederende scene met Natasja weer voor
zich. 'Een man in zo'n functie moet natuurlijk wel pit hebben.
En heel goed met mensen kunnen omgaan. Het is een man bij
wie je je heel snel op je gemak voelt. Die je het gevoel geeft dat
je heel persoonlijk contact met hem hebt.'
Voor het eerst vertelt Diana het verhaal van hun wonderlijke
ontmoeting in de oranjerie. Het gedeelte over de Bentley en de
privéhelikopter kent Joep natuurlijk al, dat heeft ze de dag daarna aan haar vrienden gemaild, maar over hun eerste kennismaking, nog voor de sollicitatielunch, heeft ze nog niemand iets
verteld. Aan de ene kant omdat ze van Patrick heeft moeten beloven het geheim van het kamertje voor zich te houden, en aan
de andere kant omdat ze over de hele gang van zaken nog steeds
een licht ongemakkelijk gevoel heeft. Waarom was Patrick direct
al zo vertrouwelijk met haar? En had hij een bepaalde bedoeling
toen hij haar het kamertje liet zien? Ze is er nog steeds niet helemaal uit. En daarom besluit ze het nu maar aan haar beste vriend
Joep voor te leggen.
Ze vertelt over de oranjerie in de bossen achter het landgoed
en over de eigenzinnige prinses. Over haar zinnebeeldige en zin-
nenprikkelende schilderijen en haar verboden liefde voor haar
koetsier. Joep hangt aan haar lippen, hij is verzot op dit soort verhalen. Maar als ze hem over het verborgen kamertje vertelt, en
over de eed die Patrick haar liet zweren om het bestaan ervan geheim te houden, barst hij in lachen uit.
'De man is werkelijk een geniale charmeur. Hij voelt precies
aan waar jij gevoelig voor bent. Een romantische prinses. Een geheime kamer. Een tragische liefde. Maar je trapt er hopelijk toch
niet in, hè?' Hij kijkt haar onderzoekend aan en zucht dan diep.
'Dus wel.'
Zoals gewoonlijk heeft Joep zijn vinger weer eens precies op de
zere plek weten te leggen.
'Zeg, prinsesje van me,' gaat hij verder, 'misschien is het een

goed idee om dat rare verhaal van hem eens na te trekken. Misschien moet je die Marianne eens googelen, om te zien wat ervan klopt. Dat is misschien de enige manier voor jou om weer met beide benen op de grond te komen. Hoewel, als ik die blik in je ogen zie, heb ik daar een hard hoofd in. Kom, we gaan naar huis, het is borreltijd.'

12

De houtkachel is al aan. Overal in de kamer branden kaarsen. Arno komt uit de keuken en ze zoenen. 'Diana, lang niet gezien! We dachten dat je ons vergeten was.' Hij neemt haar natte jas aan en kijkt naar haar. 'Hoe komt het dat je er zo fantastisch uitziet? Ben je afgevallen?' 'Twee kilo. Daar ontkom je niet aan in de wereld van de cosmetiek.' 'Ja, hoe is het bij Laurens? Je moet me er alles over vertellen.'

'Ons prinsesje is er helemaal op haar plaats,' zegt Joep, 'en ook al helemaal op de hoogte van alle roddels. Patrick Groothof heeft haar zelfs een geheim' – gelukkig reageert hij alert op haar waarschuwende blik – 'eh... rapport laten zien, dat gewone stervelingen nooit onder ogen zullen krijgen.'

'Ik had niks anders verwacht. Wat ben je toch een powerwijf. Ga zitten, ik haal de borrelhappen. Wijntje?' Arno snelt de kamer uit.

'Vind je het heel erg om dat onder ons te houden?' vraagt ze aan Joep. 'Patrick heeft me gevraagd er niet met anderen over te praten. Wat je er ook van vindt, het is toch een vertrouwenskwestie en als ze merken dat ik het aan de grote klok heb gehangen, word ik er zo uitgebonjourd.'

'*Pas de problème, madame.*' Met groot gemak schakelt Joep over op een ander onderwerp. 'Wat vind je eigenlijk van onze nieuwe bank? Heeft Arno gemaakt.'

'Massief beuken,' zegt Arno, die met een groot dienblad vol tapa's en een asbak binnenkomt. 'Alles met de hand: zagen, schroeven, deuveltjes. En alle verbindingen ook nog verlijmd. Zo koop je ze nergens. Niet kapot te krijgen.'

Zoals altijd als hij het over zijn handwerk heeft, speelt er een trotse glimlach om zijn lippen.

Joep en Arno, beiden hebben ze een groot creatief talent. Maar waar Joep zijn muzikale en taalkundige gaven kwijt kan in zijn drukke baan in de wereld van de grote bedrijfsevenementen, komt knutselaar Arno beter tot zijn recht in de eenzaamheid van zijn werkplaats achter het huis, waar hij met zijn handen alles kan maken wat zijn ogen zien.

Het hele interieur, in trendy countrystyle ditmaal, is van zijn hand. Klassiek, tijdloos en met schitterende kleuren. Alles, van de limoengroene gestoffeerde sofa tot de kaneelkleurige retro gordijnen, is door Arno zelf gemaakt.

'Big business en ook nog glamour, dus.' Arno schenkt een lichte landwijn in de glazen.

'Voornamelijk hard werken, hoor,' antwoordt Diana.

'En die Patrick Groothof, wat is dat eigenlijk voor een man? Ik zag hem laatst nog in de *HP*, in zo'n top veertig van het bedrijfsleven. Volgens mij stond hij vrij hoog. Op foto's ziet hij er altijd wel goed uit. In het echt ook?'

'Nummer één, zoals elk jaar,' antwoordt ze. 'En het antwoord is ja.'

'Toe maar, het kan niet op. Is hij eigenlijk getrouwd?'

De standaardvraag van de jongens als het op mannen in haar leven aankomt.

'Helaas wel.'

'Erg getrouwd?'

'Dat weet je natuurlijk nooit. Zijn vrouw heet... ach, hoe heet ze ook alweer? Ik kan die naam nooit onthouden. Iets met een X. Xantippe of zo.' 'Xenia!? O, natuurlijk, Xenia Groothof. Is hij met háár getrouwd? Die kan toch zo ongeveer zijn dochter zijn.' Arno en Joep kijken elkaar veelbetekenend aan. 'Ze schelen zeventien jaar. Ze moet zo rond de dertig zijn.' 'Ja, dat had ik haar wel gegeven. Hoewel ze er soms ook een stuk ouder uitziet. Als ze van die Barbarella-achtige kleren draagt. Ze probeert zo'n vampy scifi-imago te creëren.' 'Ze is ook een vamp,' zegt Joep. 'Albert Verlinde heeft niet voor niets de bijnaam "de bitchbull" voor haar verzonnen. De bitchy pitbull, dat laat toch weinig aan de verbeelding over. Xenia de überbitch.' 'Hoe weten jullie dat allemaal?' lacht Diana. 'Ik had nog nooit van dat hele mens gehoord.' 'Ken uw klassieken,' grijnst Joep. 'En lees de bladen. Het helpt trouwens ook om in dit dorp te wonen. Je komt de BN'ers hier gewoon bij de Aldi tegen.' 'Niet overdrijven. Een Aldi hebben we niet in dit gat. Hij bedoelt de Lidl, hoor.'

De stemming begint er aardig in te komen. Arno schenkt nog een keertje bij.

'Jort Kelder woont hier, met zijn vriendin Georgina Verbaan. En natuurlijk Wendy van Dijk,' somt Joep op.

Ze weet het. Elke keer als ze met de boys een hapje gaat eten in de dorpskroeg, waarachter een groot eetcafé zit, bespreken die met elkaar op fluisterende toon wie er allemaal nog meer zijn. Tanja Jess, Katja Schuurman, Victoria Koblenko, het zegt haar allemaal niets. En als ze – uitsluitend als ze daar van een van beiden toestemming voor krijgt – voorzichtig omkijkt om een van deze godheden te mogen aanschouwen, valt haar altijd weer op hoe gewoontjes die er eigenlijk uitzien. Het zijn gewone meiden, vaak zelfs met kinderen van wie de snotneus afgeveegd moet worden. Ze lijken in de verste verte niet op de Xenia die zij kent. Die

63

– hoe noemde Joep haar ook alweer? – bitchy vamp met dat strakke kapsel en die overdreven nauwsluitende topjes.

'En natuurlijk Jort Kelder,' gaat Joep verder.

'Die had je al gehad.'

'Weet ik. Maar dat is per slot van rekening wel de interessantste. Voor ons alle drie. Zeg, op welk nummer staat die Patrick van jou eigenlijk in de Quote 500? Dat is natuurlijk ook een niet geheel onbelangrijke vraag.'

'Daar staat hij volgens mij wel in, maar helaas niet op de eerste plaats. Op nummer vijfhonderd of zo. Dat betekent nog wel dat hij steenrijk is.'

'En dat die Xenia natuurlijk ook niet zo gemakkelijk het veld zal ruimen,' voegt Arno daar fijntjes aan toe.

'Tenzij het wat hem betreft weer eens tijd wordt voor een inruil, zoals ze hier in het Gooi zo mooi zeggen,' zegt Joep.

'De Vechtstreek, schat. Niet overdrijven.'

'Nee, ik denk niet dat hij zo gemakkelijk van die Xenia afkomt. Wier, tussen twee haakjes, hysterie en jaloezie toch legendarisch zijn. Nog twee argumenten om haar niet te onderschatten. Ze was laatst nog in het nieuws toen ze die paparazzo aanviel, weet je nog? Die haar wilde fotograferen toen ze alleen uit Le Hangar kwam en haar lieftallige echtgenoot liet zitten. Dat moet dus die Patrick geweest zijn. Ze was toen echt door het dolle heen, de politie moest eraan te pas komen. Volgens mij is het best wel een gewelddadig typje.'

'Volstrekt hysterisch en ongetwijfeld zeer jaloers. Ik zou maar oppassen, Diana.'

'Ja,' besluit Joep terwijl hij de laatste olijf neemt, 'het zou mij niets verbazen als die haar man dag en nacht liet schaduwen.'

13

Het getik van haar vingers op de toetsen van haar laptop galmt door de grote ruimte. Verder is het helemaal stil om haar heen. Haar ideetje om zich vanmiddag terug te trekken in de oranjerie om daar ongestoord te kunnen werken, is geslaagd. Ze voelt dat ze helemaal in een flow zit en ze zit hier, moederziel alleen, dan ook te kicken achter het kleine beeldscherm. Het is goed wat ze doet, beter nog dan ze in gedachten had. Het jaarverslag van Koninklijke Laurens zal dankzij haar dit jaar zeker een opmerkelijk item in de financiële pers zijn.

'De inhoud is prima, alleen jammer van de belabberde vorm waarin die is gegoten,' zei ze tegen Patrick. 'Het ziet er gewoon niet uit en dat vind ik echt niet kunnen voor de belangrijkste publieke uiting van een toonaangevend en internationaal opererend cosmeticaconcern. Het is je visitekaartje, zo'n jaarverslag. En je kunt toch moeilijk beweren dat dit hier,' en daarbij legde ze met een verachtelijk gebaar het verslag van het jaar daarvoor op tafel, 'de schoonheidsprijs verdient, om maar even in de terminologie van onze eigen branche te blijven. Het is saai. Onpersoonlijk. En erg lelijk.'

Patrick knikte bedachtzaam.

'Daarom stel ik voor dat ik me in eerste instantie ga toeleggen op een facelift van het jaarverslag 2007. Om het wat op te pimpen, om het maar eens populair uit te drukken. Niet alleen qua vormgeving – want ook daar mogen we wel eens een wat hippere ontwerper naar laten kijken – maar vooral wat de inhoud betreft. We moeten ons profileren als trendsetter. Aan de wereld tonen dat we geen fantasieloze, ijskonijnige accountants zijn, maar een bruisende producent van producten waarvan alle vrouwenharten sneller gaan kloppen. En die ook nog eens met beide benen in de maatschappij staat. Met duidelijke ideeën over verantwoordelijk ondernemerschap en innovatie. Bedacht en uitgevoerd door echte mensen van vlees en bloed.'

Ze zat er nu helemaal in.

'En wat mij betreft is dat nog maar een eerste stap. Ik ben namelijk van plan om daarna eens flink de poetsdoek over het imago van Laurens te halen. Om het bedrijf een wat internationaler allure te geven. We moeten per slot van rekening concurreren met giganten als Estée Lauder en Lancôme. Dus waarom veranderen we de bedrijfsnaam niet in iets als "Lorence"?' Ze sprak het woord met een overdreven Frans accent uit. 'Of misschien is een Engelstalige naam toch beter. Iets in de richting van The Body Shop. Iets als... laat me even nadenken... iets als... "Laurence Lifestyle". Ja, dat is het! "The Laurence Lifestyle Company". Daar kunnen we mee voor de dag komen!'

Patricks scheve grijns brak door op zijn gezicht.

En daarom zit ze hier nu. Vrijdagmiddag 29 februari, kwart voor twee. Met een hoeveelheid informatie voor zich waar je u tegen zegt.

'Geef me alles waarvan je het idee hebt dat ik er wat aan heb,' zei ze tegen de secretaresses van de directeuren. 'Biografieën, cv's, speeches van de afgelopen jaren, desnoods hun zwemdiploma's en hun inentingsbewijzen. Alle informatie waarmee ik ze in het jaarverslag body kan geven.'

Dat had ze beter niet kunnen vragen. Want de stroom die ze

daarmee op gang bracht, was niet te stuiten geweest. Het was een komen en gaan geweest en de stapels dossiers en archiefmappen op haar bureau groeiden tot zorgwekkende omvang. Ze had het gedoogd tot haar mailbox crashte, toen vond ze het welletjes. Met deze zondvloed aan feiten en gegevens zou ze haar doelstelling wel kunnen bereiken.

Terwijl ze op het scherm naleest wat ze heeft geschreven, steekt ze een sigaret op. Eigenlijk mag ze hier niet roken, maar gelukkig is dit een van die zeldzame momenten dat een dergelijke overtreding van het bedrijfsreglement door anderen onopgemerkt zal blijven. Ze zoekt in haar tas naar iets wat als asbak kan dienen.

Haar blik dwaalt door de ruimte en ineens overvalt haar het onbestemde gevoel dat ze indertijd ook al in het geheime kamertje had. Ze heeft geen idee waar het vandaan komt, maar het zit in haar maag. Een gevoel alsof er elk moment iets kan gebeuren.

Is het de eenzaamheid? Ze zit hier wel heel erg alleen in dit tuinhuis, zo verscholen in de bossen. Zonder andere mensen om zich heen heeft het wel iets spookachtigs, helemaal als je weet van dat naargeestige geheime kamertje. En dat dode kind. Ze kijkt naar de pilaar waar het deurtje moet zitten, maar er is echt helemaal niets van te zien. Als Patrick het haar niet zou hebben getoond, zou ze het nooit hebben gevonden.

Zou er in deze ruimte een slecht karma hangen vanwege de beladen geschiedenis van het gebouwtje?

Haar ogen dwalen door de ruimte en blijven steken bij het schilderij van de vrouw en de zwaan. Pas nu ziet ze dat in de achtergrond van het doek heel klein een tweede vrouwenfiguur staat afgebeeld. Een oudere vrouw met een van haat vertrokken gezicht, die vanuit de schaduw van een boom het vrijende paar gadeslaat. Dat moet de godin Hera zijn, die haar overspelige man bespioneert. *Het zou me niets verbazen als die haar man dag en nacht liet schaduwen.* Er loopt een koude rilling over haar rug.

Het onheilspellende gevoel blijft. Zou het te maken hebben met de energie in de ruimte? Een ongelukkige combinatie van aardstralen of foute feng shui?

Ze drukt de opgerookte sigaret voorzichtig uit in het verzilverde doosje van haar handnaaisetje.

Het zal mijn schuldgevoel wel wezen, dat ik hier zo stiekem zit te roken, bedenkt ze dan, om zichzelf weer tot de orde te roepen. Kom op, er is nog genoeg werk aan de winkel.

Ze staat op, loopt naar de grote haard en gooit de sigarettenpeuk erin. Met haar voet schuift ze er wat as en houtskool overheen. Die vinden ze nooit meer terug.

'Ha! Betrapt!' schalt het keihard door de zaal. Haar hart staat stil.

Met een ruk draait ze zich om.

Bij de toegangspoort ziet ze een silhouet. Een zwarte gedaante die zich scherp aftekent tegen een achtergrond van koud, fel licht.

14

'Zo, dus dit is de plek waar Lady Diana altijd zit, om stiekem in haar eentje te roken!' De gestalte bij de poort komt in beweging en loopt de zaal in. In zijn linkerhand heeft Patrick een fles champagne en twee kelkjes.

Ze lacht hem toe. Haar hartslag is teruggezakt naar het normale ritme. 'O, o. Ik voel me net een schoolmeisje dat door de meester wordt betrapt.'

'Een ernstige overtreding van het schoolreglement, kind. Ik zal je nu toch echt strafwerk moeten geven.' Als een schoolmeester steekt hij een vermanende vinger naar haar op. 'Je krijgt voor vandaag honderd strafregels.'

'En als ik nou beloof dat ik het nooit meer zal doen?' zegt ze met een kleinemeisjesstem.

'Ja, daar zal ik echt even over moeten nadenken. Maar ik ben bang dat ik je toch van de Laurensschool zal moeten verwijderen. Jammer, net nu ik een glaasje met je wilde drinken op twee maanden samenwerking. Moet ik je er toch nog uit gooien voordat je proeftijd om is!'

Als hij bij haar staat, ruikt ze de drank in zijn adem. In zijn anders zo heldere oogwit ziet ze kleine adertjes. Patrick moet behoorlijk veel hebben gedronken. Eventjes goed opletten nu.

'Maar ik zal het goed met je maken,' gaat hij verder. 'Ik ga een deal met je sluiten, daar schijnt deze jongen nogal goed in te zijn. Dat is me ook net nog prima gelukt, tijdens een voortreffelijke *wet lunch* in de Kastanjehoeve. Een deal met Ger Heynen van Ici Paris voor een slordige vijftig miljoen. Netto.'

'Toe maar, meneer Groothof. Maar hoe wist u dat ik hier zat?'

'Ach, mevrouw Dubois, de muren hebben hier oren. Na twee maanden in dit wespennest zou u toch moeten weten dat hier niets verborgen blijft, voor niemand. En daarbij had ik ook nog eens het geluk dat Natasja bereid was je geheimpje aan mij te verklappen. Uiteraard tegen betaling van een fikse som smeergeld. Maar die had ik dus net uit de zak van Heynen geklopt.'

'Dan heeft ze je waarschijnlijk ook verteld dat ik me heb teruggetrokken om ongestoord aan het jaarverslag te kunnen werken.' Ze wijst naar de laptop en de dossiermappen op de tafel. 'Om straks aan al die venijnige persmuskieten van de vaderlandse media te laten zien wat voor grote held je bent. Ik wil je trouwens graag alvast laten zien hoe ik dat in gedachten had.'

Ze wil naar de tafel lopen, maar hij houdt haar tegen.

'Dat jaarverslag kan wel even wachten. Dat was toch zo saai? Ik heb nu even iets heel anders in gedachten.' Hij grinnikt kort. 'Hé, dat rijmt. Maar waar was ik ook alweer gebleven? O ja, die deal. Ik eh... ik stel het volgende voor.' Hij zwaait de fles champagne omhoog en wankelt. 'Jij krijgt van mij een glaasje bruis als ik van jou een sigaretje mag bietsen.' Een quasi-ondeugende blik. 'Dan doen we allebei iets stouts.'

Ze heeft eigenlijk helemaal geen zin in champagne, maar haar intuïtie zegt haar dat ze nu maar beter niet kan weigeren.

'Ik wist helemaal niet dat je rookt.'

'Weet haast niemand hier. Doe het altijd stiekem. Net als jij. Allebei stout.' Patrick staat te worstelen met de capsule van de fles, waarbij hij de twee glazen onhandig tussen zijn knieën geklemd houdt. 'Waarom heeft zo'n klereding geen schroefdop,' mompelt hij. Hij grinnikt om zijn eigen grapje.

Ze reikt met haar hand naar de fles, ervan overtuigd dat deze elk moment in scherven op de vloer uiteen kan spatten. Samen met de glazen. 'Zal ik even?'

Met zijn waterige ogen kijkt hij haar aan. Dan steekt hij haar de fles toe. Grijnst. 'Pak hem dan.'

Dat doet ze, maar zelf laat hij de fles niet los. Probeert haar ermee naar zich toe te trekken. 'En waar blijft mijn sigaretje nou?' teemt hij.

Ze laat de fles los en loopt naar de tafel. Pakt haar Marlboro en loopt om de tafel heen, alsof ze haar aansteker zoekt. Een object tussen haar en Patrick in geeft haar op dit moment een net iets prettiger gevoel. Met uitgestrekte arm houdt ze hem over de tafel heen het doosje voor. 'Rokertje, meneer?' Ze merkt dat ze haar stem niet helemaal onder controle heeft.

Hij doet een stap in haar richting en vergeet daarbij de glazen tussen zijn knieën. Een komt terecht op het Perzische tapijt en rolt weg, het andere valt er net naast en versplintert op de plavuizen. Patrick schiet in de lach. 'Tjeempie, wat een geluk dat die ene nog heel is. Moeten we er saampjes uit drinken.' Hij raapt het glas op en komt naar de tafel toe. Diana deinst iets achteruit, maar houdt hem nog steeds de sigaretten voor.

Hij fixeert haar met zijn indringende ogen. Een gevoel van onbehagen gaat door haar heen, haar hart begint sneller te kloppen.

'Wat ben je toch mooi, prinsesje,' mompelt hij. 'De uitstraling van Lady Di in het welgevormde lichaam van Lady Sarah. Wat kan een man nog meer verlangen?'

Met een klap zet hij de fles en het glas op de tafel neer. 'Zullen we een spelletje doen? Net als die prinses en haar vriendje? Herinner je je dat verhaaltje nog? Die waren net zo stout als wij.' Zijn stem klinkt lager dan gewoonlijk. Zachter ook. Zijn verleidersstem, waarmee hij ongetwijfeld vele vrouwen in zijn ban weet te krijgen.

Hoe redt ze zich hieruit? Koortsachtig denkt ze na. Ze moet hem op de een of andere manier rustig houden en naar buiten zien te loodsen. Of doen alsof ze naar de wc moet? Maar waar is haar mobiel? Waarom kan ze dat ding toch nooit vinden?

Patrick staat haar nog steeds verwachtingsvol aan te kijken. Wat moet ze antwoorden?

Ze kijkt op haar horloge. 'Is het alweer halfdrie? Dan moet ik me haasten. Ik heb om kwart voor drie een afspraak met Anton.'

'Eerst dat sigaretje. Bel hem maar dat je wat later komt.'

'Nee, dat... dat kan echt niet. Hij zei dat het dringend was.'

'Maar we zouden toch plezier met elkaar maken?' Zijn stem klinkt harder nu, ongeduldig. De fase van grapjes lijkt voorbij. Maar dan breekt de grijns weer door op zijn gezicht.

'Een sigaretje en een kusje,' fluistert hij met dubbele tong. Dit wordt serieus.

'Ik denk dat je beter kunt gaan.' Ze sluit het pakje sigaretten en pakt haar tas. Durft hem niet aan te kijken.

In drie stappen is hij om de tafel heen en hij grijpt haar bij haar polsen vast. 'Mag ik niet even bij je blijven?' De tas valt uit haar handen op de grond, haar mobiel en mascara schieten eruit.

'Patrick... het lijkt me beter dat we terug naar kantoor gaan.'

'Ach, niet zo plichtsgetrouw. Eén klein kusje maar.' Hij trekt haar naar zich toe. 'Dat is toch vrij onschuldig? En ik weet dat jij dat net zo graag wilt als ik.'

Hij drukt zijn lippen in haar hals.

Vergeefs probeert Diana zich uit zijn greep los te maken. Hij drukt zijn lichaam nog dichter tegen haar aan. 'Kom dan...' Hij richt zich op en duwt haar gezicht tegen zijn borst aan. Hij ruikt naar zweet.

Ze zet kracht om hem van zich af te duwen. Maar dan pakt hij in haar nek haar haren vast en trekt er zo hard aan, dat ze naar hem moet opkijken. Ze stoot een onderdrukte kreet uit en staart hem met grote ogen aan, waarin de pijn te zien moet zijn. Hij komt met zijn mond naar de hare toe, maar ze draait haar gezicht van hem af om de drankucht in zijn adem niet te hoeven ruiken. Een mislukte kus eindigt op haar mondhoek.

'Laat me los, anders sla ik alarm,' zegt ze met opeengeklemde tanden.

Een hoonlachje. 'Geloof je nu werkelijk dat iemand je hier zal horen?' Hij schuift zijn knie tussen haar benen en duwt ze uit elkaar, terwijl zijn vingers langzaam van haar kin naar beneden glijden. 'Je tieten zijn zo mooi,' fluistert hij in haar oor. Dan grijpt hij haar linkerborst vol vast.

Een seconde verstart ze. 'Hou daarmee op.' Maar zijn enige reactie is dat hij zijn onderlichaam nog harder tegen het hare drukt. Zijn keiharde erectie drukt hard tegen haar heup. Ze voelt een golf maagzuur naar boven komen.

Onhandig frummelt hij aan zijn broek en het lukt hem om zijn gulp open te ritsen en zijn geslacht naar buiten te werken. Met zijn ijzeren greep duwt hij haar rechterhand ernaartoe.

'Pak hem maar stevig vast,' mompelt hij in haar oor, 'dat vind je toch zo lekker?'

Wild begint ze te vechten. Loskomen! Weg hier! Dat is het enige wat ze kan denken. Ze probeert tegen Patricks schenen te trappen.

Maar zijn greep in haar haar is van staal. Ze voelt hoe hij nu aan een knoopje van haar bloes trekt. Er welt een orkaan van woede in haar op. Hoe durft hij! De klootzak!

'Laat me los, lul!' schreeuwt ze. Haar worsteling wordt nog heftiger. Ze voelt hoe haar bloes openscheurt. En meteen daarna zijn hand op haar naakte huid. Hij zoekt naar de sluiting van haar beha.

In blinde paniek schopt ze nog een keer, maar door de kracht van de trap schiet haar andere been onder haar uit en valt ze naar achteren. Zijn dronken lichaam valt boven op haar, maar ze glipt er onmiddellijk onderuit. Ze grist de tas en de telefoon naar zich toe en kruipt naar de deur. Ze kijkt niet om.

Zodra ze de poort achter zich heeft dichtgesmeten, zet ze het op een lopen. Naar het huis. Ze zwikt op het rulle zandpad en valt met haar knie in de modder. Staat meteen weer op en rent door. Tijdens het rennen houdt ze met één hand haar bloes dicht.

15

'Nogge keer!'

Eveliens wangen zijn rood van de opwinding. Met haar kleine knuistjes houdt ze de touwen stevig vast.

Opnieuw trekt Cato de schommel naar zich toe en duwt hem dan weer met kracht van zich af. Gierend van plezier gooit Evelien haar beentjes in de lucht. Het kan haar niet hoog genoeg. 'Nogge keer!' Ze begint te hoesten.

Catootje weet dat ze nu moet stoppen. Mama en papa hebben haar al lang geleden duidelijk gemaakt dat ze met Eefje altijd rustig moet spelen. Niet dat ze daar problemen mee heeft, want dat is nou juist de manier waarop ze zelf graag speelt. Het liefste zit ze binnen te tekenen.

Maar dat geldt niet voor Eefje. Haar kleine zusje is veel drukker. En altijd als ze samen spelen, bedenkt Eefje een spelletje waarbij veel wordt gerend en geschreeuwd. En schommelen staat daarbij op nummer één.

'Nogge keer!' klinkt het ongeduldig. De hoestbui wordt heftiger.

Even weet Catootje niet wat ze moet doen. Ophouden is het verstandigst. Dat moet van papa en mama. Maar dan gaat Eefje jengelen. En ze zal daar niet mee ophouden voordat ze haar zin heeft gekregen. Nog een keer dan maar, misschien dat ze er daarna genoeg van krijgt.

En voor de derde keer, maar nu beduidend voorzichtiger, geeft Catootje de schommel een duwtje. Hij komt maar half zo hoog als daarnet. Onmiddellijk zet Eefje een keel op. Dwars door het proesten heen.

'Nee...! Tootje nie zo! Harde duwe...!'

En net als Cato de schommel een stevige zet geeft, laat Eefje met een handje het touw los en begint ermee aan haar wollen sjaal te trekken. Alsof ze niet genoeg lucht kan krijgen. Door de kracht van de duw schuift ze van het plankje af en blijft even aan een hand in de lucht hangen. Dan ploft ze neer op de grond, waar ze met gierende uithalen blijft liggen huilen.

Met grote ogen van schrik blijft Catootje nog even staan. Dan rent ze naar binnen om mama te halen.

16

Hoe ze is thuisgekomen weet ze niet meer. De periode tussen het moment dat ze het portier van haar auto openrukt en het moment dat ze onder haar eigen douche in elkaar zakt en ineengedoken in een hoekje onbedaarlijk begint te huilen, is een zwart gat. Na verloop van tijd nemen de golven van tranen en maagzuur af en uiteindelijk ebt de huilbui weg. Uitgeput blijft ze nog even onder het neerstriemende water zitten. Dan werkt ze zich moeizaam omhoog en sluit de kraan. Ze stapt de cabine uit en pakt een schone handdoek van de plank, die ze om zich heen slaat. De zachte badstof verwarmt haar lichaam en biedt een troostrijk gevoel. Met een punt ervan veegt ze de condens van de spiegel en ze kijkt naar zichzelf. Ze schrikt van het hologige gezicht dat naar haar terugstaart. Ze droogt zich af, bekijkt haar kapotte knie en behandelt die met jodium en een pleister. Dan trekt ze haar kimono aan en verlaat de badkamer.

De kamer is half donker, buiten schemert het. Ze laat de lichten uit. Het is beter om in het donker te zitten. Alsof de wereld niet bestaat.

Ze moet toen ze thuiskwam de kleren van zich af hebben gerukt, want die liggen verspreid door het hele appartement. In de kamer raapt ze haar broek op, met een lelijk gat in de linkerknie. Haar kapotte kousen en haar slipje zitten er nog in. Iets verderop liggen haar beha en haar horloge. Ze kijkt erop. Tien over halfvijf. Iets meer dan twee uur geleden is het gebeurd...

In de hal vindt ze haar pumps en bij de deur liggen haar jasje en haar bloes. Ze pakt hem op. De bovenste knoopjes zijn eraf gescheurd. Ze gooit alle kleren onmiddellijk in de vuilnisbak. Nooit meer dragen, die dingen. In een flits beleeft ze de hele scène opnieuw. Zijn knie tussen haar benen. De hand die hard aan haar haren trekt. Die walgelijke erectie. De alcoholstank in zijn adem. En zijn hand die bruut over haar naakte huid tast. Wil pakken wat hij pakken kan. Zonder genade. Zonder respect. Klootzak!

Haar jas moet nog in de oranjerie liggen, maar haar tas – herinnert ze zich nu – zal nog wel in de auto liggen, die heeft ze nog kunnen grijpen. Zat haar mobieltje er nou in of niet? En de Volvo? Ze loopt naar het raam in de kamer en kijkt naar beneden. Daar staat hij, strak ingeparkeerd onder een lantaarnpaal. Ze glimlacht bitter. Wat ben ik toch een keurig meisje.

Dan beseft ze dat ze in een black-out van Wassenaar naar Amsterdam moet zijn gereden. Niet bepaald een geruststellende gedachte.

Ze draait de thermostaat hoog, zakt neer op de bank en trekt de plaid over zich heen.

Ze schrikt wakker met hartkloppingen. Ze was verdwaald in een gigantisch huis waar ze nog nooit was geweest. Ze werd achtervolgd. En opeens viel ze naar beneden.

Het is tegen negenen. Ruim vier uur geslapen. Alles in haar lichaam doet pijn. Haar voeten zijn ijskoud.

Het is nu zes uur geleden.

Haar blaas staat op springen en ze sleept zich door het donkere huis naar het toilet. Dan trekt ze haar Winnie de Poeh-pyjama aan en kruipt in bed, diep weg onder het dekbed. Ze valt meteen weer in slaap.

Als ze opnieuw wakker wordt, is het nog steeds donker. Vijf over halfdrie. Ze doet een plas, drinkt een glas water en poetst haar tanden. Haar bedlampje laat ze aan. De slaap overvalt haar onmiddellijk.

Honger. Haar maag maakt rommelende geluidjes. Ze schuift het dekbed van haar gezicht en kijkt op de wekkerradio. Halfzeven. Haar biologische klokje doet het nog altijd. Meer dan twaalf uur geslapen, rekent ze uit. Bijna veertien. Hoe komt het dan dat ze zich nog steeds zo doodmoe voelt? Meteen zijn de beelden uit de oranjerie terug en draait haar maag zich om. Misschien iets eten? Een cracker? Ze moet er niet aan denken. Alleen wat water. En dan weer in bed.

Ze ligt naar het plafond te staren. Langzaam sijpelt het daglicht naar binnen. Weinig verkeer op straat, het is zaterdagochtend. Hij wilde me verkrachten. Patrick. Patrick wilde me verkrachten. De tranen stromen opnieuw.

Om halftien maakt ze een espresso. Zodra ze de eerste slok neemt, begint ze te kokhalzen. Ze rent naar de spoelbak om te kotsen. Maar er komt niets.

Weer doucht ze uitgebreid. Ze wast haar haar en föhnt haar krullen in model. Een schone pleister op haar knie. Zal ze zich aankleden? Ach, waarom. Ze kruipt terug in bed.

Annemarie bellen? Die gedachte verwerpt ze onmiddellijk. Die zal om deze tijd ongetwijfeld met de kids in de supermarkt lopen. Of ma? Wat zou ze nu graag ma's stem horen. Vanmiddag misschien. Alleen maar om even haar stem te horen. Niet om het te vertellen, want niemand mag het weten. Niemand. En haar moeder al helemaal niet. Dat staat voor haar als een paal boven water.

Hij was dronken. Hij was zichzelf niet. En zij ging zelf in eerste instantie toch ook mee in zijn dubbelzinnige spelletje? Ze haalt

78

alle momenten voor de geest dat ze in de afgelopen tijd met hem heeft staan flirten. Ze schrikt van het aantal. Is ze zo duidelijk geweest? Zo uitdagend? Heeft ze dit zelf uitgelokt? Is het dus eigenlijk haar eigen schuld?

Nee.

Wat Patrick haar heeft aangedaan is onvergeeflijk. Een man heeft nooit het recht om een vrouw zo te benaderen. Dit is toch het allerwalgelijkste wat je iemand kunt aandoen? En helemaal in een werksituatie. Hij is de baas, nota bene! *Flirten met een ondergeschikte.* Zou hij ook met Natasja...? Ze kunnen hem zo voor de rechter slepen!

Weggaan bij Laurens? Er zit niks anders op. Ze kan toch moeilijk bij een zaak blijven als ze een proces tegen haar baas aanspant. Ontslag nemen dus? Een niet erg aanlokkelijk vooruitzicht. Niet vanwege het geld, de glamour, de luxe die dan wegvalt.

Maar denk aan de schande en de schaamte als dit naar buiten komt! Na twee maanden alweer weg bij Laurens door zoiets. De speculaties zullen niet van de lucht zijn. Wat zullen ze van haar denken? Dus niemand mag het weten. Zelfs haar moeder niet. Nooit ofte nimmer zal iemand deze schandelijke waarheid te weten komen.

In het bedrijfsleven zou ze het dan verder wel kunnen schudden. Geen hond neemt haar dan ooit meer aan. Ze zal besmet zijn. Geschonden. Aangeschoten wild.

Blijven dus? Onmogelijk!

De rest van het weekend draait Diana op de automatische piloot. Ze belt haar afspraken af met de smoes dat ze een griepje onder de leden heeft en het even een paar daagjes rustig aan wil doen, racet door de buurtsuper voor wat kant-en-klaarmaaltijden en ligt voornamelijk voor de tv verscholen onder haar dekentje. Ze kijkt, maar weet niet waar het over gaat. Het dilemma tolt door haar hoofd. Blijven of weggaan?

Tot ze, ineens, op zondagavond tijdens het achtuurjournaal, tot een beslissing komt. Ze kan heus wel tegen een stootje en is niet het type dat onmiddellijk naar de rechter loopt om zich te beklagen over ongewenste intimiteiten. Gewoon professioneel blijven, denkt ze. En afstand houden. Ik laat me door zo'n eikel toch niet uit het veld slaan.

Ze blijft.

17

De rit over de A4 en de A44 lijkt langer dan gewoonlijk. En ook het korte ritje over de statige oprijlaan van Hofwijck duurt een eeuwigheid. Diana schiet vol als ze het imposante gebouw op een sukkelgangetje nadert. Het komt haar ineens zo bedreigend voor. Hoe anders dan krap twee maanden geleden, toen haar hart een sprongetje maakte bij de gedachte dat hier een nieuwe fase in haar leven zou beginnen.

De hele nacht heeft de beslissing door haar hoofd gemaald. Blijven, oké. Maar wat zijn de consequenties daarvan? En de mogelijke scenario's? En ondanks de halve slaappil die ze ten einde raad om halftwee heeft ingenomen, heeft ze nauwelijks geslapen. De tweede helft van de nacht lag ze in een lichte sluimer, waaruit ze voortdurend opschrok door rondspokende droombeelden en doemgedachten. Nachtelijke angsten in extreme vergroting. Vreemde gestalten om haar heen, snerpend hoongelach. Een beeld van zichzelf, naakt in een lege gang met talloze gesloten deuren. Toen ze overeind schoot door het signaal van de wekker was haar beddengoed klam van het zweet.

En ook nu, nu ze de Volvo heeft geparkeerd op de voor haar gereserveerde plek en ze naar haar tas naast zich reikt, voelt ze een koude zweetdruppel over haar rug glijden. Ze ziet hem weer liggen, de tas, op het tapijt, en voelt Patricks handen weer om haar polsen. Haar splinternieuwe Prada-tas. Ook die heeft definitief zijn glans verloren.

Weer een golf paniek. Straks sta ik oog in oog met hem. Wat doe ik dan? En wat zullen de anderen denken? Hoe moet ik me in godsnaam gedragen? En dan het antwoord dat ze zich heeft ingeprent. Professioneel. Je bent toch goddomme een professional. De beste in je vak. Gedraag je dan ook zo.

Irma, de receptioniste, reageert met een kort knikje op haar groet. Koeler dan anders? Lijkt maar zo. Gewoon doen. Ze ademt diep in door haar neus en stapt naar de balie toe.

'Goedemorgen, Irma. Fijn weekend gehad? Ja, ik ook. Nee, eigenlijk niets bijzonders. Héérlijk uitgerust. Geen post voor mij vandaag?'

Dat is één. De kop is eraf.

Op weg naar haar kantoor komt ze niemand tegen.

Natasja is er nog niet, dus zet ze zelf in de kleine pantry op de gang de koffiemachine aan.

Op haar kamer wacht haar een verrassing. Haar laptop staat op tafel. Ernaast een stapeltje dossiers. En haar mascara. Aan de kapstok hangt haar jas, keurig aan een knaapje.

Het zweet breekt haar weer uit.

De hele zondag heeft ze zich suf gepiekerd hoe ze deze zaken, die ze inderhaast heeft achtergelaten, zo onopvallend mogelijk uit de oranjerie zou kunnen wegsmokkelen. Ze heeft zelfs met haar jas al aan en de autosleutels in de hand bij de voordeur gestaan met het plan om heen en weer te rijden, maar iets in haar heeft haar daarvan weerhouden. Weer moederziel alleen op die plek. De gedachte alleen al. Het moest er maar gewoon blijven liggen, met het weekend voor de deur. Maandagochtend er snel zelf even naartoe. Geen mens zou erachter komen.

Dus Patrick heeft haar spullen meegenomen. Met zijn dronken kop? Ze kan het zich niet voorstellen.

Dat betekent dat een ander ze heeft opgehaald. Wie? Natasja. Zij wist als enige dat Diana in de oranjerie aan het werk was. Ze moet haar hebben gezocht. De schrik slaat haar om het hart. Wat heeft Natasja gezien? Haar spullen op de grond? Het verbrijzelde glas? Sporen van hun strijd? Patrick?

Ze hoort dat er iemand de kamer naast haar binnenkomt. Een tas die wordt neergegooid, de computer die wordt aangezet. Dat moet Natasja zijn. Geen tijd meer om een goed verhaal te bedenken. Ze trekt haar jas uit en hangt hem naast de andere. Doet de mascara in haar tas. Ze opent de tussendeur en begroet haar secretaresse.

Natasja ziet er moe uit. Net zoals zijzelf waarschijnlijk. Ze is bezig met haar haar, strijkt het net met beide handen naar achteren, een elastiek tussen haar tanden. Ze beantwoordt Diana's groet met een onverstaanbare grom. Bindt dan met het elastiek het haar in een staart.

'Natasja, over afgelopen vrijdag... Heb je...'

'Ja, sorry, ik moest om halfvijf echt weg, dat had ik toch gezegd,' onderbreekt Natasja haar, terwijl ze naar haar computerscherm tuurt. Dan pas kijkt ze op naar Diana. 'Is er een probleem? Heb je mijn briefje op je toetsenbord niet gevonden?' Het komt er zo onvriendelijk uit, dat Diana niet door durft te vragen.

'Nee, ik kom zelf ook net binnen. Geen probleem. De koffieautomaat staat al aan. Haal jij zo even koffie?'

Bij haar computer ligt het briefje van Natasja. Het enige briefje dat er ligt. Geen briefje van Patrick. Ze checkt haar mail. Geen bericht van Patrick. Ze start de laptop op. De inhoud van het document 'jaarverslag' is ongewijzigd. Wat had ze dan verwacht? Van een man die het hele weekend niet heeft gebeld en ook op geen enkele andere manier van zich heeft laten horen? Een briefje met een verontschuldiging? Een boodschap in haar computer? Hou jezelf toch niet zo voor de gek!

Ze leest haar mail, beantwoordt een paar urgente berichten, maar kan zich niet echt concentreren. Het wordt drukker op de afdeling, Anton steekt zijn hoofd om de deur met een joviaal 'Hallo!' en telefoons beginnen te rinkelen. Om halfelf verzamelt ze al haar moed en stapt de directiekamer binnen voor het maandagoverleg. Anton is er al, druk in overleg met Karel. Beide mannen reageren opgetogen op haar komst. Even weer een warm gevoel. Als Anton voorstelt om te beginnen, is Patrick er nog steeds niet. Ze vraagt of ze niet op hem moeten wachten. Anton reageert verbaasd.

'Nee, Patrick is er niet, wist je dat niet? Op z'n vroegst woensdag pas weer. Hij moest halsoverkop naar Nice. Spoedoverleg met een paar grote leveranciers.' Hij glimlacht veelbetekenend. 'Schijnt daar nu twintig graden te zijn. De vuilak.'

De dagen daarna probeert ze zo goed en zo kwaad als het gaat weer in haar gedisciplineerde werkritme te komen. Ze hervat de werkzaamheden aan het jaarverslag, de biografische schets van Patrick Groothof, maar het kost haar moeite om de juiste toon te pakken te krijgen. Woorden als 'visionair', 'inspirerend' en 'charismatisch' klinken opeens heel vals. Steeds wist ze meteen weer de woorden die ze heeft getypt. Eén woord laat ze wat langer staan. Vuilak.

's Avonds gaat ze vroeg naar bed.

En dan opeens, op woensdagmiddag, is hij er weer. Zonder te kloppen stapt hij haar kamer binnen. Grijnzend. Zijn scheve grijns. Alsof er niets is gebeurd.

Haar hart slaat een slag over, ze komt overeind, haar bureaustoel rolt achter haar weg. Ze blijft staan, niet in staat een woord uit te brengen. Zijn gezicht is licht gebruind. Hij ziet er geweldig uit. Vuilak, is het enige wat ze kan denken.

Ook hij zegt niets.

Tegelijkertijd hoort ze stemmen in Natasja's kamer. Natasja in gesprek met een vrouw. Een stem die haar bekend voorkomt, maar die ze niet direct kan thuisbrengen. Een hoog, schel lachje later weet ze het weer. Op haar zwarte stiletto's stapt Xenia Groothof haar kamer in.

'Patrick, waarom wacht je toch nooit op me?' Ze steekt haar arm door de zijne en leunt met haar linkerheup tegen hem aan. Ze draagt een pauwblauw satijnen Dietrich-broekpak met een extreem wijd uitlopende pantalon en een superstrak gesneden jasje, waarin haar enorme borsten prominent uitkomen. Haar haar is witblond geperoxideerd.

Xenia kijkt geringschattend om zich heen. 'En wie mag zich de gelukkige bewoner van dit hok noemen?'

Dan pas lijkt het tot haar door te dringen dat er nog iemand in de kamer is. Op haar gezicht verschijnt een gemaakt vriendelijke uitdrukking. 'O, sorry, we storen toch niet? We kijken alleen maar wat rond. Patrick heb beloofd dat ik de hele afdeling mocht zien.'

Opnieuw valt het Diana op hoezeer Xenia's platte Amsterdamse accent contrasteert met haar tot in de puntjes verzorgde, gesoigneerde uiterlijk. Hoewel beide zonder veel moeite in de categorie 'ordinair' ondergebracht kunnen worden.

'Ken ik ook eens zien waar mijn manlief de hele dag uithangt, nietwaar? En wat hij zoal op zijn werk uitspookt.' Xenia's koude ogen blijven strak op Diana gericht.

'En met wie.'

18

Ruim een week later, op vrijdag de veertiende, besluit ze dat het tijd is om definitief af te rekenen met haar frustratie. De hoop op een persoonlijk gesprek met Patrick is inmiddels vervlogen, laat staan de verwachting van excuses van zijn kant. Op de een of andere manier weet hij het telkens zo te regelen dat ze elkaar alleen in aanwezigheid van anderen tegenkomen. Uiteraard zijn zijn dagelijkse koffiebezoekjes verleden tijd, maar ook bij hun wekelijkse bilaterale overleg zorgt hij ervoor dat ze niet samen zijn. Zijn secretaresse is daarbij aanwezig, zogenaamd om te notuleren. Maar erger is dat hij zich tijdens die ontmoetingen zo mogelijk nog flirteriger gedraagt dan voorheen. Tijdens het maandagochtendoverleg, in het bijzijn van zijn mededirecteuren, maakt hij de ene dubbelzinnige woordspeling na de andere en ten overstaan van Natasja complimenteert hij haar uitvoerig met haar uiterlijk. Ook zij is dus nu een slachtoffer van zijn zakelijke-flirttactiek geworden. Het voelt als een vernedering.

Als ze bij Laurens door wil, als ze op een normale manier haar werk wil doen en er op den duur hopelijk ook weer van gaat genieten, zal ze zelf moeten veranderen. Ze zal zelf een streep onder het verleden moeten trekken om met een schone lei opnieuw te kunnen beginnen. Anders heeft het geen zin. Als ze daartoe niet bereid of in staat is, zal ze alsnog de consequenties moeten aanvaarden en moeten vertrekken. Ze zal een daad moeten stellen. Opeens weet ze het. Een symbolische daad. Op de plek des onheils, waar het nu precies twee weken geleden is gebeurd. De oranjerie, die ze tot nu toe zorgvuldig heeft gemeden. Ze heeft zichzelf eigenlijk bezworen er nooit meer een voet over de drempel te zetten, maar opeens lijkt haar dit de plaats bij uitstek om een nieuwe start te maken. En vanaf het moment dat ze de beslissing heeft genomen, maakt haar afkeer ervoor plaats voor een ander, positief gevoel. Een gevoel dat misschien zelfs wel verlangen genoemd mag worden. Een verlangen dat in de loop van de dag zo sterk wordt, dat het voelt alsof ze er door een magneet naartoe wordt getrokken.

Het openen van de poort voelt als een rituele handeling. Ze gaat midden in de enorme zaal staan, onder de magistrale glazen koepel, waardoor het zonlicht gefilterd naar binnen valt, en reconstrueert in gedachten en detail de gebeurtenissen van die verschrikkelijke middag. Ze richt haar blik op de toegangspoort, waar in het tegenlicht de zwarte gestalte stond waarin de duivel gevaren leek te zijn. Dan kijkt ze naar de haard, waar hij haar wilde betoveren met zijn vleiende woorden en formules. En ten slotte richt ze haar blik heel bewust op de plaats waar hij zijn satanische daad had gepland en waar ze zich aan zijn bezwering heeft weten te onttrekken. Opnieuw voelt ze de magische kracht van de ruimte, de energie die met geschiedenissen van lang geleden te maken moet hebben, maar in plaats van zich ertegen te verzetten, stelt ze zich open voor de kracht.

Ze sluit haar ogen. Ik vlieg, denkt ze. Ik laat alles los. Ik sta hierboven. En een welkom gevoel van bevrijding doorstroomt haar.

Opgelucht loopt ze terug naar het huis. Voor het eerst sinds weken heeft ze weer oog voor de wereld om zich heen. De narcissen staan in volle bloei en de zon verwarmt haar gezicht. De lente is begonnen.

De grote schoonmaak in haar hoofd is gelukt. De rest van de middag werkt ze met hernieuwde energie haar lijstje af. Al die dingen waar ze de afgelopen tijd eindeloos veel tijd aan kwijt is geweest, zijn nu in een mum van tijd geregeld. Op haar computer maakt ze haar agenda voor de volgende weken. De redactievergadering voor het jaarverslag. Persplan voor de beurs in New York. Presentatie jaarcijfers. Alles lijkt weer doenlijk en ze overziet weer het geheel. Snapt weer waarom ze eraan is begonnen, krijgt weer de kick van snelheid en creativiteit.

Als laatste verlaat ze het pand.

Haar Volvo is nog de enige auto op het parkeerplaatsje. Gelukkig staat hij onder een van de lantaarns.

Als ze het portier opent, ziet ze dat er een papiertje achter de linkerruitenwisser zit. Ze haalt het eronderuit en vouwt het open.

Blijf met je poten van hem af of je loopt gevaar. En niet alleen jij.

De woorden raken haar als een moker. Ze kijkt om zich heen, alsof de afzender van zo'n anoniem bericht op een muurtje gaat zitten toekijken.

Snel gaat ze in de auto zitten en vergrendelt de portieren. Ze knipt het binnenlampje aan en leest het briefje opnieuw. Er staat nog steeds hetzelfde.

Ze start de auto en zet hem in zijn achteruit. Als ze wegrijdt, hobbelt en bonkt hij over het grind. Ze heeft een lekke band.

Ze stapt uit en gaat voor de auto staan. De linkervoorband is lek.

En de rechter ook.

19

Ze overhandigt Patrick de envelop.

Die scheurt hem open, haalt de brief eruit en leest hem. Als hij klaar is, blijft hij even met gesloten ogen zitten, alsof hij diep in gedachten is verzonken. Dan slaat hij zijn blik naar haar op. 'Ik dacht het niet.'

Een steek van woede in haar maag. Hoe durft hij! Waar haalt hij het gore lef vandaan om zo te reageren! Maar uiterlijk blijft ze onbewogen.

'Alsof het jouw keus is. Voor het geval je het niet helemaal snapt: ik presenteer hier een voldongen feit.'

'Ik dacht het niet,' herhaalt hij stoïcijns, en met een spottende grijns op zijn gezicht scheurt hij haar ontslagbrief doormidden.

'En mag ik ook weten wat ik me daarbij volgens jou moet voorstellen?'

Hij staat op en loopt naar het raam. Met zijn handen op zijn rug blijft hij naar buiten staan kijken. Hij zegt niets. Puur machtsvertoon.

Ze neemt nog liever gif in dan dat ze haar vraag nu herhaalt. Wat ze te zeggen heeft, staat in de brief.

Dit gaat me te ver, heeft ze gedacht toen ze vrijdagavond voor haar auto stond. Hier heb ik geen zin in. Aanranding, vernedering... ik kan het allemaal aan, ik ben een grote meid. Maar bedreiging is me echt een brug te ver, dat trek ik niet. En zeker niet als er geweld bij komt kijken.

Want toen na twee uur de hulpdienst van de leasemaatschappij arriveerde, vertelde de monteur wat ze eigenlijk allang wist, maar wat toch als een schok voor haar kwam.

Haar beide banden waren lekgestoken met een scherp voorwerp.

Er is maar één persoon die ze hiertoe in staat acht. En die blijkbaar goede vriendjes heeft in de criminele wereld.

Dezelfde avond heeft ze haar ontslagbrief geschreven.

Lange tijd hangt de stilte tussen hen in. Dan draait Patrick zich langzaam om. 'Je blijft. Nog minstens een jaar. Ik kan het me nu niet permitteren je te laten gaan.'

Ondanks haar ziedende woede schiet ze in de lach. 'En denk jij werkelijk dat ik me daardoor laat intimideren? Waar zie je me voor aan? Voor een van je angstige ondergeschikten? Voor een hypotheekslaaf die bang is haar baantje te verliezen? Nou, dan kan ik je wat nieuws vertellen: ik heb je niet nodig. Het spijt me zeer dat ik hiermee je mannelijke dominantie aantast, maar ik weiger me nog één seconde langer aan jouw arrogante gedrag te onderwerpen.' Ze realiseert zich dat ze zich nu laat meeslepen door haar emoties, maar die wil ze niet langer tegenhouden. De walging, vernedering en frustratie van de afgelopen weken komen met zo grote kracht naar boven, dat ze het bloed uit haar gezicht voelt wegtrekken en ze op haar benen wankelt. Met haar linkerhand zoekt ze steun op het bureau.

'Je raakt me niet meer aan. Je kunt me niet meer aanraken. Vier je gore lusten maar bot op een ander. Zoek een ander slachtoffer. Je secretaresse. Of de mijne, voor mijn part. Ik walg van het zielige, ranzige mannetje dat je bent. Dat zich vergrijpt aan iedere vrouw. En daarna doet alsof er niks aan de hand is. De populaire jongen uithangt met z'n vriendjes. Weet je wat ik daarvan vind? Ik vind het zielig! En smerig!'

Hij laat haar woordenstroom onbewogen over zich heen komen. Knippert zelfs niet één keer met zijn ogen. Alsof het hem niet aangaat. Als ze is uitgeraasd, draait ze zich om en rent naar de deur. Op het moment dat ze die openrukt klinkt zijn stem. Gebiedend.

'Diana.'

Met de deurklink in haar hand blijft ze staan.

'Ik maak je kapot.'

Als ze een klein uur later haar polsen onder de koude kraan van de wc houdt, kan ze het nog steeds niet bevatten. Natuurlijk, ze heeft zijn boodschap begrepen, luid en duidelijk. En ze begrijpt wat hem bezielt: angst voor gezichtsverlies. Maar waar ze niet bij kan, wat haar werkelijk tot in het diepst van haar wezen heeft geschokt, is dat het hem volledig koud laat wat dit met haar doet. Dat hij haar reduceert tot een niemand. Een etalagepop. Een marionet.

In een paar welgekozen woorden heeft Patrick Groothof haar duidelijk gemaakt wat de consequenties zullen zijn als zij haar ontslag doorzet.

'Als je tegen mijn zin nu weggaat, betekent dat dat je niet meer aan de bak komt in het bedrijfsleven. Het Nederlandse én het internationale. Ik zal er persoonlijk voor zorgen dat je nergens meer een voet aan de grond krijgt. Dat ik daartoe in staat ben, weet je. Maar vergis je niet: ik zal geen moment aarzelen.'

'Daar twijfel ik niet aan. Nu ik je heb leren kennen zoals je werkelijk bent. Nu je je masker hebt laten vallen... Goed, je boodschap is duidelijk. En ik zal erover nadenken. Maar vertel me dan ook alsjeblieft wat ik me dan moet voorstellen bij onze samenwerking.'

'Voor de buitenwereld verandert er niets. Je blijft bij Laurens. Hoofd Communicatie. Voor minstens een jaar. Daarna zien we wel verder. Uiteraard zal je bewegingsruimte worden beperkt, maar dat zul je alleen zelf merken. Daarvan zal verder niemand in het bedrijf, buiten mij en degenen die ík daarin betrek, op de hoogte zijn, daar heb ik zo mijn methoden voor. Geen toegang meer tot gevoelige bedrijfsinformatie, dat spreekt vanzelf. Maar dat neemt niet weg dat je al die tijd gewoon kunt doorgaan met persberichtjes maken en het personeelsblaadje vullen. En over een jaar bedenken we wel iets. Dat de functie bij nader inzien toch iets te hoog voor je is gegrepen, zoiets. Ik zeg maar wat. Dan kun je verder solliciteren, bij de Aldi of de Cemsto. En dan nog één ding. Geloof me, als ook maar iemand in de branche iets van ons kleine akkefietje te horen krijgt, zullen onze advocaten je vervolgen tot de poorten van de hel.'

Pas 's avonds in bed lijkt het alsof ze uit een trance wakker wordt geschud. In één ondeelbaar moment openbaart zich de realiteit aan haar. De glasharde werkelijkheid.

Van slachtoffer is ze nu gevangene geworden. Het is te ziek voor woorden. Ze zit muurvast en heeft geen keus. Eruit stappen betekent een toekomst zonder perspectief. En blijven een heden vol gevaar. Ze zit klem in een spagaat waaruit ze, als ze niet goed oppast, nooit meer bevrijd zal worden.

Wat als een mooie droom begon, is nu een nachtmerrie.

II

20

'Néééé!' brult Eefje. 'Mama, néé!' Uit haar neus stromen grote snottebellen. Het kind is vannacht snipverkouden geworden. Ook dat nog. Terwijl ze met veel moeite de sleutel in het stroeve slot van de voordeur probeert om te draaien, tast Annemarie met haar andere hand in haar jaszak, op zoek naar een pakje tissues. Ze weet zeker dat ze die bij zich heeft gestoken, maar het enige wat ze vindt is de prop van een gebruikt zakdoekje. Dat moet dan maar. Ze buigt naar Eefje om de vieze neus schoon te vegen, maar die begint wild om zich heen te slaan. 'Néééé, ik wil nie na de kappe!' Door de opwinding en de verkoudheid ademt ze met korte, gierende stoten.

Hoewel ze sterk de neiging heeft om Evelien stevig beet te pakken en haar goed terecht te wijzen, weet Annemarie dat elke vorm van discussie of van opwinding van haar kant juist averechts zal werken. Daarom slikt ze haar opkomende boosheid weg en gaat ze onverstoorbaar door in haar poging om, met ontwijking van de wild slaande armpjes, de neus te reinigen.

'Kom, meissie, mama gaat even je neus afvegen.'

Uiteindelijk lukt het haar en lijkt Evelien zich gewonnen te geven. Als een klein hoopje ellende blijft ze staan snikken, waarbij de magere schoudertjes schokkend op en neer gaan. 'Nie na de kappe...'

Eén-nul, denkt Annemarie. De eerste stand op een lange scorelijst die deze dag tussen haar en haar hyperactieve peuter in petto heeft. 'Krijgt mammie nu een kusje?' zegt ze.

Een dag die zo mogelijk nog chaotischer is begonnen dan anders. Want zoals altijd als Peter op zakenreis is, is hun goed geoliede ochtendritueel vanochtend volstrekt ontwricht geraakt.

Peter is immers degene die 's morgens het eerst opstaat en de ontbijtspulletjes alvast klaarzet en Evelientje voor de beeldbuis plant. Die daarna Catootje wekt en haar – heel lief – nog even laat liggen. Peter is een ochtendmens en dat is bij Annemarie wel anders. Zij is om twaalf uur 's nachts met geen moker naar bed te timmeren, ook niet op doordeweekse dagen. Hoewel ze weet dat ze zich de volgende ochtend als een zombie uit haar nest zal moeten slepen en zich pas na een dubbele espresso weer wat mens, én moeder, zal gaan voelen.

Maar dan is het ook echt haar beurt. Zodra Annemarie eenmaal moed heeft gevat om het volle leven weer te aanvaarden, neemt ze de regie van het gezin volledig over. Ze smeert en snijdt de boterhammetjes voor de meiden. Peter krijgt de kans om op zijn gemak de ochtendkrant te lezen, Eefje wordt spartelend en giechelend aan een fikse wasbeurt onderworpen en Catootje... ach, Catootje die gaat gewoon haar eigen gang. Kalm en onverstoorbaar als altijd.

Ze vraagt zich wel eens af hoe het mogelijk is dat twee dezelfde mensen twee zulke verschillende kinderen kunnen krijgen. Hoe het kan dat hun meisjes in karakter van elkaar verschillen als dag en nacht. Maar haar conclusie is altijd dezelfde, daar is geen ontkomen aan: Catootje is het kind van Peter. Verstandig, rustig, weloverwogen en geordend. En Eefje, haar chaotische, ongeorganiseerde en primair reagerende schattebout, is echt háár kind...

De dichte vroege-voorjaarsmist is hardnekkiger dan voorspeld, want het zicht op straat is nog steeds niet meer dan een meter of vijf. Je kunt ook nu nog niet meer zien dan een uur geleden, toen

Catootje opgehaald werd voor school en ze met haar moest meelopen naar de auto met de andere kinderen. Catootje vond de mist een beetje eng.

Ook Eefje heeft nu het wonder van de mist ontdekt. Haar diepe droefheid is op slag vergeten en ze kijkt verbaasd om zich heen. 'Snee... sneepop!' jubelt ze, en ze wil meteen een spurt de tuin in maken. Maar haar moeder is haar voor. Ze grijpt het konijnenoor van de capuchon en houdt haar dreumes staande. Ze negeert het onvermijdelijke gejengel dat daarop volgt en drukt op de afstandsontgrendeling van de auto. Een eindje verderop op de singel flikkeren de lampjes van de Renault Espace op.

Zoals gewoonlijk kost het de nodige moeite om Eefje in het zitje achterin ingesnoerd te krijgen. Maar kleine afleidingstrucs helpen, als altijd. Ze veegt een laatste keer de snotneus schoon en stapt dan achter het stuur. Ze start de auto en rommelt wat met het verlichtingspookje. Waar zitten die mistlampen ook alweer? Uiteindelijk lichten de juiste symbooltjes op het dashboard op. Ze kijkt in de achteruitkijkspiegel en parkeert uit, in de hoop dat er geen fietser zonder licht achteropkomt. God zegene de greep.

Op het moment dat ze wegrijdt, hoort ze dat de motor van de auto die voor haar geparkeerd staat, aanslaat. Tegelijkertijd flitst de verlichting aan. Grote, dubbele koplampen met daaronder felle mistlampen. Ook aan de zijkant van de auto lichten lampen op. Het moet een flinke terreinwagen zijn. De zware motor maakt een brullend geluid. Nog voor ze er helemaal voorbij is, draait de bestuurder de auto de weg al op.

Kan die man niet even wachten, denkt ze geërgerd.

Ze moet zich goed concentreren, omdat ze in deze mist al snel haar oriëntatie kwijt is. Is ze de Wasstraat nu al voorbij? Is ze te laat met linksaf slaan? Daarbij blijft het gevaarte achter haar irritant dicht op haar bumper kleven. Voortdurend werpt ze zorgelijke blikken in haar achteruitkijkspiegel, waarin de schelle verlichting haar bijna verblindt.

Jeetje, wat een klootzak. Ze bedenkt dat het nu verstandig is om even aan de kant te gaan om haar blijkbaar zeer gehaaste medeweggebruiker voorrang te verlenen, maar haar verstand verliest het van de rebel in haar.

Je ziet maar hoe je erlangs komt, aso.

Langzamer dan gewoonlijk rijdt ze naar het kruispunt met de Verdamstraat, waar ze naar rechts de doorgaande weg op draait. Het is er op deze tijd van de ochtend gelukkig erg rustig.

Wat moet die man toch? Hij blijft maar op haar bumper rijden. Ze krijgt het er warm van.

Uitwijken kan nu niet meer, omdat er een aaneengesloten rij geparkeerde auto's langs de weg staat. Ze schakelt door naar de vierde versnelling. Kan die lul ook wat harder.

Gelukkig staat het stoplicht op groen, dus ze hoeft niet te stoppen. Ze geeft een klein beetje meer gas in de hoop dat zij het net haalt en hij niet. Maar ook haar achtervolger versnelt en komt nu zo dichtbij, dat haar hart sneller begint te kloppen.

Jezus, hij wil me toch niks aandoen?

Op de achterbank begint Eefje, gevoelig als ze is voor signalen van heftige emotie, te huilen.

Wat moet ze doen? De politie bellen? Maar hoe kan ze zo in godsnaam haar mobieltje uit haar tas halen? Met beide handen klemt ze het stuur vast. In het spiegeltje ziet ze dat Eefje verwoede pogingen doet om zich uit de gordels te bevrijden. Snot stroomt uit haar neus en ze begint te hoesten met een laag borstgeluid.

'Lieverd, wil je alsjeblieft blijven zitten? Mama is nu even bezig.'

Wat als ze nou eens plotseling op haar rem gaat staan? Nee, dan knalt hij meteen op haar.

Ze ziet dat ze inmiddels tachtig rijdt. Je mag hier maar vijftig. Staat hier geen flitspaal?

De motor achter haar loeit en brult.

'Mama... mama,' snikt Eefje. Haar ademhaling is zorgwekkend gejaagd.

Ze beseft dat ze allang rechts af had moeten slaan, de Buiten-singel op.

Ze passeren de gemeentegrens.

Tot haar verbijstering ziet ze in de spiegel dat de schelle lichten sneller dichterbij komen dan daarvoor. Er gaat een schok door haar auto als zijn voorbumper even haar achterbumper aantikt. De paniek slaat toe. Dit is een aanslag! Die gek wil ons dood-rijden!

Eefje brult en snakt naar adem. Ze heeft nu echt haar inhaler nodig.

Haar hart gaat wild tekeer en haar keel voelt plotseling droog aan. Rustig blijven. Op de weg blijven. Nadenken. Nadenken!

Ze ziet dat het monster achter hen opnieuw een aanloop neemt om hun auto te rammen. Werktuiglijk draait ze het stuur een slag naar rechts. De auto slipt een paar meter door als hij met het voorwiel in de modderige berm komt. Ze heeft al haar kracht nodig om hem weer op de weg te krijgen.

Eefje hoest onbedaarlijk.

Dan schiet het gevaarte langs hen heen. Rakelings. Direct daarop gooit de chauffeur zijn stuur om en snijdt haar scherp. Ze schiet de berm in en ramt met haar rechterkant een verkeersbord. De motor slaat af.

Ze hoort zichzelf gillen.

De remmen van de zware terreinwagen gieren en hij blijft ron-kend naast haar op de weg staan.

Koortsachtig kijkt ze om zich heen, op zoek naar iets om zich-zelf mee te verdedigen.

Ze verwacht dat het portier nu elk moment open kan zwaaien en... verder durft ze niet te denken.

Maar er gebeurt niets.

De seconden tikken weg.

En dan scheurt het monster ineens met loeiende dieselmotor weg.

Verbijsterd staart ze de verdwijnende achterlichten na.

Haar handen, die met witte knokkels aan het stuur zitten vast-geklemd, beginnen te trillen.

Het is opeens doodstil.

Doodstil?

Met een ruk draait ze zich om, gehinderd door de veiligheids-gordel die blokkeert.

Eefje hangt slap achterover in het zitje. Snot en speeksel stro-men over haar kin. Haar ogen zijn weggedraaid.

Haar lippen zijn angstaanjagend blauw.

21

Het is kil op kantoor.

Ze kijkt naar buiten. Het grootste gedeelte van het park wordt door de dikke mist aan het oog onttrokken. Een troosteloze aanblik.

Ze strijkt een losse krul achter haar oor en voelt dat ze geen oorbel draagt. En ook niet in haar andere oor. Vergeten in te doen. Ze doorzoekt haar tas op een reservepaar, maar vindt er geen. Een dag zonder oorbellen. Ze voelt zich naakt.

Haar gezicht voelt aan alsof de huid te strak is gespannen. Haar ogen prikken. Haar haar zit voor geen meter. Een *bad hair day*, zoals altijd op zulke troosteloze, mistige dagen.

Haar mobiel begint te trillen. Er komt een sms'je binnen. Ze opent het bericht.

DIT IS JOU SCHULD.

Meer staat er niet. Onbekende afzender.

Ze staart naar het schermpje. Er gaat een huivering over haar rug. Ze heeft geen idee wat het betekent, maar een angstig voorgevoel groeit.

Opnieuw een waarschuwing. Was te verwachten.

Iets is haar schuld. Maar wat?

Als de afzender eropuit is om haar onzeker te maken, een un-
heimisch gevoel te geven, dan is die er goed in geslaagd. Wat kan
ze dit keer verwachten? Een dode kat op haar motorkap? Een af-
gehakt paardenhoofd in haar bed? De spelfout in het bericht. 'Jou' waar 'jouw' zou moeten staan.
Ze hoort weer het gerebbel van Xenia in haar kantoor. Dat ordi-
naire stemgeluid. De taalfouten die ze maakte.
'Ken ik ook eens zien wat manlief uitspookt.'
Dat dreigbriefje vorige week, dat was toch ook van Xenia?
Alles wijst erop.

Opeens schiet haar een opmerking te binnen. Wie zei dat ook alweer?
*Het zou me niets verbazen als die haar man dag en nacht liet scha-
duwen.*
Was het niet Joep die dat zei, een tijdje geleden, tijdens de borrel in Nigtevecht? Ineens staat het hele gesprek haar weer glashelder voor de geest. Xenia die een paparazzo aanvalt als ze een
restaurant verlaat. Wier hysterie en jaloezie toch legendarisch zijn.
De vrouw die haar man dag en nacht laat schaduwen.
Op de een of andere manier moet Xenia te weten zijn gekomen
wat er tussen haar en Patrick is voorgevallen. Maar daar een verkeerd beeld van hebben gekregen. Geconcludeerd dat zij Patrick
aan het verleiden was. DIT IS JOU SCHULD. Zou ze dat daarmee
bedoelen?
Foto's. Een paparazzo? Helemaal Xenia's wereldje. Heeft ze
een paparazzo achter hen aan gestuurd? Een fotograaf?
Natuurlijk!
Een privédetective.
De vrouw die haar man dag en nacht laat schaduwen.
Geen paparazzo. Wel een fotograaf. En een logische daad voor
een vrouw met een jaloezie die legendarisch wordt genoemd. En
voor wie er behoorlijk wat op het spel staat. Een man die steenrijk is. Die in de Quote 500 staat.

Wat zei Joep nou nog meer? Xenia was door het dolle heen en de politie werd erbij gehaald. *Een gewelddadig typje,* dat waren zijn letterlijke woorden.

Het is alsof een ijskoude hand haar hart omvat. Haar mobiel begint te rinkelen.

22

Met gebogen hoofd staat Diana naast het bed. Het gesnik van Annemarie gaat haar door merg en been. In een machteloos gebaar legt ze haar arm om de schouder van haar vriendin. Het voelt als verraad.

Het kleine lijfje in het veel te grote bed ziet er kwetsbaar uit. Het is omringd door slangen en een groot deel van het gezichtje gaat schuil onder het beademingsapparaat. Met regelmatige tussenpozen wordt lucht in de kleine longetjes gepompt, waardoor het lijkt of het meisje rustig ligt te slapen. Maar schijn bedriegt. In het ziekenhuisbed vecht Eefje voor haar leven.

Het is mijn schuld, is het enige wat ze kan denken. Een verschrikkelijke gedachte, die – sinds Peters telefoontje over het tragische ongeval – haar denkwereld bepaalt.

Het is míjn schuld.

'Hi Diana, met Peter.' De stem klonk gejaagd.

Even moest ze nadenken. Kende ze een Peter? Ach, natuurlijk! Peter van Maarssenbeek, de man van Annemarie. Waarom zou Peter haar bellen?

'Hé, Peter. Wat leuk dat je belt. Hoe...' Ze kon haar zin niet afmaken.

'Het gaat om Annemarie. En Eefje. Ze ligt in het UMCL... op de intensive care.'

'Annemarie! Wat is er met haar gebeurd?'

'Annemarie is oké. Maar Eefje...' Zijn stem brak. '... Eefje ligt in coma.' Een snik, gedempt, alsof hij zijn hand op de hoorn had gelegd. Direct daarna kwam hij weer gewoon door. 'Ik zit nu zelf op Heathrow, maar door de mist zijn de vertragingen hier gigantisch. Ik kan op z'n vroegst vanavond pas vliegen. Wilde vragen of jij er nu naartoe kunt gaan. Annemarie is in alle staten. Het schijnt dat ze in haar auto is aangevallen. Een of andere agressieve wegpiraat heeft haar achtervolgd en van de weg gedrukt. En is toen zelf doorgereden. Moet heel angstaanjagend zijn geweest. Het leek wel een soort bedreiging, zei ze.'

Of een waarschuwing. Van iemand die autobanden lek laat steken.

Blijf met je poten van hem af of je loopt gevaar. En niet alleen jij.

DIT IS JOU SCHULD.

Dus dát bedoelde ze ermee.

'Ik stap nu in de auto, Peter. Bel je zodra ik wat meer weet.'

'Ontzettend bedankt, Diana. Ik kom zo snel mogelijk.'

De deur van het kamertje zwaait open en een verpleegster komt binnen. 'Er is hier een agent die uw aangifte komt opnemen.'

Ze lopen achter de vrouw aan. Haar arm ligt nog steeds om Annemaries schouder.

De politieagent, een Marokkaanse jongen van een jaar of vijfentwintig, gooit net een muntje in de koffieautomaat. Als hij ziet dat ze eraan komen, kijkt hij hen vragend aan. Op zijn naamschildje staat M. ASROUTI.

'Mevrouw Maarssenveen?'

'Van Maarssenbeek,' corrigeert Diana. 'Dit is mevrouw Van Maarssenbeek. Ze wil aangifte doen van bedreiging.'

'Kan ik u daarbij een beker koffie aanbieden?' De jongeman tast naar zijn achterzak en pakt zijn portemonnee.

Ze bedanken allebei. 'Is er een plek waar we rustig kunnen praten?' vraagt Diana aan de verpleegster. Ze brengt hen naar een kleine wachtkamer.

Met horten en stoten komt het hele verhaal eruit. Annemarie die van huis wegreed, een andere auto die onmiddellijk achter haar aan reed. Een grote terreinwagen, met een zware dieselmotor. Hij bleef haar maar achtervolgen, reed toen op haar in en duwde haar uiteindelijk de berm in.

Agent Asrouti noteert en stelt de voor de hand liggende vragen.

'Merk van het voertuig?'

Geen idee.

'Kleur van het voertuig?'

Donker. Zwart of zo.

'Hebt u het kenteken van het voertuig genoteerd?'

Nee.

'Kunt u een signalement geven van de bestuurder van het voertuig?'

Nee.

In haar paniek heeft Annemarie niet op die dingen gelet. En in haar angst om Eefje. Haar Eefje, die nu... Opnieuw stort Annie in en doorvragen heeft geen zin.

Agent Asrouti klapt zijn notitieblokje dicht en belooft hen van het verloop van het onderzoek op de hoogte te houden. Hij zet zijn pet weer op, geeft hun beiden een hand en verlaat het wachtkamertje.

Ook Annemarie staat op. 'Kom, Diaan, misschien heeft de dokter al nieuws.'

Na twee uur wachten stelt Diana voor om een kleinigheidje te gaan eten. Annemarie heeft inmiddels drie keer met Peter gebeld, die zeker niet voor acht uur de lucht in gaat, en met haar moeder, die zich over Catootje heeft ontfermd. Zelf heeft Diana Natasja gebeld met de mededeling dat ze vandaag niet meer op kantoor zal verschijnen. Die reageerde opvallend opgetogen. Van de beduimelde tijdschriften op het lectuurtafeltje heeft ze de meeste inmiddels ongeïnteresseerd doorgebladerd. Oude *Panorama's* en *Libelles*. *Plus Magazine* en het haar onbekende blad *Zorgvisie*. En natuurlijk de gebruikelijke roddelbladen. Maar daar heeft ze nu even geen zin in.

Een halfuur geleden is de behandelend arts langs geweest, met het nieuws dat er geen nieuws is. De toestand van Eefje is nog steeds zorgwekkend.

Mijn schuld, dreunt het door Diana's hoofd. Mijn schuld.

Ze nemen de lift naar de begane grond en vinden een tafeltje in de cafetaria. Ze werpen een korte blik op de kaart, maar besluiten beiden dat ze geen trek hebben. Diana haalt twee kopjes thee.

Eindelijk vindt ze de moed om haar vriendin deelgenoot te maken van haar verdenking.

'Annie, ik moet je wat vertellen.'

Met roodbehuilde ogen kijkt Annemarie haar aan.

'Wat er vanochtend met jou en Eefje gebeurd is... Ik denk dat ik weet wie daarachter zit.'

Annemaries ogen worden groter.

'Er is iets gebeurd. Iets waar ik tot nu toe met niemand over heb gesproken. Maar ik denk dat wat jou is overkomen ermee in verband staat.'

Dan haalt ze diep adem en gooit alle shit van de afgelopen weken eruit.

Als ze uitgesproken is, sluit ze een moment haar ogen.

Als ze ze weer opendoet, ziet ze dat Annemarie zich niet heeft bewogen.

De stilte hangt loodzwaar tussen hen in.

'En waarom zeg je dat dan niet tegen die agent?' Annies stem klinkt rauw. 'Je zit er verdomme bij als ik die verklaring afleg en je houdt je bek? Wat is dat voor een shithouding?'

'Annie, ik...'

'Nee, godverdomme, hou dan nu ook even die hypocriete bek van je. Waarmee je me net zit te vertellen dat het jouw schuld is dat mijn kind daarboven in coma ligt!'

'Jezus, Annie, ik vertel je net dat ik bijna ben verkracht!' fluistert Diana.

'Bijna? God, wat verschrikkelijk voor je. Jammer dat het niet is gelukt. Je zult het wel uitgelokt hebben. Het interesseert me geen barst waar jij je allemaal in begeeft. Maar mijn kind ligt op sterven. En kennelijk komt dat omdat jij je niet kunt beheersen in die criminele club waarin je zit. Dat je dat goddomme niet eens aan de politie vertelt. Wat bezielt jou?'

De mensen aan de tafeltjes om hen heen kijken verstoord op, maar dat ontgaat Annemarie volledig. Haar stem wordt nog harder. Haar woorden beuken op Diana in.

'Mooie Diana, de vleesgeworden ambitie. Ik kots van dat misselijkmakende geflirt van jou met alles wat een broek aanheeft. Geen man is veilig. Natuurlijk kon je ook nu niet met je tengels van een getrouwde man afblijven. En daarom ligt Eefje nu op sterven!'

De pijn die ze al weken voelt is niets vergeleken bij de pijn die deze woorden veroorzaken. Diana krimpt ineen. Zoveel haat? Annie en zij zijn toch maatjes?

Ze doet een wanhopige poging om haar vriendin tot rede te brengen.

'Annemarie... ik begrijp dat je helemaal kapot bent. Maar wil je alsjeblieft even naar me luisteren?'

'Luisteren? Naar jou? Dat is echt het laatste waar ik nu behoefte aan heb. Ach, waarom donder je toch eigenlijk niet gewoon op! Wat moet ik met jou? Mijn man verliezen? Of ook mijn andere kind? Blijf uit mijn buurt!'

Als een dolk snijden de woorden door Diana heen. Ze staat op, haar stoel valt naar achteren.

'Annie, ik...' De woorden blijven steken in haar keel.

Ze grijpt haar tas en rent het ziekenhuis uit.

23

Ze zit in de klas. Het is halfvier en ze zijn klaar met rekenen. Door de hoge ramen valt het zonlicht naar binnen.

Omdat het vrijdag is, leest meester Hildebrand het laatste kwartier van de middag voor; de vrijdagmiddag is de fijnste middag van de schoolweek.

Het gaat over een jongen en een meisje die een bijzondere ontdekking doen: bij een groot verlaten huis vinden ze een geheime tuin...

Ze herinnert zich hoe blij ze is als ze na school naar huis huppelt, volledig vervuld van het verhaal van de meester. Ze kan niet wachten tot ze het aan mama kan vertellen.

Ze heeft zich nog nooit zo blij gevoeld.

Ze opent het tuinhekje en rent achterom, haar eigen tuin in, en fantaseert dat het de geheime tuin is, die wonderlijke schatten verbergt. Die gaat ze straks zoeken, maar nu wil ze eerst naar mama. Thee met haar drinken en haar het verhaal vertellen.

Maar de achterdeur zit op slot. Hoe ze er ook aan trekt, ze krijgt hem niet open. Ze kijkt door het raam, maar ziet niemand in de kamer. Ze rent naar de voordeur, maar kan niet bij de bel. Ze gluurt door de brievenbus. Roept 'Mama!', maar er komt geen reactie. Mama is er niet. Haar zusje Christa en de jongens ook niet. Niemand.

Ze loopt weer naar achteren. Gaat zitten op het stoepje. Waar zijn ze? Ze wacht, maar ze komen niet. De zon verdwijnt achter de schutting, en ze krijgt het koud.

Ze wordt bang.

In haar buik welt een angst op die groter en groter wordt. Ze is zo bang dat ze nooit meer terugkomen. Dat ze haar moeder nooit meer zal zien. Dat ze altijd alleen zal zijn. Ze voelt nu een peilloos gevoel van eenzaamheid. Een verschrikkelijke pijn in haar buik, die nooit meer zal ophouden...

Diezelfde pijn voelt ze ook nu.

24

Voor de vijfde keer vandaag staat ze met de telefoon in haar hand. Ze wil Annemarie bellen, maar ze durft niet. En wat zou ze eigenlijk tegen haar moeten zeggen? Haar gevoel wordt nu al dagen heen en weer geslingerd tussen begrip en verontwaardiging. Begrip voor Annie als moeder, in doodsangst voor het leven van haar kind.

Verontwaardiging over Annemarie als vriendin, met haar vernietigende woorden en kwetsende veroordelingen.

Zou ze haar echt zo haten? Zijn al die jaren van vriendschap een illusie?

Nee, onmogelijk. Ze wist niet wat ze zei. Ze was uitgeput van verdriet en de zorgen om Eefje.

Maar hoe haalde ze het dan in haar botte hoofd om zo op haar verhaal te reageren?

Ze komt er niet uit.

Ze rookt. De ene sigaret na de andere, totdat haar keel schraal is en haar borst pijn doet. Als een gekooide tijger ijsbeert ze door haar appartement. Draait haar rondjes als een gevangene in zijn cel. Met pijn op haar borst en pijn in haar maag.

Opnieuw een weekend in de hel. *L'histoire se répète.* De dagen op kantoor komt ze wel door, hard werken is het beste medicijn, en 's avonds met een flinke borrel verdoofd je bed in. Maar de zaterdag en de zondag... Ze zou er alles voor geven om die malende gedachten kwijt te raken. En die pijn. Die verdomde pijn die als een baksteen in haar maag ligt.

En opnieuw die tweestrijd. Weggaan of blijven? Hij heeft je bijna verkracht. En vernederd. Je bent bedreigd. En Evelien balanceert op het randje van de dood. De keuze lijkt zo voor de hand liggend. Haar carrière? Wat is die waard in relatie tot haar leven? Haar vriendschap? En het leven van haar vrienden?

Maar toch.

Ik maak je kapot.

Hoe zal haar leven zijn zonder de dynamiek van haar werk, het avontuur, de collega's, de uitdagingen en het luxeleven dat ze daardoor kan leiden? Ze kan het zich niet voorstellen. Leeg. Leeg en eenzaam. Een zwart gat.

Haar carrière opofferen? Wat heeft ze daar nou aan? Krijgt ze daarmee Annies vriendschap terug? En wordt Eefje daar beter van?

De telefoon gaat. Het is Joep, ziet ze. Ze neemt niet op. Even later de ringtone van haar mobiel. Weer Joep. Na drie signalen bedenkt ze zich en neemt ze het gesprek aan.

'Diana, wat is er aan de hand? We moeten praten. Ik kom nu naar je toe.'

25

Ze heeft zich laten overhalen om een stuk te gaan lopen. Ze hebben de auto bij Zorgvlied geparkeerd en wandelen over het fietspad langs de Amstel. Ze denkt aan hun laatste wandeling samen langs de Vecht. Hoe anders is het nu.

Joep heeft haar verteld hoeveel zorgen Arno en hij zich de laatste weken over haar hebben gemaakt. Hoe vaak ze hebben gebeld en ge-sms't.

Ze weet het.

Hij heeft haar bezorgd aangekeken en gezegd hoe verschrikkelijk ze eruitziet en hoeveel ze is afgevallen.

Ze weet het.

Hij heeft haar gevraagd wat er toch in godsnaam met haar aan de hand is.

Ze heeft hem het hele verhaal verteld.

'Maar je bent toch niet gek? Diana, daar kun je toch niet blíjven? Dat snap ik echt niet. We moeten naar de politie! We moeten zo snel mogelijk aangifte doen van alles wat die klootzak je heeft aangedaan. En natuurlijk ook van die bedreigingen van dat wijf van hem. Dat is toch echt volstrekt van god los? Waarom heb je dat niet al veel eerder gedaan?'

Ze kijkt hem hulpeloos aan. Als ze heel eerlijk is, weet ze het ook niet.

'Ik kan gewoon niet weg. Hij heeft gezegd dat hij me dan kapotmaakt. En dat hij dat doet, weet ik zeker. Ik heb nu gezien wie hij is. Hij gaat over lijken.'

'Ja, en als eerste over dat van jou. Denk je soms dat ze met die bedreigingen ophoudt? Denk toch eens goed na! Die eerste stelde toch niks voor vergeleken bij die tweede. Diana, ze hebben bijna een kind doodgereden!'

'Ik weet het! Ik weet het! Het is mijn schuld!'

'Natuurlijk is het niet jouw schuld. Doe normaal, zeg. Jij hebt dat kind van Annemarie niet het ziekenhuis in geholpen.'

'Het voelt als mijn schuld. Ik word er gek van. Ik voel me zo schuldig tegenover Annemarie.'

'Bel haar dan.'

'Dat durf ik niet. Je had moeten horen hoe ze tegen me tekeerging. Het was afgrijselijk. Alsof meer dan vijftien jaar vriendschap helemaal niets voorstelde.'

'Ik blijf erbij dat we nu naar de politie moeten. Zou dat hier in Amsterdam kunnen of denk je dat we daarvoor naar Wassenaar moeten?'

Typisch Joep, altijd even pragmatisch.

Zonder te praten slenteren ze een tijdje door. Een vier met stuurman schiet over het water, ze moeten opzij stappen voor de trainer, die over het pad met de boot meefietst. Door een grote koperkleurige toeter schreeuwt hij zijn bevelen, die over het water galmen.

Ze steekt een sigaret op. 'Ik ga niet naar de politie.'

'Geef me één geldige reden waarom niet.'

'Ik wil niet dat het aan de grote klok gehangen wordt. Ik schaam me dood. Trouwens, hij heeft me niet echt verkracht.'

'Wat dacht je van aanranding? Van grove ongewenste intimiteiten? Hij kan toch niet ongestraft met zijn poten aan een vrouw zitten? Daar hebben we hier in dit beschaafde land wetten voor, voor het geval je dat niet wist!'

'Als ik het aangeef, komt het in de openbaarheid. Dat wil ik niet. En ik wil echt niet dat mijn moeder hier iets van te weten komt.'

'En die andere dingen dan? Het verscheuren van je ontslagbrief? Ik ben ervan overtuigd dat dat ook strafbaar is. En niet te vergeten die bedreigingen van Xenia. Volgens mij is dat op zijn minst poging tot doodslag.'

'Joep, ze zien me aankomen, jammerend omdat hij mijn briefje heeft verscheurd. En tegen die vrouw heb ik toch geen enkel bewijs? Hoe kan ik in godsnaam hard maken dat zij erachter zit? Vanwege een spelfout? Nee echt, hoe lief ik het ook van je vind dat je zo voor me opkomt, mijn besluit staat vast. Ik doe geen aangifte.'

'Je bent getraumatiseerd. Dat kan niet anders. Volgens mij lijd je aan dat... hoe heet dat ook alweer? Als je als slachtoffer van de dader gaat houden. Iets met een stad. O ja, het stockholmsyndroom! Meisje, je lijdt aan het stockholmsyndroom!'

'Sorry, maar daar heb ik echt nog nooit van gehoord.'

'Dan ga je als slachtoffer van je beul houden. Een psychologisch heel interessant proces. Het is een vorm van psychose die is genoemd naar een gijzeling in Stockholm in de jaren zestig.'

Ze kijkt hem aan en haalt haar schouders op. Ze kan er zich niks bij voorstellen. Ze huivert.

'Zullen we teruggaan?'

Ze keren om en lopen terug. Het buiten zijn en de frisse wind om haar kop doen haar goed. Voor het eerst sinds tijden lijkt de steen in haar maag wat lichter te worden. Ze steekt haar arm door die van Joep. Hij pakt haar hand en drukt die tegen zich aan. Als hij weer begint te spreken blijft hij recht voor zich uit kijken.

'Oké, het is jouw leven. Ik ben het niet met je eens, maar ik laat de beslissing aan jou over. Ik leg me erbij neer. En ik ga je helpen. Onder één voorwaarde.'

Ze kijkt hem vragend aan.

'Als er maar iets mis met je dreigt te gaan, grijp ik in. Bij het minste of geringste.'

'Deal.'

Hij kust haar op haar lippen. Zoals alleen een goede homo-vriend haar op haar lippen kan kussen. Een kameraadschappelijke kus die hun pact bezegelt.

Ze rijden terug naar huis. Hij zit peinzend achter het stuur. 'Ik denk dat we hem zo snel mogelijk moeten terugpakken. Iets zoeken waarmee we hem op onze beurt kunnen chanteren. En hem met gelijke munt terugbetalen, zodat hij je wel moet laten gaan. Laat me eens denken... Wat weten we allemaal van hem? Hij bungelt onderaan in de Quote 500, heeft zijn eigen helikopter en is getrouwd met een B-sterretje dat contacten heeft met zware jongens. Een hoog Holleeder-gehalte, als je het mij vraagt. Misschien kunnen we iets ensceneren wat lijkt op een afrekening in het criminele milieu. Die zaken worden toch nooit opgelost, dus daar komen we wel mee weg.'

'Als dat zou kunnen.'

'Nee. Geen goed plan. Veel te veel een scenario voor een slechte misdaadroman. Ik zie jou al in de hoofdrol als gangsterliefje. Prinses in het kwaad. Een kogelvrij vest onder je baljurk.'

Ze glimlacht afwezig om zijn grapje en kijkt uit het raam. Nu ze zich door Joeps intense betrokkenheid gesteund voelt, is het of er een zwaar gewicht van haar af valt. Maar daarvoor in de plaats voelt ze gelijk een enorme vermoeidheid opkomen, die dicht bij een gevoel van uitputting komt. Ze geeuwt en de tranen schieten in haar ogen. Meteen schiet ze zelf ook weer vol. Een verschrikkelijke gedachte is in haar opgekomen. 'Als er maar niks met jullie gebeurt.'

'Pardon?'

'Stel je voor dat ze ook achter jou en Arno aan gaan. Ze hebben Annemarie per slot van rekening ook gevonden. Misschien zitten ze nu wel achter ons aan!' Met een ruk draait ze zich om om te kijken of ze worden achtervolgd. De weg achter hen is leeg, op een oude man op een fiets na.

Joep kijkt in de achteruitkijkspiegel. 'Als ze die achter ons aan gestuurd hebben, geef ik wel een beetje gas bij. Nee, liefje, maak je daarover nou maar geen zorgen. Arno en ik staan heus wel ons mannetje.' Ze zijn er en Joep draait een parkeerhaventje in. Hij zet de motor uit en kijkt haar aan. 'We zijn nog geen stap verder.' 'Ik weet het. Maar er is wel iets wat ik kan doen.' Ze vertelt hem over de berg informatie die de secretaresses op haar bureau hebben gedumpt. 'Van al die gegevens had ik maar een heel klein deel nodig voor het jaarverslag. Vandaar dat ik niet alles intensief heb doorgenomen. Het meeste heb ik oppervlakkig gescand. Wat ik kan doen, is alles wat ik over Patrick in handen heb gekregen, nog eens doorspitten. Misschien levert dat een aanknopingspunt op.' Ze ziet zijn sceptische blik. 'Ja, oké. Maar ik mag me toch wel aan één strohalm vastklampen?'

'Helemaal gelijk. Trouwens, er schiet me nu ook nog wat te binnen. Dat dubieuze verhaal over die prinses dat je me laatst vertelde, waar we zo geheimzinnig over moesten doen. Heb je dan nou al eens uitgezocht?'

'Denk je dat dat wat oplevert?'

'Geen idee, natuurlijk, maar ik zei je toen toch gelijk al dat ik dat zo'n merkwaardige geschiedenis vond? Mijn gevoel zegt me dat daarin iets niet klopt.' Hij reikt naar de achterbank en trekt een volle Albert Heijn-tas naar zich toe. 'Maar nou naar boven, ik ga een heel vitamine- en vooral koolhydraatrijke pasta voor ons in elkaar draaien.'

26

'Marianne werd in 1810 in ballingschap geboren, omdat haar vader, de latere koning Willem I, en zijn gezin wegens de Franse bezetting van ons land waren uitgeweken.'

Zodra Joep is vertrokken, is Diana achter haar computer gekropen om de gegevens over de prinses te checken. Het geeft een goed gevoel om haar nieuwe vechtlust gelijk in daden om te zetten.

De tijd van de Franse bezetting. Ze leest deze zin op het scherm nog een keer en probeert zich te herinneren wat ze zich nog van deze periode uit de vaderlandse geschiedenis herinnert. Dat is eigenlijk behoorlijk wat.

Het is de tijd van de Bataafse Republiek, die wordt uitgeroepen als de Fransen in 1795 Nederland binnenvallen. In Frankrijk zelf is in 1789 de Revolutie uitgebroken en de guillotine maakt inmiddels overuren. De bepruikte hoofden van Lodewijk XVI en Marie Antoinette zijn al gevallen, en met hen die van talloze andere aristocraten.

Ook in Nederland is de aristocratie zijn leven niet meer zeker, vandaar dat stadhouder Willem V met zijn zoons in ballingschap naar Engeland vertrekt. Pas in 1813, als Napoleon zijn eerste grote nederlaag lijdt, zet zijn oudste zoon, maar nu als souverein vorst, in Scheveningen weer voet op vaderlandse bodem. En als in

1815 Napoleon bij Waterloo definitief wordt verslagen, bepalen de overwinnende mogendheden tijdens het Congres van Wenen dat Nederland en België worden samengevoegd in een constitutionele monarchie onder koning Willem I, de eerste vorst uit het Huis van Oranje. Koning-koopman, zo luidt zijn bijnaam. Hij moet een goede ondernemer en een voortvarend regerende vorst zijn geweest.

Tot het jaar 1830, waarin de Belgen in opstand komen. De Hollanders ondernemen een jaar later de Tiendaagse Veldtocht tegen hun rebellerende zuiderburen, die jammerlijk mislukt. België wordt van Nederland afgescheiden. Vanaf dat moment is de lol voor Willem er eigenlijk af, en helemaal wanneer hij in 1840 wil hertrouwen met de hofdame van zijn inmiddels overleden echtgenote, de katholieke Belgische gravin Henriette d'Oultremont. Zijn oudste zoon, de Prins van Oranje, verleent hiervoor geen toestemming, zodat hij ten gunste van hem aftreedt. Dat is dus Willem II, de broer van Marianne en de grootvader van koningin Wilhelmina.

Diana leest verder op de website over Marianne, die ze via een zoekopdracht in Google heeft gevonden.

Marianne, van wie de volledige naam en titel prinses Wilhelmina Frederica Louisa Charlotte Marianne der Nederlanden luiden, is een nakomertje, want haar broer Willem is van 1792. Een verschil van maar liefst achttien jaar dus. Maar de komst van het kleine prinsesje moet voor de ouders een grote troost zijn geweest, omdat zij een paar jaar daarvoor hun eerste dochtertje, Pauline, zijn kwijtgeraakt. Prinses Pauline is al op zesjarige leeftijd bezweken aan uitputting, toen ze met haar moeder op de vlucht was voor de legers van Napoleon.

Volgens de tekst op de site beleeft Marianne een onbekommerde jeugd in paleis Noordeinde in Den Haag en beschreef men haar als een vrolijk en geestig kind, de lieveling van haar vader, van wie zij alles gedaan kon krijgen. Wat een schril contrast met het portret van Marianne op latere leeftijd, dat ernaast staat afgebeeld en waarop ze oogt als een gedeprimeerde, niet al te goed geconserveerde vrouw van middelbare leeftijd.

Diana kijkt lang naar het portret. Naar het melancholieke gezicht met het haar dat strak is weggestopt onder een tuttig witkanten mutsje met linten. Een droevige vrouw in een strenge, hooggesloten japon. Niet bepaald het vrolijke kind van wie in de eerste regels sprake is.

Maar als ze doorleest, begint haar gaandeweg te dagen wat daarvan de oorzaak geweest moet zijn.

Op achttienjarige leeftijd verlooft Marianne zich met de prins van Wasa, de kroonprins van Zweden, maar het komt uiteindelijk niet tot een huwelijk. Vanwege een 'administratieve blunder', meldt de website, en Diana heeft geen idee wat ze zich daarbij moet voorstellen. Was het geld voor de bruidschat niet op tijd overgemaakt? Of waren haar papieren niet in orde? Ze kan zich nauwelijks voorstellen dat in 1828 een minister als Rita Verdonk zich al druk zou maken over dubbel staatsburgerschap. Trouwens, dat gaat toch helemaal niet op in geval van een royalty-huwelijk? Máxima heeft toch ook onmiddellijk een Nederlands paspoort gekregen toen ze zich met Alexander verloofde?

Hoe dan ook, het huwelijk met de prins vindt nooit plaats. Misschien maar goed ook. Wasa, de naam alleen al.

Een jaar later trouwt Marianne met haar neef Albert van Pruisen. Klinkt ook niet echt als een droomhuwelijk. Met haar neef, dat kan niet anders dan een gearrangeerd huwelijk zijn. Zouden ze bang zijn geweest dat Marianne overbleef? Zou je in die tijd als ongetrouwde twintiger al een ouwe vrijster zijn? Mijn god, hoe zouden ze dan tegen mij aan hebben aangekeken! Waarschijnlijk hadden ze haar dan allang gedwongen om non te worden of zo – hoe heet dat ook alweer? Begijntje. Bij dit woord stelt ze zich een verzuurde, middelbare vrouw voor achter een groot spinnewiel.

De trouwerij van Albert en Marianne vindt plaats in, leest ze, de 'herfstmaand van 1830'. September dus. Wat was er nou nog meer in dat jaar? O ja, de Belgische Opstand. Niet echt een vrolijke tijd dus, met al die politieke spanningen en het land op het randje van oorlog. Zal dus ook niet zo'n uitgelaten trouwpartij geweest zijn. Een tweedekeushuwelijk. In oorlogstijd. Zoiets kan ook niet in een andere dan de 'herfstmaand' plaatsvinden.

Ze neemt de rest van de informatie over Marianne op het net door en ziet dat er een aantal jaren geleden een biografie van haar is verschenen. Op bol.com ziet ze dat het boek niet meer leverbaar is. Maar op boekwinkeltjes.nl ontdekt ze dat er in het tweedehandscircuit nog een aantal exemplaren verkrijgbaar is. Ze bestelt er onmiddellijk een.

Eigenlijk alles wat Patrick over de prinses heeft verteld, klopt. Haar latere scheiding van Albert, de bon vivant die er talloze minnaressen op na hield. Haar aankoop van de buitenplaats Rusthof in Voorburg. En het verhaal van haar relatie met haar koetsier Johannes van Rossum, die ze later tot haar bibliothecaris en persoonlijk secretaris bevorderde. De breuk met haar familie omdat ze van deze getrouwde man in verwachting raakte en de dood van haar kind, haar zoontje Johannes Willem. Als ze dit leest, is Diana opnieuw ontroerd en ze ziet in gedachten de prinses in haar tochtige verboden kamertje. Marianne en haar kind hebben nooit samen kunnen leven. Ze reisde naar Sicilië om het kind daar ter wereld te brengen en liet de jongen daar achter toen zij terug moest naar Nederland. Later woonde hij in Rome en Duitsland, waar hij op zijn twaalfde overleed. Al die tijd heeft ze het moeten doen met korte bezoekjes. Ze is nooit over zijn dood heen gekomen. Nee, vind je het gek.

Ook over wat hij 'het geheim van Hofwijck' noemde lijkt Patrick de waarheid te hebben gesproken, want op geen enkele site wordt melding gemaakt van de oranjerie die Marianne liet bouwen als amoureuze ontmoetingsplaats, laat staan van het geheime kamertje. Hoe goed ze ook zoekt en welke zoektermen ze ook opgeeft in Google, nergens duiken ze op.

Blijkbaar zijn er dus ook zaken waarover hij niet tegen haar heeft gelogen.

Ze zucht. Deze speurtocht heeft niets opgeleverd. Geen enkel feit dat en geen enkele leugen die ze tegen Patrick kan gebruiken. Was eigenlijk ook wel te verwachten. Hij zal toch niet zo arrogant zijn dat hij de vaderlandse geschiedenis gaat herschrijven. Toch doet het haar op de een of andere manier goed dat ze nu meer over prinses Marianne weet. Voor het eerst komt de prinses haar voor als een persoon van vlees en bloed en als een vrouw die ook werkelijk, zij het anderhalve eeuw eerder, in deze wereld heeft geleefd. En heeft geleden, want haar leven is een weg met diepe dalen geweest. Net als dat van haar in de afgelopen maanden. Het geeft Diana een vreemd gevoel van solidariteit en de energie, dat wonderlijke krachtveld dat ze steeds voelt in relatie tot Marianne, is hier eigenlijk alleen maar sterker door geworden. Alsof een onzichtbare band hen bindt.

Misschien dat ze in de biografie van Marianne hierover meer aanknopingspunten vindt. Ze hoopt dat het boek snel komt.

Vlak voor ze de computer wil afsluiten, bedenkt ze zich en klikt ze de browser weer aan.

Joep heeft gelijk, ze ziet er niet uit. Ze is minstens zes kilo kwijt en dat is echt te veel. En daarbij heeft ze zichzelf de laatste weken erg verwaarloosd. Ze kijkt naar haar nagels. Zeker een week niet gevijld en de lak is op sommige plaatsen afgebladderd. Hoe on-Diaans!

Ze denkt aan de grote ontvangst van volgende week. Het relatiefeest van Koninklijke Laurens B.V., waar ze wordt geacht de stralende gastvrouw te zijn. Voor de buitenwereld althans, want feitelijk is de hele regie van dit evenement haar op niet al te subtiele wijze ontnomen. Patrick heeft de organisatie namelijk in handen gegeven van niemand minder dan... Xenia. Het feest zal dan ook plaatsvinden in hun huis in Muiden aan de Vecht en bij mooi weer in de tuin.

En stralen zál ze. Hij zal geen spoortje terugzien van wat hij heeft aangericht. Die lol gunt ze hem niet. Ze zal het stralende middelpunt zijn, met al haar charme, intelligentie en humor. En met haar looks. Dus daar moet even wat aan gebeuren.

Ze klikt de site dagjedromen.nl aan en boekt een uitgebreid lentearrangement. Sauna en zonnebank. Pedicure, manicure en haarmasker. Een hotstonebehandeling, reiniging, peeling en massage. En tot slot een algehele lichaamspakking.

Maar als ze de laatste gegevens op de pagina invult, is opeens de steen in haar maag terug.

Een verwendag in een beautyresort. Dat doet ze altijd samen met Annemarie...

Zal ze haar bellen? Hoe zou het met Eefje zijn?

27

'Albert, met Joep.'

'Joeperdepoepie! Mijn nicht uit de provincie! Hoe staat het met het buitenleven? Nee, wacht even, laat me raden. Waar zitten jullie ook alweer? Dat dorpje met die komische naam. Homohuizen of zoiets, toch? Of was het Flikkerdam?'

'Bijna goed. Nigtevecht.'

'O ja, Nichtevecht, hoe kon ik het vergeten! Het is gewoon té leuk. Hi-la-risch! Een homostel in Nichtevecht. Dat móét ik vanavond in de show gebruiken! Maikel komt niet meer bíj!'

'Maikel? Maikel Ducroo?'

'Ja, die zit vanavond naast me. Heeft een geweldig item over La Breukhoven. Schijnt dat er in haar afslankpillen een medicament zit dat voor huisdieren is ontwikkeld. Té enig!'

'Deed hij niet de styling van... hoe heet ze ook alweer? Had laatst zo'n bijrolletje als bordeelhoudster in *Flikken Maastricht*.'

'Je bedoelt Xenia Groothof! O, echt ge-wél-dig, die aflevering! Nou kunnen er in Nederland natuurlijk meer BN'ers niet dan wel acteren, maar dit sloeg toch echt alles! Zoals ze in de camera keek bij die close-up! Helemaal *Koefnoen*! Hi-la-risch!'

'En is het echt zo'n dramaqueen als je in de bladen leest?'

'Kind, je weet toch welke bijnaam ik haar heb gegeven? De bitchbull! O, je zou Maikel eens over haar moeten horen. Moet echt een verschríkkelijk mens zijn! Maar financieel zeer gevuld, dus Maikel laat zich alles aanleunen. We zijn nu bezig met een grote coverstory over haar en je weet niet wat er dan allemaal boven tafel komt!'

'Echt? Vertel!'

'Uhuh! Never nooit niet. Je dacht toch niet dat ik je mijn scoop ga weggeven. Deze jongen loopt namelijk al wat langer mee. Maar ik kan je wel vertellen dat het iets te maken heeft met het feit dat mevrouw het niet te nauw genomen heeft met de waarheid. Schijnt dat ze niet helemaal is wie ze beweert te zijn. Haar echte naam is Mia Dijkhuizen of zoiets. Uit Oostzaan. Haar hele familie woont daar nog en je wilt niet weten wat voor types dat zijn. Een soort Tokkies, maar van het asociale soort, als je begrijpt wat ik bedoel. Haar vader heeft een autosloopbedrijf. Of een schroothandel, daar wil ik vanaf zijn. In elk geval iets met roestig staal. Haar beide broers werken daar ook. Van die Jerommekes die je liever niet in het donker tegenkomt. En allebei met een strafblad. Kleine kraakjes, geweldpleging, dat soort dingen. Enfin, verder ga ik je niets aan je neus hangen, maar ik kan je wel vertellen dat dat nog lang niet de enige lijken zijn in Xenia's nachtkastje!'

28

Het kost haar moeite om haar ogen open te houden. Voor de tigste keer staat ze op om even te stretchen. Ze masseert haar slapen en trekt haar schouderbladen op. Meer dan twaalf uur achter een bureau, daar word je zo stijf van als een plank. Ze snakt naar een sigaret, maar besluit dat genot nog even uit te stellen. Nog een zwarte koffie maar. En een zoveelste flesje mineraalwater uit het ijskastje in de pantry.

Werk aan de winkel. Ze pakt de volgende dossiermap van de stapel en slaat hem open.

Eigenlijk mag ze van geluk spreken dat het meeste materiaal nog voor haar beschikbaar is. Het mapje met informatie dat ze zelf indertijd heeft samengesteld is namelijk nog op de dag van haar geweigerde ontslag verdwenen. Ongetwijfeld weggehaald door Natasja, in opdracht van Patrick, als eerste stap in haar isolement. Maar wat hij natuurlijk niet wist is dat zij, zodra de informatielawine over haar werd uitgestort, alle files, dossiers en mappen gescand heeft op relevantie voor het jaarverslag. Daarna heeft ze het overgrote deel onmiddellijk in haar kast opgeborgen. En daar plukt ze nu de vruchten van.

Zodra Natasja naar huis ging, heeft ze de eerste stapel uit de kast gehaald. En sinds dat moment, nu al meer dan drie uur geleden, spit ze alle mappen een voor een nauwgezet door, bang een detail over het hoofd te zien. De hoeveelheid informatie die er door en vooral over Patrick Groothof is geschreven, is onvoorstelbaar. Eindeloos veel artikelen in de vak- en dagbladen. In het Nederlands, in het Engels, in het Duits, en nog zo een handjevol Europese en niet-Europese talen. Veel ook uit Amerika. *Der Frankfurter Allgemeine, The Financial Times, The Washington Post,* allemaal hebben ze in de loop der jaren hele kolommen gewijd aan het wonder dat Patrick Groothof heet. En tegen wil en dank, maar zeer tot haar ongenoegen, moet ze bekennen dat ze toch wel gefascineerd raakt door het beeld dat uit de pagina's van hem naar voren komt. Ondanks de afkeer die ze voor hem heeft opgevat.

Ze kijkt naar het vel papier waarop ze aantekeningen heeft gemaakt. De dingen die haar zijn opgevallen en die misschien de moeite waard zijn om aan een nader onderzoek te onderwerpen. Het zijn er niet veel. Eigenlijk bedroevend weinig.

Philadelphia, september 04?
Quote versus jaarinkomen
Connectie Khazhiev onderzoeken?

Opnieuw slaat het gevoel van wanhoop, dat de laatste weken zo'n goede bekende van haar is geworden, toe. Wat een hopeloze onderneming. Waarom is ze hier in godsnaam aan begonnen? Hoe heeft ze ooit kunnen denken dat ze iets tegen Patrick zou kunnen vinden? Tegen die briljante wonderboy, die door de hele wereld op handen wordt gedragen. Hoe haalt ze het in haar hoofd om te denken dat ze hem het hoofd zal kunnen bieden. Hij met al zijn connecties, zijn mondiale netwerk en zijn gigantische vermogen.

Opnieuw kijkt ze naar haar notities en dan staat ze op. Ze loopt naar de kamer van Natasja en kijkt op haar bureau. Zoals gewoonlijk is het er een enorme chaos. Ze kan zich niet voorstellen dat je met zoveel rommel op je bureau kunt werken. Onder normale omstandigheden zou ze een secretaresse als Natasja allang hebben ontslagen. Ze is ongeïnteresseerd, onaardig, slordig. Ze vergeet geregeld haar agenda bij te houden, waardoor ze al een paar keer veel te laat op een vergadering is verschenen. Ze laat de post veel te lang liggen en staat eindeloos te kletsen met Irma van de receptie.

Soms heeft ze het idee dat Natasja haar bewust saboteert. Zou ze dan toch meer weten over de gebeurtenissen in de oranjerie? Maar Patrick lijkt toch wel op haar gesteld te zijn en ze heeft geen zin om hem nu verder te tergen door Natasja af te voeren. Trouwens, op haar beurt lijkt de ijskoningin Natasja altijd een beetje te ontdooien in zijn aanwezigheid. Haar gezicht en haar hele houding, die doorgaans een grote afstandelijkheid uitstralen, lichten iets op als hij verschijnt. Die twee hebben iets met elkaar waar ze niet helemaal haar vinger op kan leggen. Zeker niet als haar vermoeden klopt dat ook zij slachtoffer is geworden van zijn grijpgrage handen. Maar misschien lijdt ze wel aan dat syndroom waar Joep het laatst over had. Het slachtoffer dat verliefd wordt op de beul.

Ze vindt wat ze zoekt. De drukproeven van het jaarverslag, die ze vanmiddag heeft gecorrigeerd en toen aan Natasja gegeven om die correcties aan de vormgever door te geven. Ze bladert naar de pagina waarop de gegevens staan die ze wil checken. Niet dat ze deze niet al kent, maar ze wil ze gewoon nog een keer zien. De jaarinkomsten van de leden van de raad van bestuur. Die moeten sinds de code-Tabaksblat verplicht gepubliceerd worden. Zowel de salarissen als de bonussen en de pensioenopbouw.

Dat van mr. P.J.C.M. Groothof, CEO, is aanzienlijk. Vergeleken met de vergoedingen aan topmanagers in het buitenland is het weliswaar aan de zuinige kant, maar voor Nederlandse begrippen is het een riant inkomen. In Nederland doen we niet aan exorbitante zelfverrijking.

Ook nu weer dringt de vraag zich aan haar op die ze zich telkens stelt als ze over zijn vermogen nadenkt. Hoe is het mogelijk dat Patrick, met dit inkomen, een plaats in de Quote 500 heeft bemachtigd? Zelfs als je dit met een aantal jaren vermenigvuldigt en de optieregelingen meetelt, komt het nog niet in de buurt van de armste miljardair op de lijst. Dat kan niet anders betekenen dan dat hij andere bronnen van inkomsten moet hebben.

Misschien heeft hij goed belegd. Of komt hij uit een rijke familie. Is hij de erfgenaam van een groot fortuin. Of zou het geld van haar kant komen? Nee, de gedachte dat Xenia van welgestelde aristocratische afkomst zou zijn, komt haar niet zo realistisch voor. Maar goed, je weet maar nooit.

Toch de moeite waard om verder uit te zoeken.

Ze loopt terug naar haar eigen kamer en blijft voor haar bureau staan. In dubio. Wat zal ze doen? Het idee om nu al die mappen dicht te slaan, ze in de kast te stoppen en die op slot te draaien, lonkt haar toe. Een klein uurtje rijden en dan in een warm bad, met twee bruistabletten cypres en lotusbloem uit de Laurens Luxury Line. Heeft ze daar ook nog wat aan.

Maar zoals altijd wint het braafste meisje van de klas, dat ze eigenlijk is. Ze gaat zitten en buffelt verder.

Even later schrikt ze op als er op de deur wordt geklopt. Paniek flitst door haar heen als een man in een blauw uniform binnenstapt. Politie? Komt hij haar arresteren? Weet Patrick wat ze hier zit te doen?

'Sorry dat ik stoor, mevrouw,' zegt de man. 'Ik kom u even melden dat het nachtalarm is ingeschakeld. Wilt u straks als u weggaat dit nummer bellen? Dan laat ik u eruit.' Hij overhandigt haar een kaartje met een mobiel nummer. 'U moet hier trouwens wel voor twaalf uur weg zijn.'

Ze mompelt dat ze nog een halfuurtje nodig denkt te hebben

en zet het kaartje tegen de computer. Kijkt op de klok. Bijna halftien. Ze heeft tot tien uur om hard bewijs te vinden.

De volgende map bevat een ratjetoe aan persoonlijke documenten. Van een smoezelige fotokopie van zijn rijbewijs grijnst het pikzwarte gezicht van een iets jongere Patrick zijn scheve grijns. Het is uitgegeven door de burgemeester van Den Haag en vermeldt ook een Haags adres. Het zal zo'n vijf jaar oud zijn. In de map zit ook een kopie van zijn paspoort, ongeveer van dezelfde datum. Blijkbaar wordt bij Laurens streng de hand gehouden aan de wettelijke identificatieplicht. Zelfs de baas ontkomt er niet aan.

Een vergeelde envelop. Er zit een vel papier in, dat ze openvouwt. Zijn curriculum vitae, nog geschreven op een typmachine. Van een tijdje geleden dus. Ze controleert zijn gegevens. Patrick Johannes Christiaan Maria Groothof, geboren op 1 februari 1960 te Voorburg. Ongehuwd. Ze gaat met haar ogen naar het eind van het document en ziet dat het cv ongeveer van 1992 moet zijn. Waarschijnlijk is hij in 1994 bij Laurens gekomen, als marketingmanager. Ze gaat terug naar zijn opleiding: verschillende studies. Een paar jaar scheikunde in Delft. Rechten in Leiden. In 1980 doctoraal. Afgestudeerd jurist dus. Daarna een hele lijst functies in binnen- en buitenland, waarvan een periode van ruim vier jaar als productmanager bij Procter & Gamble in Zuidoost-Azië het meest opvalt. Standplaats Bangkok. Maar verder biedt zijn curriculum geen opmerkelijke feiten.

Ze bladert verder. Papieren van zijn reisverzekering. Visadocumenten. Inschrijving bij de Kamer van Koophandel. Haar ogen glijden over de gegevens. Patrick is eigenaar van een hele ris bv's. In binnen- en buitenland.

'Princess Agency Ltd
Jovana Mitrovic BB
81000 Podgorica, Montenegro'

Bij het eerste woord blijven haar ogen hangen. Princess.

Wat heeft hij daar toch mee?

Zou het te maken hebben met die prinses Marianne? Nee, dat kan niet. Dan zou er in het jaarverslag melding van gemaakt moeten zijn. Het is geen aan Laurens gelieerd bedrijf. Kan niet anders dan een privéonderneming zijn.

Prinses. Op de een of andere manier komt hij daar steeds op terug. De verliefde prinses en haar minnaar. Zijn dagelijkse *'Buongiorno, principessa!'* En de voortdurende vergelijking van haarzelf met prinses Diana en Sarah Ferguson. Patrick en zijn prinsesjes.

Princess Agency. Wat zou het zijn?

Een geheime bron van inkomsten? Wie weet. Dat zou in elk geval zijn vermogen verklaren.

Een wonderlijke gedachte schiet door haar hoofd. Is Patrick soms een nazaat van de prinses? Zou dat zijn fascinatie verklaren? Stel dat ze nog een tweede bastaardkind ter wereld heeft gebracht, van wie niemand iets weet. Per slot van rekening is het kamertje ook altijd voor de wereld geheim gebleven. Patrick een bastaard van de Oranjes? Die wordt afgekocht met donaties in een fonds? Waarom niet? Bernhard deed het toch ook zijn leven lang. En nog steeds moeten Beatrix en haar zussen zich in alle mogelijke bochten wringen om hun halfzusters uit de publiciteit te houden.

Nee. Te ver gezocht. Ze laat zich nu wel heel erg door haar fantasie op sleeptouw nemen. Tijd om op te breken. Dit wordt niks meer.

Of?

Het kan natuurlijk ook een fonds zijn waarin hij juist geld stort. Voor zijn prinses. Dat moet het zijn! De oude woede borrelt weer in haar naar boven.

Hij heeft er een zwanger gemaakt. Een van zijn slachtoffers. Een van de vrouwen aan wie hij zich heeft vergrepen. In de oranjerie. Of op zijn bureau. En die hij heeft gedwongen naar het buitenland te gaan om te bevallen.

De vergelijking met Marianne dringt zich weer aan haar op. De arme vrouw die het land moest verlaten om haar kind op Sicilië ter wereld te brengen. Om het daarna nauwelijks meer te mogen zien...

Maar Montenegro? Diana heeft slechts een vaag vermoeden waar dat ligt. Ergens in de lappendeken die vroeger Joegoslavië heette. Aan de kust van de Adriatische Zee, onder Kroatië. Een van die nieuwe staatjes die vechten om onafhankelijkheid. Was het niet tot voor kort Servië-Montenegro? Klinkt naar een hoog maffiagehalte.

Natasja? Kan best dat die daarvandaan komt met haar Slavische accent. Is ze misschien daarom altijd zo onbenaderbaar? Patrick en Natasja. In een flits ziet Diana hoe hij haar hand kust. En haar daarna aan haar haren achterovertrekt.

Die vuilak.

Princess Agency. Dat kan niets anders zijn dan een fonds waarin hij maandelijks geld stort. Zwijggeld.

Misschien moet ze hier maar eens even achteraan.

29

'We zijn door het oog van de naald gekropen.' Dokter Heemstra kijkt hen over haar halve brilletje strak aan. Haar bleekblauwe ogen zien er minder droevig uit dan normaal. 'Ik kan jullie niet zeggen hoe blij ik ben dat alles erop wijst dat Eveline weer helemaal de oude zal worden. Alle tests wijzen dat uit en er is ook geen enkele reden te vermoeden dat we later nog met mogelijke complicaties van dit trauma rekening zullen moeten houden. Jullie dochter Eveline is een dappere kleine meid.'

Opgelucht knijpt Annemarie in Peters hand.

'Jullie mogen haar dan ook zo mee naar huis nemen,' vervolgt dokter Heemstra, 'de ontslagpapieren heb ik vanochtend getekend. En om jullie de waarheid te zeggen...' Om haar ogen vormen zich nu kleine lachrimpeltjes. '... niet zonder de nodige druk van het verplegend personeel van de afdeling. Hoe aanbiddelijk ze Eveline ook allemaal vinden, toch zijn ze die kleine druktemaker liever kwijt dan rijk. Vannacht heeft ze een hut gebouwd van operatielakens en infuusstandaards, en sinds ze ontdekt heeft dat de bedden hier wieltjes hebben en kunnen rijden, is er helemaal geen houden meer aan. De verpleegsters komen gewoonweg niet meer aan de andere patiëntjes toe!'

'Klinkt als Eef,' zucht Peter terwijl hij opstaat.

Op de gang omhelzen ze elkaar. Een zware last is van hen af gevallen. 'Ik ga meteen bellen,' zegt Annemarie. 'Ik kan niet wachten om dit goede nieuws aan iedereen te vertellen. Mijn moeder, jouw ouders, Gerda en Karel...'

'En Diana?' probeert Peter voorzichtig.

Annemarie verstart.

'Ik weet het niet,' zegt ze. 'Ik... dénk het niet.' Ze staart voor zich uit en zegt dan ten slotte: 'Ik kán het gewoon niet.'

30

Zoals voorspeld is het een stralende dag. De zon staat aan een bleekblauwe hemel en uit de wind loopt de temperatuur op tot zomerse waarden. De meeste gasten zijn dan ook al snel naar buiten gegaan en overal op het grote gazon staan ze in kleine groepjes geanimeerd te converseren. Professioneel verdeelt Diana haar aandacht over alle aanwezigen. Ze wenkt een meisje met een dienblad als ze ziet dat Herman Bakker, hoofd Inkoop van Douglas, en zijn stuurs kijkende vrouw droogstaan; ze wisselt een paar beleefdheden uit met een delegatie uit Taiwan; heeft de lachers op haar hand met een snedig antwoord op een naar haar geroepen complimentje van Karel van Rooy. Dit is helemaal haar ding. Maar ze draait op haar routine, haar hart is er niet bij.

Het huis van de Groothofs in Muiden is een sprookje. De rietgekapte monumentale villa staat in een parkachtige tuin die aan de ene kant overgaat in een weids weidelandschap waar paarden en koeien grazen en die aan de andere kant wordt begrensd door de rivier, die traag stromend door het prachtige landschap slingert. In de verte ligt het Muiderslot en schittert het IJsselmeer. Links van het huis staan grote schuren en paardenstallen, rechts gaat het aangelegde parklandschap over in een bos van eeuwenoude beuken. De enige toegang vanaf de openbare weg wordt afgesloten door een groot, smeedijzeren hek, dat voortdurend automatisch wordt geopend om de stroom van Audi's, BMW's en

Mercedessen door te laten. Door jongemannen in oranje verkeersregelaarshesjes worden ze richting stallen geleid, waar al lange rijen geparkeerd staan. Nog iets verder staat Patricks heli, op zijn eigen landingsplaats.

Als Diana over het gazon naar het huis loopt om de net gearriveerde gasten binnen te begroeten, voelt ze de blikken van de mannen op zich gericht.

Ze weet dat ze er oogverblindend uitziet.

Het beautyarrangement heeft wonderen gedaan en haar wat verpieterde looks van de laatste tijd helemaal doen opbloeien. Het masker en een spoeling hebben haar haar een prachtig rossige glans gegeven. Haar gezicht, hals en decolleté hebben weer de egale, lelieblanke teint waarbij haar groene ogen zo mooi uitkomen. En door de kilootjes die ze te veel is kwijtgeraakt laat de toch al spectaculaire creatie van Mart Visser haar vrouwelijke vormen dramatisch uitkomen. Door haar te smalle taille en haar push-up lijken haar borsten groter dan ze zijn. Ze heeft haar krullen hoog laten opsteken en voor de hoogste hakken gekozen die bij de creatie pasten. Haar *killer heels*. Toen ze tijdens de ontvangst naast Patrick stond, torende ze bijna boven hem uit. Ze keek op hem neer en in haar beleving schrompelde hij ineen tot nietige proporties. Dat gaf haar net het laatste restje moed om deze vreselijke dag het hoofd te bieden.

En die zal ze nodig hebben. Maar vooral stalen zenuwen. Als ze tenminste niet door de mand wil vallen tijdens de uitvoer van het gewaagde plan dat ze met Joep heeft bedacht.

Ze bellen nu dagelijks met elkaar en het broer-en-zusgevoel is helemaal terug. Dat sterkt haar sowieso al en maakt het gemis van Annemarie iets minder schrijnend. Door Joeps onvoorwaardelijke inzet en humor en zijn gekissebis met Arno op de achtergrond is ze zich langzaamaan weer deel van de mensheid gaan voelen. En het besef dat het aardse bestaan voor een groot deel uit gewone dagelijksheden en niet uitsluitend uit dramatische dalen bestaat, keert ook aarzelend terug.

Tijdens hun laatste telefonade hebben ze het plan bedacht. Nee, dat is niet helemaal waar. Joep heeft het bedacht.

'Waarom probeer je me niet gewoon naar binnen te smokkelen,' stelde hij voor. 'Je kunt even aankijken op welk moment dat het onopvallendst kan gebeuren en me dan bellen. Ik ben er dan zo vanuit Nigtevecht; Muiden is maar een paar dorpjes verder. Als jij het dan zo organiseert dat je in elk geval die Patrick en zijn vrouw beneden aan de praat houdt, kan ik boven wat rondneuzen. Misschien dat ik iets vind waar we wat aan hebben, je weet maar nooit.'

In eerste instantie vond ze het een belachelijk idee, volkomen onuitvoerbaar en geen sprake van. Het idee dat zij als gastvrouw de aanwezigen aan de praat stond te houden in de wetenschap dat hij als een inbreker boven haar hoofd rondscharrelde... Ze zou het besterven. Maar zoals altijd had hij haar weten om te praten en was ze erin gaan geloven. Een feestelijke lunch met veel mensen, zij in haar glansrol van entertainster. De uitgelezen kans voor Joep om naar boven te glippen en wat in Patricks eigendommen rond te snuffelen. Want eerlijk gezegd hadden ze tot nu toe nog niet veel resultaat geboekt.

De allerlaatste gasten zijn aangekomen en volgens het draaiboek is er nog tijd voor één laatste drankje voordat de lunch in de grote partytent achter het huis geserveerd zal worden. Tot nu toe loopt de planning op schema en dat is een hele prestatie bij zo'n evenement van meer dan honderdvijftig mensen. Ze heeft er al die tijd een hard hoofd in gehad en is er heimelijk van overtuigd geweest dat zich de grootste rampen zouden voltrekken, aangezien ze niet zelf de leiding van de organisatie heeft gehad. De dwangmatige behoefte om altijd alle touwtjes in handen te hebben is haar grootste beroepsdeformatie en eigenlijk gelooft ze per definitie niet in het welslagen van een pr-activiteit waar zij niet zelf tot in de details haar stempel op kan drukken. Maniakaal perfectionistisch, noemde Dick dat altijd. Toch moet ze ook heel eerlijk bekennen dat als er iets fout mocht gaan, ze er toch wel een heimelijk genoegen in zou scheppen. Als tijdens de lunch een onverwachte windvlaag de tent zal wegrukken of als deze door een plotselinge hoosbui zal instorten. Een situatie van overmacht, waar geen mens wat aan kan doen, maar waardoor Xenia wel haar feestje in rook zal zien opgaan.

Xenia, die zich tot nu toe wonderbaarlijk op de achtergrond heeft gehouden. Niet door de manier waarop ze gekleed gaat – met haar steile, witblonde haar en in de opzichtige, felrode jurk die tot aan haar navel is gedecolleteerd en waarvan de rok voorin een split heeft tot aan haar slipje, heeft ze dit keer wel iets weg van een iets jeugdiger Donatella Versace. Maar qua présence is Xenia voor haar doen erg rustig. Ze bemoeit zich nauwelijks met de andere gasten en loopt de hele tijd te smoezen met Maikel Ducroo. Ze wekt een nerveuze indruk.

That makes two of us.

Diana wil net even naar het damestoilet wegglippen om Joep te bellen met de laatste instructies, als er commotie ontstaat in de hal. Opeens is de ruimte felverlicht en stormt een hele cameraploeg naar binnen. Binnen de kortste keren is de keurige partij veranderd in één grote chaotische wirwar van mannen met geluidshengels, technici met kabels en belichting. De gasten schuiven naar de kant, sommige geamuseerd, andere geïnteresseerd, maar veruit de meeste geïrriteerd. Ook Maikel is naar de achtergrond verdwenen. En als enige blijft, midden in de ruimte, Xenia staan, een grote gemaakte glimlach op haar lippen. De camera nadert tot ongeveer in haar decolleté en een grote microfoon wordt haar voorgehouden, met daarop het logo van een commerciële zender. Een interviewer vuurt een vraag op haar af, waarop haar ogen zich nog onwaarschijnlijker opensperren en ze haar schelle lachje laat horen. Het is niet duidelijk of dit een uiting van vreugde of juist van woede is. Maar nog voordat Xenia met haar antwoord begint, is Diana al verdwenen.

'Joep, het is nu of nooit.' Ze schrikt van het geluid van haar eigen stem en gaat op fluistertoon verder. 'Je hebt geen idee wat hier aan de hand is. Er is zojuist een cameraploeg van RTL4 binnengestormd. Om Xenia te interviewen!'

'Nee, écht? Ik zei je toch dat Albert me vertelde dat ze achter haar aan zitten vanwege haar duistere verleden.' Hij schiet kort in de lach. 'Op dat poepchique feestje van je tussen al die belangrijke mensen... Hoe zijn die in godsnaam binnengekomen? Ik leefde in de veronderstelling dat jullie daar door een heel kordon van veiligheidsmaatregelen zouden zijn omgeven.'

'Echt geen idee hoe hun dat is gelukt, maar het is natuurlijk goed voor ons te weten dat het met die beveiliging nogal meevalt hier. Hoe dan ook, de gasten gaan over vijf minuten aan tafel. In grote tenten achter het huis. En ik denk dat Patrick over pakweg een kwartier aan zijn speech begint. Dat is voor jou het beste moment om het huis in te komen. Voor alle zekerheid heb ik in de hal, op de linkersidetable, achter een grote plant een badge met STAFF erop verstopt. Doe die op en verzin een verhaal als je wordt betrapt.' Ze aarzelt een moment. 'Weet je, Joep, je hoeft dit helemaal niet te doen. Misschien is het toch maar beter dat...'

'Daar gaan we niet weer over beginnen,' onderbreekt hij haar. 'Dit is echt het beste zo. Ik vind het doodeng, maar eerlijk gezegd ook wel heel spannend. Ga jij nou maar lekker aan de paté met truffels en laat deze jongen zijn kunstje doen.'

'Oké dan. Wees voorzichtig en veel succes. Je bent een schat.'

'Alleen maar omdat jij er ook eentje bent, liefie. Je hoort snel van me.'

31

Hij heeft altijd al een kijkje in dat huis willen nemen. In het weekend pakken Arno en hij vaak de fiets om een stuk langs de Vecht te rijden – een van de vele cadeautjes die je krijgt als je hebt besloten de stad vaarwel te zeggen om je in een landelijke omgeving te vestigen. En elke keer als hij aan de overkant van de rivier dat statige huis ziet liggen te midden van die schitterende tuinen, is hij benieuwd wie er woont en hoe het er binnen uitziet. Maar dat die wens op deze manier in vervulling zou gaan, is natuurlijk nooit bij hem opgekomen.

Dus Patrick Groothof woont er, met zijn vrouw Xenia. Dat verklaart waarom je er geregeld van die types met grote telelenzen ziet rondscharrelen. Dat moeten van die paparazzi zijn! Je hoort toch altijd van die verhalen dat die lui zich hele dagen en nachten in de bosjes verstoppen bij bekende Nederlanders? Tot nu toe dacht hij altijd dat het persfotografen waren, die achter een louche vastgoedhandelaar aan zaten. Of misdaadjournalisten van het soort van Peter R. de Vries. Voor hetzelfde geld zou er zo'n megacrimineel kunnen wonen. Even heeft hij overwogen om daarom zijn camera met telelens mee te nemen, met het idee dat hij zo niet al te veel uit de toon zou vallen. Maar bij nader inzien heeft hij besloten dat niet te doen: met zo'n enorm gevaarte om je nek ben je niet bepaald mobiel en kun je je niet snel uit de voeten maken. En het zet de beveiliging alleen maar op scherp. Als het straks nodig is om dingen te fotograferen, kan hij dat altijd met zijn mobieltje doen.

Hij zet zijn fiets tegen een boom.

Het grote toegangshek van het huis is zoals altijd hermetisch gesloten en op het terrein, bij lange rijen geparkeerde auto's, lopen een paar mannen in oranje hesjes rond. Ze zien er niet echt uit als bewakers, maar hij kan zich ook niet voorstellen dat ze hem ongevraagd doorgang zullen verlenen. Wat moet hij doen? 'Tom Poes, bedenk een list!' mompelt hij binnensmonds. 'En snel een beetje!'

Achter hem klinkt het geronk op van een dieselmotor. Er komt een kleine vrachtwagen aan, DELI CATERING staat erop. De wagen mindert vaart, draait van de weg af en rijdt de korte oprit naar het hek op. Met draaiende motor blijft hij staan. De chauffeur toetert twee keer kort en Joep ziet dat hij ongeduldig naar de mannen op het terrein gebaart. Hij heeft blijkbaar haast. Langzaam schuift het grote hek open.

Zal hij?

Niet te lang nadenken.

Joep trekt een sprintje naar de vrachtwagen, die moet wachten tot het hek ver genoeg open is om door te rijden, en gaat dicht tegen de zijkant aan staan. Als de wagen langzaam optrekt, wandelt hij mee het hek door. Als de chauffeur gas geeft, versnelt ook hij zijn pas en op een holletje lukt het hem om naast de wagen het huis te bereiken. Het is een wonder dat niemand hem heeft gezien. Dan buigt hij af naar links en rent de hoek om.

Hij komt op een groot terras. Overal staan hoge tafels met lege glazen. De terrasdeuren zijn opengeslagen. Snel drukt hij zich tegen de muur van het huis aan en hij gluurt voorzichtig naar binnen. Het lijkt erop dat er niemand in de kamer is.

Hij glipt naar binnen en rent door de kamer heen. Hijgend drukt hij zich tussen een kast en een deur tegen de wand aan. Voor de zoveelste keer vraagt hij zich af waarom hij dit eigenlijk doet.

Natuurlijk omdat Diana zijn beste vriendin is en vrienden in nood help je altijd. Toch zit het hem nog steeds niet echt lekker. Hij vindt nog altijd dat ze eigenlijk gewoon aangifte hadden moeten doen van die misselijke aanranding en er hoeft ook maar íéts te gebeuren, of hij zal daartoe zijn maatregelen treffen.

In een van hun laatste telefoontjes heeft ze een verward verhaal opgehangen over prinsessen en ongewenste kinderen waar hij niet direct een touw aan kon vastknopen, maar waarin hij wel zijn eerdere vermoeden bevestigd zag, namelijk dat ze erg in de war is sinds die poging tot verkrachting.

Daarom heeft hij er eigenlijk spijt van dat hij is meegegaan in deze waanzin, maar nu hij dat besluit eenmaal heeft genomen, gaat hij er ook helemaal voor. Zo zit hij nu eenmaal in elkaar. Daarom heeft hij dit plan bedacht.

Hij is een beetje op adem gekomen en concentreert zich nu op de geluiden in het huis. Zoals te verwachten is, is hij beslist niet alleen. Er loopt waarschijnlijk heel wat personeel rond: de vaste staf en tijdelijk ingehuurde medewerkers van de techniek en cateringservices. En nu dus ook nog een complete cameraploeg van RTL4! Mooier kan eigenlijk niet. Hij besluit de gok te wagen en stapt doodgemoedereerd de hal in.

Daar lopen inderdaad wat mannen en vrouwen rond, onder meer de chauffeur van de vrachtwagen en een collega, die een grote trolley naar de keuken rijden. Niemand kijkt naar hem. Om zich een houding te geven stapt hij naar de deur en begint een jongen te helpen die moeite heeft een tweede trolley over de drempel te krijgen. Samen lukt het hun om het gevaarte naar binnen te rijden, waarna de jongen hem bedankt. Bedrijvig kijkt Joep om zich heen, op zoek naar een nieuw klusje.

Hij ziet de sidetable die Diana heeft beschreven en vindt de badge achter een grote plant. Die stopt hij in de zak van zijn colbert. Je weet maar nooit.

Dan naar boven, dat is natuurlijk een stuk riskanter. Maar ook nu weer blijkt dat je in zo'n situatie maar het best kunt doen alsof iets de gewoonste zaak van de wereld is. Hij tilt de grote plant op en loopt ermee de trap op. Hendrik-Jan de tuinman, voor al uw groenvoorzieningen. Op de eerste overloop plaatst hij de plant op een ander tafeltje en doet een klein stapje achteruit, alsof hij beoordeelt of die daar wel goed staat. Dan knikt hij goedkeurend en kijkt terloops achterom. Nog steeds geen mens die hem een blik waardig keurt. Op zijn gemak bestijgt hij nu ook de tweede trap naar de eerste verdieping.

Hier is het stil. Geen mens te bekennen. Veel deuren, die allemaal gesloten zijn. Hij stapt naar de eerste toe en klopt er zachtjes op. Geen reactie. Hij opent hem en kijkt de kamer in. Een grote slaapkamer. Niet wat hij zoekt.

Zo gaat hij een voor een de deuren langs, tot hij in een grote kamer komt waar twee bureaus tegenover elkaar staan met daarop computers. De gemeenschappelijke werkkamer van het echtpaar Groothof?

Nu komt het erop aan. Zo zacht mogelijk sluit hij de deur achter zich en hij overweegt een moment of hij hem op slot zal doen. Hij besluit van niet. Het voelt alsof hij zichzelf dan opsluit.

Op zijn tenen sluipt hij naar het raam en voorzichtig kijkt hij naar buiten. Een adembenemend mooi uitzicht over de tuin met daarachter de weilanden. Ver aan de horizon ziet hij het Muiderslot. Iets dichterbij, waar de tuin grenst aan het weidelandschap, ziet hij de immense witte tent, waar de lunchpartij nu volop aan de gang moet zijn. Obers en serveersters lopen af en aan. Uit de tent zelf klinkt een geanimeerd geroezemoes op, zo nu en dan onderbroken door luide lachsalvo's. Die hebben het daar nog wel even naar hun zin.

Hij loopt terug, naar het linkerbureau, en haalt het briefje met zijn notities uit zijn binnenzak. Daarop heeft hij de sleutelwoorden geschreven die Diana hem heeft doorgegeven. 'Philadelphia',

'Khazhiev', 'Princess' en 'Montenegro', dat zijn de wapens waarmee ze Patrick Groothof te lijf zullen gaan.

Hij schakelt de computer in en wacht op het openingsscherm. Voor het eerst merkt hij dat zijn handen trillen van de zenuwen. 'Enter password'. Verbaast hem geen moment. Het zou natuurlijk een illusie zijn te denken dat je zomaar in de privécomputer van een directeur van een groot bedrijf zou kunnen inbreken. Hij gaat zitten en toetst tegen beter weten in een term van zijn briefje in. 'Philadelphia'. 'Invalid' verschijnt op het scherm. Ook de andere drie leveren niets op. De zenuwkriebels in zijn buik worden sterker, maar toch probeert hij het nog een keer, hij zit hier nu toch. 'Marianne' wil hij typen, maar zijn vingers trillen inmiddels zo dat hij de verkeerde toetsen aanslaat. Dit wordt niks. Die andere computer proberen? Nee, dat slaat nergens op. Hij sluit de computer af.

Kut. Wat nu?

Hij rommelt aan de laden in het bureau en tot zijn verbazing gaat er eentje open. Niet dat er veel bijzonders in zit. Elastiekjes, een nietmachine. De andere laden van dit bureau zijn op slot.

Hij staat op en loopt naar het andere bureau. Dat heeft geen laden, maar erachter staat wel een lage kast, die niet op slot blijkt te zijn. Op de planken staan groene kartonnen archiefdozen met verschillende opschriften. Zijn hart gaat sneller kloppen. Op een van de dozen staat in blokletters MONTENEGRO.

Hij pakt de doos en zet hem op het bureau. Hij opent het deksel. Papieren en documenten. Bovenop ligt een soort brochure, met daarop een foto van een schitterende baai, omringd door hoge bergen. Hij slaat de folder open en ziet foto's van witte landhuizen die hoog op de kliffen zijn gebouwd. Grote terrassen eromheen, waarvandaan je ongetwijfeld een spectaculair panorama hebt. Op de volgende pagina staan plattegronden en tabellen met talloze cijfers. Achter op de brochure staat het adres van een makelaar.

Hij legt hem terzijde en pakt een stapeltje papieren uit de

doos. Hij wil net weer gaan zitten, als de deur van de kamer opengaat. Een klein, donker vrouwtje stapt naar binnen, met een witte schort voor. Ze trekt een schoonmaakkarretje achter zich aan. Zodra ze hem ziet, verstart ze.

'*Quién es usted? Dígame, qué hace usted aquí?*' Haar stem slaat over van opwinding.

Joep springt op, maar weet niet wat hij moet doen.

'*Ayuda!*' roept het vrouwtje. 'Elp! Elp!' Ze rent de kamer weer uit.

Ook Joep loopt de gang op. Elke vezel in zijn lichaam schreeuwt 'rennen!', maar hij weet zich te beheersen. Met stijve benen loopt hij de gang door en de trappen af. In de keuken hoort hij het vrouwtje in haar snelle Spaans opgewonden ratelen. Er is waarschijnlijk niemand die haar kan verstaan, laat staan begrijpen waar ze het over heeft. Hij loopt de voordeur uit en kijkt om zich heen. Bij het hek staan twee mannen te praten.

Hij slaat links af en loopt met snelle, hopelijk onopvallende passen naar het struikgewas dat de tuin daar omzoomt. Hij duikt erin en begint tussen de struiken door te lopen. Naarmate hij verder komt, wordt de begroeiing dichter en het terrein onbegaanbaarder, maar met zijn schouders weet hij zich een weg door de bosjes te banen. En dan stuit hij op een hek. Roestige tralies met aan de bovenkant venijnige stalen punten. Hij had het kunnen weten. Klimmen dan maar.

Hij steekt zijn handen uit om zich aan het traliewerk op te trekken en ziet nu voor het eerst dat hij in zijn rechterhand nog steeds de papieren vasthoudt die hij uit de doos heeft gehaald. Ook nog een dief, dus. Hij vouwt ze razendsnel op en propt ze in zijn binnenzak.

Dan grijpt hij de tralies vast en trekt zich op.

32

'Ja, meid, we zitten er nu samen tot over onze oren in. We zijn nu echt partners in crime.' Joep neemt een flinke slok van zijn borrel. Zijn derde al. Gedrieën zitten ze in de laatste namiddagzon in de tuin van Joep en Arno. Wel heeft ze net een oude fleece van een van hen over haar Mart Visser-creatie aangetrokken, want het koelt nu snel af. Maar Joep en Arno zijn er de types niet naar om niet te genieten van elke zonnestraal die de dag biedt.

Zodra de etiquette het toeliet, is ze in haar auto gesprongen en naar Nigtevecht gescheurd. Natuurlijk niet voordat ze van de allerlaatste gasten uitgebreid afscheid had genomen en samen met Anton en Karel nog een laatste glaasje had gedronken. Met Patrick en Xenia op dat moment als de grote afwezigen. Nu pas begrijpt ze waarom.

De lunch is één grote bezoeking voor haar geweest. Niet alleen vanwege haar plaatsing, met als linkertafelheer een haar onbekende, dikke Amerikaan die smakkend zat te eten en aan haar rechterhand de legendarisch saaie Arnout van der Eerenbeemt van de raad van commissarissen, die maar niet ophield over zijn kleinkinderen. En schuin tegenover zich een in lichtelijke staat van beschonkenheid verkerende Xenia, die op een werkelijk stuitende manier en op net te luide toon over haar tv-successen vertelde. Op een gegeven moment, toen ze dat domme geleuter bijna niet meer kon verdragen, overwoog ze haar de mond te snoeren door te informeren naar haar laatste gastoptreden in *Flikken Maastricht*. Maar uiteindelijk besloot ze toch de eer aan zichzelf te houden.

En natuurlijk ook in de zenuwen om Joep. Elk moment verwachtte ze loeiende politiesirenes. Tot het verlossende sms'je. MISSION ACCOMPLISHED.

Dat stelde haar een klein beetje, maar niet erg, gerust.

En terecht, bleek al snel.

'Ik had dit nooit van je mogen vragen. Jezus, man, je had wel dood kunnen zijn.' Ze neemt een trek van haar sigaret.

'Nou, dood is wat overdreven, maar halfdood, oké, dat wel.' In een dramatische pose laat Joep zich in zijn stoel achterovervallen en hij blijft een paar seconden liggen zonder zich te bewegen. Over zijn linkerwang loopt een bloederige kras en om bijna al zijn vingers zitten pleisters. Hij komt weer overeind. 'Toen ik na dat hek ook nog in die moddersloot terechtkwam, heb ik je wel eventjes vervloekt, dat is waar. Mijn zondagse pak naar de knoppen. Maar gelukkig is het niet helemaal voor niets geweest.' Hij wijst naar de verfrommelde papieren op het tuintafeltje.

'Ja, hoewel het natuurlijk zorgwekkend is dat Patrick nu niet alleen weet dat er in zijn huis is ingebroken, maar ook waarnaar de inbreker op zoek was.'

'Valt toch wel mee,' zegt Arno. 'Hij hoeft daar niet zonder meer uit af te leiden dat de inbreker op zoek was naar documenten over Montenegro. Voor hetzelfde geld was de man op zoek naar geld of cheques en doorzocht hij alleen maar net toevallig die ene archiefdoos.'

'Hij ziet toch dat er alleen maar papieren uit die ene doos zijn gestolen. Dat kan bijna geen toeval zijn.'

'Weet je, Diana,' zegt Joep peinzend. 'Jij gaat er nog steeds van uit dat hij iets te verbergen heeft met dat Montenegro. Voor hetzelfde geld is dat helemaal niet zo. Die makelaarsbrochure wijst er toch gewoon op dat hij daar een tweede huis heeft of van plan is er een te kopen? Zolang het tegendeel niet blijkt uit wat we hier hebben, kan het best zo zijn dat hij dat hele incident binnen de kortste keren weer vergeet. Er is niets van waarde verdwenen en van de dader geen spoor. En laat dat alsjeblieft zo blijven.' Hij vouwt zijn handen en maakt een smekend gebaar naar de hemel. 'Komaan, lieve vrienden, laten we naar binnen gaan. Het wordt koud en we hebben nog heel wat onderzoek te plegen.'

Arno staat in de keuken en bereidt een lichte avondmaaltijd. Diana heeft toegestemd te blijven eten. Tijdens de lunch heeft ze geen hap door haar keel kunnen krijgen, dus eigenlijk heeft ze wel trek.

Joep heeft de Bosatlas uit de kast gehaald en deze met de kaart Zuidoost-Europa opgeslagen tussen hen in gelegd. Hoewel het een verouderde editie is waarin Joegoslavië nog één land is, valt aan de hand van de benamingen af te leiden wat de grenzen van het huidige Montenegro zijn.

Het ligt ingesloten tussen Bosnië-Hercegovina in het westen, Servië in het noorden en Albanië in het oosten. Podgorica, de plaats die vermeld staat in het document van de Kamer van Koophandel, is een grote stad in het binnenland. Dat kan dus nooit de plek zijn van het buitenhuis uit de brochure, want dat lag aan zee. Op zijn laptop heeft Joep wat gesurft en hij heeft uitgevonden dat Podgorica inmiddels de hoofdstad van de nieuwe staat is en dat het huis hoogstwaarschijnlijk in de Baai van Kotor ligt, een zeearm die dertig kilometer lang het hooggebergte doorklieft en op Unesco's Werelderfgoedlijst staat.

Wat de papieren betreft, twee ervan zijn in het Engels gestelde, uitgebreide beschrijvingen van wat blijkbaar het huis van de Groothofs is. Schokkender nieuws dan dat het vijf badkamers heeft, staat er helaas niet in. Het derde document is geschreven in een hun onbekende, maar ongetwijfeld in Montenegro gevoerde taal, dus met aan zekerheid grenzende waarschijnlijkheid Montenegrijns.

'Eten!' roept Arno vanuit de keuken, en ze staan op om hem te helpen de borden en het bestek op tafel te zetten.

'Goed, wat hebben we tot nu toe uitgevonden?' zegt Joep als hij een klein koffietje met een grote bel calvados voor zich heeft staan. Hij somt de feiten op en telt mee op zijn bepleisterde vingers. 'Eén. Patrick Groothof heeft een bv'tje in Montenegro dat is gevestigd in de hoofdstad van het land. Twee. Hij bezit een tweede huis in Montenegro aan de kust. Iemand nog een nummer drie?'

'Ja, zijn bv heet Princess en dat is ongetwijfeld niet voor niets,' antwoordt ze vinnig. Het zit haar de hele avond al niet lekker dat Joep daar zo gemakkelijk overheen stapt.

'Met alle respect, lieve Diaan, maar daar blijf je maar aan vasthouden. De enige voor wie dat iets betekent, ben jij. Geloof me, ik heb er alle begrip voor dat je hier zo mee bezig bent en dat heb ik vandaag geloof ik ook wel bewezen,' met zijn enige vinger zonder pleister wijst hij naar de striem in zijn gezicht, 'maar misschien is nu ook het moment gekomen om een beetje tot bezinning te komen.'

Ze ziet dat Arno bij deze woorden instemmend begint te knikken. Het is lang geleden dat die twee het zo met elkaar eens zijn geweest.

'En daarom,' hervat Joep, 'wil ik er nog een keer bij je op aandringen deze obsessie los te laten en alsnog naar de politie te gaan. Die man moet toch worden gestraft en jij hebt toch recht op slachtofferhulp? Misschien is het sowieso geen gek idee om eens een gesprekje te gaan voeren met een deskundige.'

Schijnbaar onbewogen hoort Diana deze woorden van haar beste vriend aan. In eerste instantie daalt er een grote koelheid in haar neer, waardoor haar lichaam langzaam koud wordt, ijskoud. Maar dan vlamt ineens de hitte van de woede in haar binnenste weer op en kan ze alleen nog maar schreeuwen.

'Weet je wat jullie zijn? Nee? Nou, dan zal ik het jullie vertellen: net zulke gore klootzakken als hij! Ik weet het toch, dat hij iets verbergt... en jullie willen dat hij daarmee wegkomt? Voor wie zijn jullie eigenlijk? Wat beteken ik voor jullie?'

Arno staat geschrokken op en wil zijn armen om haar heen leggen.

'Nee, raak me niet aan! Blijf met je poten van me af. Geen enkele kerel mag me ooit nog aanraken. Ik ga nog liever dood!' Ze rukt de fleece van haar lichaam en grijpt haar tas. Ze luistert niet naar de geschrokken protesten en smeekbeden van Joep en Arno om te blijven. De woede kolkt in haar lichaam en doet haar oren suizen.

Ze rent het huis uit en springt in haar auto. Met gierende banden scheurt ze achteruit, ze remt abrupt en gooit de versnelling in zijn vooruit. Met een schok en een loeiende motor schiet de auto weg. Veel te laat schakelt ze door. In haar spiegel ziet ze Joep en Arno, die op hun sokken op straat staan.

Al vrij snel klinkt de ringtone van haar mobiel, maar ze reageert er niet op. Veel te hard rijdt ze over de bochtige weg langs de Vecht. Even overweegt ze het water in te rijden.

Pas veel, veel later, als ze in haar appartement de sleutels op tafel smijt, komt ze tot bezinning. God, wat heeft ze gedaan? Haar beste vrienden!

De telefoon klinkt en meteen neemt ze op.

'Diaan? Ben je veilig thuisgekomen? Godzijdank. O, kind, wat heb je ons laten schrikken.'

Ze stamelt een verontschuldiging.

'Zal ik naar je toe komen? Moeten we praten? In deze toestand kun je toch niet alleen zijn!'

Hakkelend probeert ze Joep duidelijk te maken dat ze oké is en dat ze maar beter naar bed kan gaan.

'Maar beloof me dan in elk geval dat je ons belt als dat nodig is. Al is het vannacht om vier uur. Blijf niet in je eentje met je ellende en je verdriet zitten!'

Ze belooft het en verbreekt de verbinding.

Uitgeput sleept ze zich naar haar slaapkamer. Als ze in bed ligt, voelt dat weer precies zo als op die vreselijke dag, nu vijf weken geleden.

Zoals altijd op een moment als dit overvalt haar een intens verlangen naar haar moeder. Hoe graag zou ze nu door haar worden getroost zoals vroeger. Met heel haar grote hart en haar gloedvolle warmte. Moeder met haar krachtige persoonlijkheid, de sterke vrouw die er altijd weer in slaagt zichzelf weg te cijferen om een ander met alle zorg van de wereld te omringen. Was ze maar hier.

Ze sluit haar ogen, maar de genadige slaap wil niet komen.

33

Lang leve het internet. Het is hem echt een raadsel hoe de mensheid vroeger zonder heeft kunnen bestaan. Een paar minuten surfen, een paar gerichte zoekopdrachten en wat doorklikken, en je hebt al de informatie tot je beschikking die je je maar kunt wensen. Informatie waarvoor je vroeger halve bibliotheken moest doorploegen, of universitair hoofddocenten moest aanschrijven.

Joep heeft niet lang hoeven zoeken voordat hij een website heeft gevonden met een Servo-Kroatisch-Engelse vertaalmodule. Want inmiddels is hij er ook in geslaagd te achterhalen dat dat de taal is van het document uit Patricks archiefdoos, de officiële voertaal van Montenegro.

Na Diana's hysterische aftocht hebben Arno en hij vreselijk in de rats gezeten. Hij wilde meteen in de auto springen om haar achterna te rijden, maar gelukkig heeft Arno hem daarvan weerhouden door hem erop te wijzen dat hij qua drank zwaar boven zijn taks zat. Terecht, want met de hoeveelheid alcohol die hij op dat moment achter de kiezen had, had hij waarschijnlijk alleen maar meer rampen veroorzaakt. Het telefoongesprekje met Diana heeft hen wel wat gekalmeerd, zeker de wetenschap dat ze weer veilig thuis was, maar de enorme bezorgdheid is gebleven. Hoe kunnen ze haar het best helpen? Door achter haar rug om professionele hulp in te schakelen? Diana kennende, riskeren ze daarmee alleen maar een definitieve breuk met haar. En daar schiet niemand wat mee op.

Samen hebben ze er lang over doorgepraat, maar tot een oplossing zijn ze niet gekomen. Beneveld door de drank en vermoeid door de emoties en zijn James Bondiaanse capriolen van die middag, is hij vroeger dan normaal in bed gekropen.

Twee dagen na zijn inbraak en de heftige confrontatie met Diana is hij de papieren toevallig weer tegengekomen, in het stapeltje post dat altijd op tafel ligt. Door de commotie helemaal vergeten. De werkster moet ze tussen alle andere losse brieven en rekeningen geschoven hebben toen ze de tafel opruimde.

Voor het eerst keek hij wat nauwkeuriger naar het onleesbare document en herkende toch een paar woorden. 'Podgorica' bijvoorbeeld, de naam van de hoofdstad van het land, en 'Crna Gora', wat het Montenegrijnse woord voor 'Montenegro' is, want dat stond er in de Bosatlas tussen haakjes onder.

'Kneginjica agent, Jovana Mitrovic BB, 81000 Podgorica, Crna Gora (+381 81 242 640)'

Dat moest een adres zijn. Zijn nieuwsgierigheid was gewekt en hij nam zich voor het nader te bestuderen zodra hij er de tijd voor had.

Nu hij wat losse woorden in de vertaalmodule heeft ingetypt, heeft hij sterk het vermoeden dat het document over financiële zaken moet handelen. Het volgende rijtje heeft hij inmiddels genoteerd:

devizni tečaj = wisselkoers
devize = deviezen
tekući račun = rekening-courant
uplatiti = storten

Helemaal kan hij er zijn vinger nog niet achter leggen, want er zijn ook woorden en termen die hij niet in de financiële context kan plaatsen, die meer een juridische achtergrond hebben:

odvjetnik = *advocaat*
javni tužitelj = *officier van justitie*

Weer een andere categorie woorden is ronduit raadselachtig:

dječji krevetić = *kinderbed*
prelaska granice = *grensoverschrijding*
pod šatora = *grondzeil*

En dan zijn er nog domweg woorden waarvan de zoekopdracht als resultaat 'onbekend' opgeeft. Woorden als *talad*, *baht* en *raew*. Verder bevat het document veel getallen, waarvan Joep vermoedt dat het geldbedragen zijn. En gezien het grote aantal nullen achter elk getal moeten dat aanzienlijke sommen zijn.

Het aankoopdocument van het huis? Het meeste wijst erop.

Het adres zal dus wel van de makelaar zijn. Hoewel? Hij probeert zich te herinneren of het hetzelfde adres was als hij op de kleurenbrochure heeft zien staan. Helemaal kan hij zich dat niet meer voor de geest halen, maar wat hij wel zeker weet, is dat dat geen adres in Podgorica was.

Een andere instantie dus. Met een telefoonnummer eronder. Waarom belt hij niet gewoon, dan is hij er zo achter.

Of zou dat gevaarlijk zijn? Per slot van rekening heeft hij het document op illegale wijze in handen gekregen.

Hij probeert te bedenken wat de consequenties van een telefoontje kunnen zijn. In elk geval moet hij het zo inkleden dat ze het niet kunnen traceren. Dus niet zijn naam noemen en niet via de vaste lijn bellen. Een mobiel nummer is volgens hem moeilijker te achterhalen. En ervoor zorgen dat Arno het nooit te weten komt, want die doet het dan helemaal in zijn broek.

Hij toetst het nummer in op zijn mobieltje. Na een tijdje hoort hij dat de telefoon krakend overgaat. Het duurt even, maar dan wordt er opgenomen.

'*Kneginjica agent. Administracija, dobar dan.*'

'*Yes, hello. Do you speak English?*'

'*Izvinite? Ja vas ne razumijem!*'

'*Excuse me. Do you speak English?*' Deze tweede keer spreekt hij de woorden met meer nadruk uit.

'*Engleski? Ja ne govorim Engleski!*'

Hieruit begrijpt hij dat de man geen Engels spreekt. Duits dan maar? Nee, daar is hijzelf beslist ook niet goed genoeg in.

'*Okay... I am sorry... Thank you very much.*' Hij voelt zich echt een ontzettende sukkel, maar zodra hij dit heeft gezegd, verbreekt hij de verbinding.

Daar is hij niet veel mee opgeschoten.

Het is een agentschap en hij heeft dus met iemand van de administratie gesproken. Die geen Engels spreekt. Niet echt handig als je er internationale contacten op na houdt.

Kneginjica.

De naam van het agentschap.

Gedachteloos typt hij dit woord in de vertaalmodule. In de verwachting dat het geen resultaat zal opleveren. Het klinkt als een bedrijfsnaam of een familienaam.

Hij drukt op 'search'. Het duurt even.

Dan verschijnt de vertaling op het scherm.

'Princess'.

Kneginjica agent is hetzelfde als Princess Agency, dat is de enig mogelijke conclusie. Misschien is Diana's intuïtie nog niet eens zo gek.

Een tijdlang zit Joep glazig voor zich uit te staren.

Dan klikt hij zijn favorieten aan en opent het mapje 'airlines'. Dit gaat nog wel even duren.

Lang niet alle luchtvaartmaatschappijen vliegen op Montenegro. Sterker nog, haast geen enkele. Zelfs Sky Europe niet, waarmee Arno en hij in het afgelopen jaar toch geregeld voor weinig geld heel leuke weekendtrips naar steden in Oost-Europa hebben gemaakt. Ze zijn naar Boedapest geweest en naar Bratislava. Geweldige uitstapjes naar prachtige historische steden voor een habbekrats. Want een retourtje met zo'n prijsvechter kost over het algemeen niet meer dan vijftig euro, inclusief belasting en toeslagen.

Een luchtvaartmaatschappij vinden die op Podgorica vliegt, kost nogal wat tijd. Het is natuurlijk ook niet echt een toeristische bestemming. Maar na wat zoeken vindt hij toch wat hij zoekt. Een vlucht voor een heel acceptabel tarief.

Als hij klaar is, sluit hij de computer af. Hij staat op en loopt naar de trap. Arno zit boven te werken.

'Arnie!' roept hij naar boven. 'Arno! Raad eens waar we komend weekend naartoe gaan?'

34

Ze is ongeconcentreerd. Heeft last van slapeloosheid. Ze heeft nergens zin in. Diana herkent zichzelf niet meer. Waar is haar zakelijke instelling gebleven? Haar professionaliteit en efficiëntie? Hoezeer ze zich er ook tegen verzet, ze ontkomt niet aan de conclusie dat er toch wel iets ernstigs met haar aan de hand moet zijn. Heeft Joep dan toch gelijk? Moet ze psychische hulp zoeken? De gedachte alleen al stuit haar verschrikkelijk tegen de borst. Het idee om aan een wildvreemde vrouw – want van een man kan natuurlijk helemáál nooit sprake zijn – je hele hebben en houden bloot te geven. Te gaan zitten snotteren in een spreekkamer terwijl zo'n therapeute, met één oog op de klok, je maar wat laat babbelen en nooit met een oplossing komt. Dat is echt het allerlaatste wat ze zichzelf toewenst.

'Ons Diaantje, da's een echte hoogvlieger,' dat is wat haar moeder altijd over haar zegt. Haar moeder die ze, sinds ze de opstandige puberjaren achter zich heeft gelaten, mateloos is gaan bewonderen. De sterke vrouw die door haar dochters op een torenhoog voetstuk is gezet. Ook nu nog, als ze haar vertelt over haar leven, haar werk en de mensen die ze daarin tegenkomt, luistert haar moeder altijd aandachtig en weet ze Diana altijd weer te treffen met een kernachtige opmerking of relativerend commentaar.

Van alle kinderen Dubois is Diana altijd de avontuurlijkste geweest. Dat ze de baas was over Christa was natuurlijk niet zo verwonderlijk, omdat ze van hen beiden de oudste is. Maar ook de jongens overvleugelde ze meestal met haar drukke gedoe, terwijl Rien en Mark toch drie jaar ouder zijn dan zij. Dat heeft door de jaren heen voor heel wat commotie in huis gezorgd. Haar broers zijn van het rustige, evenwichtige type. Mannen voor wie het leven loopt zoals het is bedoeld. Keurig en op tijd getrouwd, lieve kinderen. Betrouwbare burgers die zich niet gek laten maken door de verleidingen van het leven. Degelijk, maar niet spannend.

Dat gold uiteindelijk ook voor Dick. Na een stormachtige en vooral zeer romantische beginperiode waarin hij haar op handen droeg, toonde hij zijn ware gezicht. In het eerste jaar van hun relatie bestond er tussen hen een vrolijke competitie wie van beiden de beste opdracht wist binnen te slepen en wie daarvoor het hoogste uurtarief wist te bedingen. En om vaker bij elkaar te zijn, besloten ze al snel – véél te snel – om te trouwen en samen een huis te kopen. Een kapitale villa in Eemnes, die eigenlijk zelfs hun budget te boven ging. Ach, welke verliefde gek maalt daarom?

Maar ze woonden nog niet als echtpaar samen of Dick ontpopte zich als een akelig burgermannetje, wiens grootste zorg was of zijn pakken wel op tijd naar de stomerij werden gebracht. Door haar. Dat verwachtte dat er een warme maaltijd werd geserveerd als het hem uitkwam. Door haar. Aan deze verbintenis was dan ook snel een einde gemaakt. Door haar.

Toch is dat haar niet in de koude kleren gaan zitten. Want ook tijdens hun moeizame scheiding – op de toppen van hun verliefdheid waren ze in gemeenschap van goederen getrouwd – bleek Dicks veelzijdige persoonlijkheid nóg een onbekende kant te hebben. Die van geldwolf. De afwikkeling van hun huwelijk was dan ook een ware nachtmerrie. Ze bezwoer zichzelf nooit meer in een relatie te stappen en gaandeweg is ze steeds meer aan haar onafhankelijkheid gehecht geraakt, als een grote schat waarvan ze niet zo gauw afstand zal doen. Maar soms zijn er wel van die momenten dat ze verlangt naar een sterke, koesterende arm om haar heen.

Het verlangen dat ze op dit moment voelt is het verlangen naar ma. Wat zou ze zich nu graag door haar als een klein meisje laten troosten. Maar dat kan natuurlijk niet. Haar moeder zou direct doorhebben wat er met haar aan de hand is. En als er iemand is die het nooit mag weten, is het haar moeder.

Dat er wat moet gebeuren, is duidelijk. Maar wat? Alle sporen die Joep en zij tot nu toe hebben gevolgd zijn doodgelopen, en haar vermoeden dat er een geheim achter Patricks 'Princess' schuilgaat is ook nog steeds niet meer dan een vage intuïtie.

Lang denkt ze over dit probleem na. Probeert ze zo eerlijk mogelijk naar zichzelf te kijken. Haar eigen ziel te doorgronden. En daar bespeurt ze nog steeds die vreemde fascinatie.

De zielsverwantschap met de prinses.

Op woensdag om halfdrie zegt ze tegen Natasja dat ze de rest van de middag vrij neemt. Ze stapt in haar auto en rijdt naar Voorburg.

In het stadje is het haar niet meteen duidelijk waar ze naartoe moet. Nergens ziet ze bordjes of wegwijzers die haar brengen naar de plek die ze zoekt. En toch moet het hier ergens zijn, het landgoed Rusthof, waar Marianne het grootste deel van haar leven heeft gewoond. Maar het enige landgoed in de gemeente waarnaar de ANWB-wegwijzers haar leiden, is – tot haar verbazing – een buitenplaats met dezelfde naam als het hoofdkantoor van Laurens. Hofwijck. Het blijkt het buiten van de zeventiende-eeuwse wetenschapper Constantijn Huygens te zijn, dat ze links laat liggen. Van alles wat met welke Hofwijck dan ook te maken heeft, heeft ze nu even haar buik vol...

Pas als ze drie keer hetzelfde rondje langs een verschrikkelijk lelijk NS-station uit de jaren zeventig heeft gedraaid en ontdekt dat een van de onderdoorgangen daarvan Marianneviaduct heet, weet ze dat ze ongeveer goed zit.

Ze besluit de auto te laten staan en wandelt de hoofdstraat van het dorpje in. Die is gelukkig beduidend minder aangetast door de moderne tijd. Bij een brasserie tegenover een kerk spreekt ze een serveerster aan. Die heeft nog nooit van het buiten Rusthof gehoord, maar wijst haar in de richting van een groot park verderop. Daar zal ze volgens haar de grootste kans maken.

Het is een uitgestrekt, maar vrij rommelig park. Dwars erdoorheen loopt een soort autoweg, die het in tweeën deelt. In het rechterdeel is een kinderboerderij gevestigd, waar een paar kleuters met vrolijke kreetjes de geitjes staan te voeren. Daarachter ligt een groot, statig huis. Diana loopt ernaartoe. VREUGD EN RUST meldt de toegangspoort. Bijna goed, maar nog niet helemaal.

Ze steekt de drukke weg over en slentert het andere deel van het park in. Ze volgt het asfaltpaadje dat tussen ongesnoeid struikgewas en een enkele oude, hoge beuk slingert. Dan komt ze op een gazon met een grote ovale vijver. In het midden daarvan staat een lelijk monument. Een soort natuurstenen zonneterras omgeven door lage bakstenen muurtjes. Op een hoger gedeelte van een van de muurtjes is een stenen leeuw geplaatst, met zijn poot over een wapenschild. Eronder een inscriptie: TER GELEGENHEID VAN HET HUWELIJK VAN PRINSES JULIANA EN PRINS BERNHARD OP 7 JANUARI 1937. In elk geval heeft ze een prinses gevonden. Ze wordt warmer.

Iets verderop nog een aanwijzing dat ze hier in koninklijke sferen vertoeft. Een schriel boompje met een plaquette ervoor. Het is de Amalia-linde, op 7 december 2004 geplant ter gelegenheid van de eerste verjaardag van H.K.H. Prinses Catharina-Amalia der Nederlanden. Al weer een prinses, maar nog steeds niet de goede.

De speurtocht door het park doet Diana goed. Ze krijgt oog

voor de madeliefjes tussen het gras en de magnolia's, die hun eerste bloemblaadjes alweer laten vallen. Ze voelt dat dit een goede plek is en dat ze op de goede weg is.

Ze loopt langs een huis. Aan het hek zit een klein, groen bordje. Diana kan haar ogen niet geloven. Het is de oranjerie van Rusthof.

Lang kijkt ze naar het gebouw. Het lijkt in de verste verte niet op de oranjerie van Hofwijck. Het is een hoog, bakstenen huis met grote ramen en een wit houten hek eromheen. De kleine tuin is onverzorgd. Maar toch staat het er duidelijk:

ORANGERIE, BEHORENDE BIJ DE INMIDDELS VERDWENEN
BUITENPLAATS RUSTHOF. VAN 1848 TOT 1906 EIGENDOM
VAN PRINSES MARIANNE DER NEDERLANDEN, DIE HIER HAAR
SUBTROPISCHE PLANTEN EN BOOMPJES LIET OVERWINTEREN.
NU IN GEBRUIK ALS WOONHUIS.

Mariannes eigen oranjerie. Een vreemd gevoel van ontroering overvalt haar.

Als ze zich omdraait om terug te lopen, ziet ze dat een meter of veertig verderop iemand naar haar staat te kijken. Een lange, magere man in een zwart pak. Door zijn grote hoornen bril kijkt hij haar indringend aan. Er gaat een huivering door haar heen. Als ze van hem wegloopt, voelt ze direct dat hij haar volgt. Ze versnelt haar pas.

Het heeft geen zin. De man blijft haar op zo'n dertig meter achtervolgen. Hij zit achter haar aan, dat is wel zeker.

Een van de mannetjes van Xenia? Dat kan niet anders. Panische gedachten schieten door haar heen als ze zich voorstelt wat hij haar zal aandoen. Hij zal haar naar een afgelegen plek meenemen en haar daar vermoorden. Glashelder ziet ze voor zich hoe hij met een groot mes haar keel doorsnijdt. Ze loopt nog harder, rent nu bijna, en struikelt dan over een kinderwagen die midden op het pad staat. De jonge vader, die bij zijn zoontje aan het klimrek staat, komt naar haar toe. 'O, sorry, mevrouw.' Hij rijdt de wagen het speelplaatsje op. Diana zakt neer op een bankje. Hier is ze veilig. Laat hem nu maar komen.

Hij laat zich niet meer zien. Diana prijst zichzelf gelukkig dat de redding zo nabij was. Ze knoopt een gesprekje aan met de vader en laat zich zelfs overhalen om in de kinderwagen te kijken om de baby te bewonderen. Alles om hier nog maar even niet weg te hoeven. Na een minuutje of tien loopt ze met de man en de kinderen mee terug naar de hoofdstraat. Twee keer kijkt ze achterom om te zien of ze nog wordt gevolgd, maar de engerd is in geen velden of wegen te bekennen.

'Hier is het,' zegt de jonge vader halverwege de straat. 'Swaensteijn, het museum van Voorburg.' Hij heeft haar net verteld dat er in dat kleine museum het een en ander uit het bezit van Marianne wordt tentoongesteld.

Ze bedankt hem, neemt afscheid en gaat het museum in. De vrouw achter de kassa wijst naar de trap. 'De Mariannekamer vindt u boven.'

Ze betaalt het entreegeld en beklimt de krakende treden van de steile trap. Op een kleine overloop staat een glazen vitrine met wat sculpturen. Niet wat ze zoekt. De Mariannekamer is nog iets verder.

Het is een vrij kleine kamer, die is volgepropt met ouderwets meubilair. Veel negentiende-eeuws mahoniehout en twee sleetse crapaudjes. Voor het raam twee palmen in potten. Allebei van kunststof. Een schilderij tegen de achterwand, rechts van een haardpartij, overheerst de ruimte. Het is het portret van Johannes van Rossum, Mariannes verboden geliefde, afgebeeld als een Romeinse senator.

Op een piano tegen de linkerwand staan twee grote porseleinen siervazen, allebei met een geglazuurde afbeelding van de prinses erop. Op een dressoirtje naast de deur wat ingelijste portretjes. Het ene kent Diana al, het toont de melancholieke prinses in de hooggesloten jurk. Het portret ernaast is van een jongen. Een kind eigenlijk nog, dat de toeschouwer eigenwijs aankijkt. JOHANNES WILLEM VON RHEINHARTSHAUSEN staat eronder. Het zoontje van Marianne en Johannes van Rossum, dat op twaalfjarige leeftijd is overleden. Diana krijgt een brok in haar keel.

Dan worden haar ogen weer naar het portret van Marianne zelf getrokken. In deze reproductie ziet de prinses er jonger uit dan op het internet. Haar grote blauwe ogen hebben een smekende uitdrukking in zich. Ze ziet er mooier uit dan Diana eerst dacht. En ook... levendiger.

Er klinkt geluid achter haar en ze draait zich om.

In de deur staat de man in het zwarte pak.

Diana deinst achteruit, haar handen beschermend voor haar gezicht. 'Raak me niet aan!' roept ze.

'Maar merk je dan niet dat ze je zoekt?' zegt de man. Zijn stem klinkt merkwaardig. Te hoog voor een man.

Dan begrijpt Diana het ineens. Ze laat haar handen zakken. Het is geen man.

Het is een vrouw.

35

De vrouw heet Margien en ze is spiritueel begaafd. Al voor de derde keer betuigt ze haar spijt omdat ze Diana zo heeft laten schrikken.

'Ik moest het van haar tegen je zeggen. Daarom ben ik achter je aan gelopen. En in de kamer zag ik dat ze achter je stond. De prinses probeert met je in contact te komen.'

Ze zitten op het terrasje van de brasserie in de hoofdstraat, tegenover de kerk. Nu Diana wat langer de tijd heeft gehad om Margien te bestuderen, begint ze wel wat vrouwelijke trekjes in haar te herkennen. Haar mond is weker dan die van een man en haar schouders zijn smaller. Maar door het grove zwarte pak en de zware bril verbaast het haar nog steeds niet dat ze deze vergissing heeft gemaakt. Het is duidelijk dat Margien alles wat vrouwelijk aan haar is bewust wegstopt.

Ze heeft een roseetje besteld om bij te komen van de schrik. Margien houdt het bij een biertje.

'Maar kun je haar dan ook werkelijk zien?' Ze vindt dat een vrij angstaanjagende gedachte.

'Mijn hele leven al. Ik ben hier geboren en getogen,' knikt Margien.

'Wat zie je dan precies?'

'Ik zal je een verhaaltje vertellen. Mijn grootmoeder had het op verjaardagen altijd over haar vader, mijn overgrootvader dus. Als klein jongetje zag hij de prinses wel eens uit rijden gaan in haar koets. Hij herinnerde zich dat als een heel opzienbarende gebeurtenis, want de koets van de prinses werd getrokken door een equipage van maar liefst acht paarden. Zoveel paarden had verder niemand voor zijn koets, de etiquette verbood dat. Ook herinnerde hij zich dat de mensen van het dorp dan altijd eerbiedig langs de kant van de weg bleven staan en dat de mannen hun pet afnamen. Altijd als mijn grootmoeder dat verhaal vertelde, reageerden de anderen heel verbaasd, alsof het iets heel ongewoons betrof, en ze vroegen honderduit. Daar begreep ik als kind niets van.'

Margien neemt een slok van haar bier. Diana kijkt haar verwachtingsvol aan. 'Want?'

'Nou, die prinses in die koets, die zag ik wel vaker. Bijna altijd als ik op weg naar school langs het huis kwam. Ze keek dan naar me en zwaaide. Ik zwaaide altijd terug. Ik vond dat helemaal niet zo bijzonder. Pas veel later begreep ik dat ik de enige was die haar zag.'

'En dat is dus altijd zo gebleven.'

'Ja. Maar niet altijd even sterk. Er zijn ook perioden dat ik haar maar vaag kan onderscheiden of helemaal niet zie. Toen ik haar vanmiddag achter jou zag staan, was ik met stomheid geslagen. Zo helder, zo... levensecht heb ik haar nog nooit gezien, mijn hele leven niet. En daaruit leidde ik af dat jij bij haar hoorde en ik ging ervan uit dat je wist dat ze er was.'

'Nee, en ik moet je zeggen dat ik me daarbij echt niets kan voorstellen. Alleen... tja, hoe moet ik het zeggen? Ik heb altijd wel een bepaald gevoel als ik aan haar denk. Een heel sterk gevoel, hoe moet ik het noemen... Een gevoel van nabijheid, van verwantschap. Alsof we... zusters zijn.'

'Dat is precies zoals zij het ziet. Daarom is ze bij je. Ze is je gids.'

'Mijn wát?'

'Je gids. Zo heet dat. De lichtende geest die je leidt. Je beschermengel. Of hoe je het ook wilt noemen.'

Diana steekt een sigaret op en bestelt nog een roseetje. Dat heeft ze nu wel even nodig.

'En zie je behalve de prinses nog meer overledenen?'

'Mensen die zijn overgegaan, bedoel je? Ja, ik kan contacten leggen. Dat is mijn werk. Ik ben paranormaal therapeut.'

Diana verslikt zich in haar drankje.

Ze lopen door het plantsoentje voor de kerk. Margien wijst haar op een klein bronzen standbeeld van Marianne, dat ze tot nu toe over het hoofd heeft gezien. Het onderschrift op de sokkel vermeldt dat de prinses veel voor de armen deed.

'Haar bijnaam onder de bevolking was "engel der liefde".' Margien glimlacht als ze dit zegt. 'Je hebt dus beslist niet de slechtste beschermengel uitgekozen. Ze was een goed mens. Ze had ook een vrij uitzonderlijke levensopvatting voor die tijd.'

'En dat was?' Diana begint al een beetje te wennen aan Margiens gewoonte om halverwege een relaas te zwijgen. Alsof ze wil nagaan of je wel echt oplet.

'Ze zei dat ze niet naar Voorburg was gekomen om van de mensen te leven, maar juist om de mensen van haar te laten leven. Ze bedoelde daarmee dat zij met haar fortuin ook rijkdom aan de streek wilde schenken. Ze was heel economisch ingesteld, net als haar vader. Ze was een echte ondernemer. Zo was ze voortdurend bezig met de uitbreiding van Rusthof. Ze kocht aangrenzende buitenplaatsen langs de Vliet op en betaalde uiteindelijk zoveel onroerendgoedbelasting dat alle andere Voorburgers daarvan waren vrijgesteld zolang zij leefde. Ze deed al haar inkopen bij de middenstand van het dorp en ook haar personeel kwam uit de streek. Ze bezocht de scholen en het weeshuis en deelde geld uit onder de armen. Elk jaar op de verjaardag van de koning kregen vierhonderd behoeftige gezinnen een geldbedrag van haar.'

'Indrukwekkend. Maar waar ik zo benieuwd naar ben is hoe haar omgeving reageerde op haar relatie met Van Rossum.'

'Het waren vooral de hooggeplaatsten, de notabelen en de lokale adel die haar om die reden afwezen. Maar in het begin wist niemand er nog van. Toen kwamen zelfs haar vader en moeder, de koning en de koningin, en haar broers op Rusthof eten. Maar zodra ze zwanger bleek van Johannes was die liefde over. Prinses Sophie, de toenmalige vrouw van haar neefje Willem, de latere koning Willem III, vond haar maar vulgair vanwege wat ze noemde "haar laag-bij-de-grondse, abominabele leven". Vanaf dat moment zag Sophie zich genoodzaakt haar de toegang tot haar huis te weigeren. Wat, tussen twee haakjes, in feite zeer hypocriet was, omdat er aanwijzingen bestaan dat Sophie zelf ook relaties met getrouwde mannen niet uit de weg ging. En Sophie was natuurlijk maar een van de velen die Marianne negeerden. Daarom is ze weggegaan. Zo ver mogelijk weg.'

'Waar ging ze dan naartoe?'

'Toen ze vijf maanden zwanger was, besloot ze om voor een halfjaar op reis te gaan. Waarschijnlijk om op een geheime plek haar kind ter wereld te brengen en dan terug te keren naar Nederland. Maar uiteindelijk bleef ze meer dan een jaar weg.' Margien zwijgt weer en kijkt voor zich uit. Geduldig wacht Diana op het vervolg van haar relaas.

'Vier maanden later werd de kleine Johannes Willem geboren, in de binnenlanden van Sicilië. Marianne had zich daar met een klein groepje ingewijden teruggetrokken en op de een of andere manier had ze haar zwangerschap voor de meeste anderen verborgen kunnen houden. Twee maanden later reisde ze alweer door, naar Egypte en het Heilige Land. Haar baby liet ze achter op Sicilië, die zag ze twee jaar later pas terug. Toen had ze inmiddels een villa bij Rome gekocht, waar ze zich met Van Rossum en haar kind eindelijk wilde vestigen. Maar ook daar hield ze het niet lang uit. Ze bleef reizen. Nederland, Italië, Silezië. En niet veel later ook Duitsland, waar ze aan de Rijn het slot Rheinhartshausen bij Erbach kocht. En daar sloeg toen het noodlot toe.' Weer zwijgt Margien.

'Wat gebeurde er dan?' vraagt Diana, nu helemaal in de ban van de tragiek van het verhaal.

'Johannes Willem werd ziek en stierf. Op de eerste kerstdag van 1861. Hij was nog maar twaalf jaar oud...'

'O ja, dat wist ik al. Wat moet dat verschrikkelijk zijn geweest voor haar.'

'Ja, stel je voor: het kind waardoor ze was verstoten uit haar eigen kring, maar waarvoor ze had gekozen en gevochten als een leeuwin, raakte ze kwijt. Zomaar, van de ene dag op de andere, stond ze met lege handen. Gelukkig was ze een sterke vrouw. Ze hield zich staande door de kracht van het geloof. En ze liet in Erbach, het dorpje bij haar Duitse kasteel, een kerk bouwen, waarin ze hem liet begraven. Een monument ter nagedachtenis van haar geliefde zoon.'

Ze hebben inmiddels plaatsgenomen op een bankje in het plantsoentje.

'Twaalf jaar later overleed ook Johannes van Rossum op Rheinhartshausen, even plotseling en onverwacht als Johannes Willem. Hij stierf aan wat ze in die tijd noemden de "vliegende tering", dat is een korte maar heftige vorm van tuberculose. Daarmee kwam een eind aan hun idyllische liefdesrelatie, die bijna dertig jaar had geduurd. Je kunt je voorstellen wat een traumatiserend effect dat op haar gehad moet hebben. Marianne was nu beide mannen kwijt voor wie ze alles had opgegeven, allebei gestorven aan een ernstige ziekte. Ze was nu helemaal alleen.'

'Leefde ze zelf nog lang?'

'Ze overleefde Johannes tien jaar en stierf in 1883 op drieënzeventigjarige leeftijd. Die laatste jaren van haar leven bleef ze reizen, rusteloos, van haar ene bezitting naar haar andere, want een weg terug was er niet. Haar grote rivale Sophie was inmiddels koningin en zelfs haar lievelingsbroer Frederik, die haar lange tijd de hand boven het hoofd had gehouden, had haar laten vallen. Ze was het zwarte schaap van de Oranjes.'

Margien zucht diep.

'Ik stel me haar wel eens voor in haar laatste levensjaren. Een rijke, oude vrouw die gebrouilleerd was met haar familie. Van de vijf kinderen die ze had gebaard waren er nog maar twee in leven, want niet alleen Johannes Willem was al op jonge leeftijd overleden, dat gold ook voor haar oudste dochter Charlotte, en een ander dochtertje van haar en Albert, Elisabeth, werd maar een paar weken oud. Vandaar dat haar in haar eenzaamheid niets anders restte dan de herinnering aan de haar ontvallen geliefden levend te houden. Te blijven leven met de doden.'

Weer zwijgt ze.

'En hoe uitte zich dat dan?' vraagt Diana, een beetje ongeduldig nu.

Even blijft het nog stil. Dan kijkt Margien haar door haar dikke brillenglazen aan.

'Je zou kunnen zeggen dat ze meer naar binnen gekeerd raakte. Dat ze verinnerlijkte en zich richtte op wat er was geweest, op een verleden dat ze gaandeweg ging idealiseren. Daarvoor bedacht ze een heel speciaal motto, dat zelfs ingelijst aan de muren van haar paleis hing: "Begraaf uw doden diep in uw hart, zij zullen heel uw leven geen doden voor u zijn." Misschien wilde ze daarmee tot uitdrukking brengen dat Van Rossum en Johannes Willem voor haar, zolang zij leefde, niet kónden sterven.'

36

Tot Joeps grote verbazing heeft Arno heel enthousiast gereageerd op zijn voorstel om een weekendtripje naar Podgorica te maken. Dat hij zonder overleg de tickets al had geboekt, heeft hij zelfs zonder morren geaccepteerd. En daarom zitten ze nu in het vliegtuig, om halfacht op zaterdagochtend. De vlucht duurt een kleine twee uur, dus de verwachte landingstijd is halftien.

Bij een gespecialiseerde reiswinkel op de Overtoom in Amsterdam heeft hij een gidsje over Montenegro gevonden om zich een beetje te oriënteren. Want behalve dat hij van plan is om eens een kijkje te nemen bij dat agentschap, is dit weekendje toch ook bedoeld als een leuk stedentripje naar een originele bestemming.

Van dat eerste voornemen heeft hij Arno trouwens nog niet op de hoogte gesteld.

'Hè? Dat kan toch haast niet. Moet je hier kijken.'

Arno houdt Joep het opengeslagen reisgidsje voor. Met een vinger wijst hij de passage aan die hij net heeft zitten lezen.

'Er heeft hier ooit een prinses geleefd die Xenia heette! Dat kan toch geen toeval zijn.'

Hij trekt het gidsje weer naar zich toe en leest hardop voor.

'Nicola was koning tot 1918. Met koningin Milene kreeg hij drie zoons en negen dochters, van wie er twee bewust ongehuwd

bleven: Xenia, die fotografe was, en Bjera, de eerste Montenegrijnse vrouw die haar rijbewijs haalde.'

Arno kijkt op en staart dromerig voor zich uit.

'Asjemenou. Prinses Xenia van Montenegro. Dát klinkt pas
lekker.'

Montenegro, heeft Joep gelezen, is nog maar kortgeleden onaf-
hankelijk verklaard en staat op het punt een associatieverdrag te
tekenen met de EU. De eerste stap tot toetreding, wat op den
duur zal leiden tot grotere openstelling van het land. Vandaar dat
grote Europese instellingen hun oog er nu al op hebben laten vallen. En de laatste ontwikkeling daarin is dat de Baai van Kotor,
een van de meest idyllische plekken van de Adriatische kust, door
de allerrijksten van Europa ontdekt is als alternatief voor Saint
Tropez, Marbella en andere paradijselijke vakantieoorden. Als je
er tegenwoordig een beetje bij wilt horen, bezit je een buitenhuis
in Montenegro. En daarin kan prinsesje Xenia natuurlijk niet
achterblijven.

De stad Podgorica is na de Tweede Wereldoorlog door presi-
dent Tito van Joegoslavië omgedoopt tot Titograd. Veel fantasie
bezat die oude blijkbaar niet. Maar sinds de jaren negentig heeft
hij zijn oude naam gelukkig terug.

Joep heeft het plattegrondje van de stad bekeken en na een
tijdje zoeken heeft hij Boulevard Jovana Mitrovic gevonden,
waaraan Kneginjica agent zit. Niet direct in het oude centrum,
waar de meeste bezienswaardigheden zich bevinden, dus hij moet
nog wel een smoesje bedenken om Arno daar ongemerkt naartoe
te loodsen. Zal wel lukken.

Voor de aankomstterminal van de luchthaven staat een hele rij
gammele taxi's te wachten, dus binnen de kortste keren tuffen ze
richting stad. Zoals in elk voormalig Oostblokland is het eerste
wat hem opvalt de penetrante geur van diesel en bruinkool. De
brandstoffen van het communisme, die nog steeds deze econo-

mieën draaiende houden. Ook de erbarmelijke kwaliteit van het wegdek verraadt het recente socialistische verleden.

Ze rijden de stad binnen over een aantal rechte, grauwe boulevards, waar geen van beiden echt vrolijk van wordt. Ze passeren een werkelijk monsterlijk gebouw, waarvan Arno weet te vertellen dat het de nieuwe orthodoxe kathedraal is. Hij ziet er armoedig uit, zoals eigenlijk deze hele buurt. Gelukkig wacht hun even later een verrassing als ze het stadscentrum binnenrijden. Het heeft beslist niet de allure van andere Europese hoofdsteden, maar het bezit wel enige charme. Leuke winkeltjes, gezellige cafeetjes en restaurants en hier en daar een oude, bezienswaardige kerk.

De taxi zet hen af voor hun hotel, een ietwat verveloos pand, maar de kamer is oké en biedt zelfs een mooi uitzicht op de citadel. Hier komen ze het weekend wel door.

Ze drinken koffie op een terrasje en slenteren de uren daarop met het gidsje in de hand langs de toeristische hoogtepunten van Podgorica. De Georgskerk uit de tiende eeuw, de opvallende klokkentoren en wat oude moskeeën. Ze gebruiken een late lunch op hetzelfde terrasje – zo heel veel keus is hier toch ook weer niet – en besluiten het bezoek aan de citadel en de ruïnes van de oude Romeinse stad tot morgen uit te stellen.

Het is halfdrie en nog steeds prachtig weer.

'Er is nog één ding dat ik vandaag wil doen,' begint Joep voorzichtig.

'Weet ik,' antwoordt Arno. 'Ik ben niet gek. Je denkt toch niet echt dat ik niet gelijk doorhad waarom je deze hele excursie hebt georganiseerd?'

Hij had het kunnen weten, maar hij trapt er altijd weer in: die stille Arno weet altijd meer dan hij denkt. Stille wateren hebben diepe gronden.

'Vind je het erg?'

'Nee hoor. Op voorwaarde dat ik vanavond de wijn bij het

diner mag uitkiezen. Ik heb gelezen dat hier in de buurt een heel zeldzame grand cru wordt geproduceerd. Hun beste jaar kost vijfenzeventig euro per fles en ik heb al een restaurantje gezien waar ze hem op de kaart hebben staan.'

Ai, daar gaat de winst van het ticket.

'Deal.'

De taxichauffeur aan wie Joep het adres opgeeft, reageert verbaasd. Tot twee keer toe moet hij het herhalen, want de man wekt de indruk dat hij het niet begrijpt. Pas als Joep het kaartje erbij heeft gehaald en Boulevard Jovana Mitrovic heeft aangewezen, geeft hij zich – met duidelijke tegenzin – gewonnen. Het moet een flinke deuk zijn in zijn liefde voor toeristen. Hij wijst demonstratief naar de meter. 'Dvadeset euro,' zegt hij. 'Tventy.'

Al weer een dure grap. Joeps enthousiasme is zienderogen tanende.

'Fifteen,' probeert hij nog, maar de man is onverbiddelijk en begint zijn raampje al dicht te draaien.

'Okay, twenty euros,' zucht Joep en ze stappen in.

Na een rit van tien minuten is duidelijk wat 's mans aarzeling veroorzaakt. Ze rijden door een volstrekt onbestemde straat, die wordt geflankeerd door anonieme kantoorpanden. In een achterbuurt die eruitziet alsof geen sterveling zich er ooit op straat zal wagen. Het is er volledig uitgestorven en er hangt een louche sfeer die nog het meest weg heeft van een Hitchcock-film. Veel van de panden zijn met grote planken dichtgetimmerd.

'Heb jij enig idee waar we nu zijn?' vraagt Arno bezorgd. 'Anders komen we hier nooit meer weg.'

De chauffeur stopt op een hoek en wijst naar de overkant. Zodra Joep heeft afgerekend en ze zijn uitgestapt, scheurt hij weg. Als het geluid van zijn motor is weggestorven, hangt er een doodse stilte in de straat.

'Kom, daar moet het zijn,' zegt Joep, opgewekter dan hij zich voelt.

Ze steken over en proberen te ontdekken welk pand ze moeten hebben. Een huisnummer hebben ze niet, alleen een afkorting: BB. Tot nu toe is hij ervan uitgegaan dat dit een aanduiding is die vergelijkbaar is met onze nummering, maar nergens op de huizen zijn de letters terug te vinden. En ook geen naambordjes.

'Volgens mij wees hij deze deur aan,' zegt Arno aarzelend. 'Misschien dat we hier moeten aanbellen?'

Maar ook een bel is niet te vinden.

Als Joep op de deur klopt, draait die een klein stukje naar binnen toe open. Het slot is kapot.

Hij kijkt Arno vragend aan.

'Als je maar niet denkt dat ik daar naar binnen ga,' reageert die met een huivering in zijn stem. 'Kom, laten we gaan, dit wordt niks.'

'Joh, even kijken of ze hier zitten. We zijn hier nu toch.' Maar ook bij Joep beginnen de zenuwen op te spelen.

In de gang is het vrij donker, de vloer ligt bezaaid met oude kranten en langs de muur staan stapels kartonnen dozen. Arno, die toch achter hem aan is gelopen, struikelt en valt tegen hem aan.

Er zijn twee deuren in de gang. Op de voorste ervan zit een wit bordje geschroefd: RECEPCIJA. PRIJAVITI SE OVDJE.

De receptie. Weer klopt Joep aan. Geen reactie. De deur zit op slot, evenals de tweede deur in de gang.

Hij loopt naar de trap en kijkt naar boven. Durft hij dat?

'Vooruit met de geit. Twee dappere dodo's. Samen zijn we sterk,' fluistert hij. Hij grijpt Arno's hand en trekt hem mee. Voetje voor voetje beklimmen ze de trap, waaraan geen eind lijkt te komen.

Opnieuw een lange gang, met meerdere deuren ditmaal. Een zaklantaarn zou nu goed van pas komen – natuurlijk nooit aan gedacht.

Dan schiet hem opeens het lampje aan zijn sleutelhanger te binnen.

Het werpt een dun straaltje licht, net genoeg om te zien dat er op de derde deur met punaises een stuk karton is geprikt. Ze schuifelen erheen terwijl hij op de vloer bijschijnt.

Dan richt hij het lichtje op de deur. Op het bord staan in drukletters een hele hoop woorden, waarvan hij het woord 'Kneginjica' meteen herkent. Hij klopt op de deur en weer gebeurt er niets.

'Heb jij een pen bij je?' vraagt hij zacht aan Arno. 'Dan schrijf ik dit even over.'

Maar ook Arno heeft geen pen. Hij zal de tekst uit zijn hoofd moeten leren. Lettergreep na lettergreep prevelt hij de woorden en probeert ze te onthouden. Het valt niet mee.

Opeens klinken er boven hun hoofd luide stemmen op. Twee zware mannenstemmen, die op een ruzieachtige toon tegen elkaar beginnen te schreeuwen. Er wordt met een deur geslagen en er klinken voetstappen door de gang boven hen.

'Wegwezen hier,' sist Arno, en hij loopt richting trap.

De voetstappen komen dichterbij.

Joep blijft met kloppend hart staan om zich het einde van de tekst in te prenten, één oog gericht op de donkere trap die naar boven voert.

De stappen klossen nu zwaar op de trap.

Het laatste woord lijkt wel Chinees en is groter gedrukt dan de rest. 'Tao Jing', leest hij. Goed onthouden.

Dan rent ook hij naar de trap, maar te laat, want achter hem klinkt een luide schreeuw.

'*Nalazite se na zabranjenom području!*'

Tegen beter weten in kijkt hij om, midden in het ongeschoren gezicht van een enorme man.

'*Pomozite! Držite lopova!*' roept de reus, en hij versnelt zijn pas.

In paniek stort Joep zich van de trap af, hijgend van angst. Hij twijfelt er niet aan dat de man hem iets verschrikkelijks zal aandoen als hij hem te pakken krijgt. Waar is Arno? Door de snelheid waarmee hij de eerste stap in de benedengang zet, maakt hij een vervaarlijke slipper op de gladde vloer. Hij weet zijn evenwicht te bewaren, maar de afstand tussen hem en de man wordt er wel kleiner door.

Aan het eind van de gang ziet hij Arno staan. 'Springen!' roept die, en tegelijkertijd ziet Joep dat hij een van de zware dozen naar het midden van de gang heeft geschoven.

Hij springt eroverheen en direct daarna, als zijn achtervolger dat ook wil doen, duwt Arno een hoge stapel dozen omver, die met luid geraas voor zijn voeten neerkomen, waardoor hij struikelt en languit voorovervalt.

'Rennen!' gilt Arno nu. Hij grijpt Joep bij de hand en sleurt hem mee het pand uit.

Buiten raken ze meteen verblind door het felle zonlicht, maar met de dood op de hielen rennen ze door. Pas een hele tijd later, als Arno zich buiten adem tegen een gevel laat vallen, houdt ook Joep zijn pas in.

'Ik... ik kan niet meer,' hijgt Arno. 'Steken in mijn zij!'

'Ik geloof niet dat hij ons achternazit,' hijgt Joep opgelucht, terwijl hij het zweet van zijn voorhoofd wist. 'Maar laten we voor de zekerheid nog een paar keer een zijstraat nemen.'

Pas een kwartier later, als ze weer in een buurt zijn aangeland waar winkels zijn en mensen op straat lopen, beginnen ze zich allebei weer redelijk veilig te voelen. Ze spreken een ouder echtpaar aan, dat geen woord Engels spreekt, maar dat hun met handen en voeten weet uit te leggen hoe ze weer in het centrum kunnen komen.

En weer een uur later laten ze zich uitgeput op hun hotelbed vallen.

37

Annemarie loopt naar de voordeur om de boodschappenbezorger van Albert.nl binnen te laten. De vriendelijke jongen sjouwt de kratten naar de keuken en Annemarie kijkt moedeloos naar de enorme bergen spekkies, appelsap en chocomel. Eefje heeft vanmiddag haar verjaardagspartijtje. Ze heeft barstende koppijn en bij de gedachte aan twintig gillende kinderen zakt de moed haar in de schoenen. Ze moet de kamer nog versieren, taarten bakken en de snoepzakken vullen die de kinderen meekrijgen als ze naar huis gaan.

Eefje stond vanochtend om vijf uur al aan haar bed te gillen dat ze jarig was. Ze konden haar nog een uurtje stilhouden, maar toen moesten de cadeautjes worden uitgepakt. Extra veel dit jaar. Vanwege de pech dat ze in het ziekenhuis had gelegen. Gelukkig is ze snel opgeknapt en er is in het ziekenhuis niets van de tornado achtergebleven. Met de nieuwe medicijnen rochelt ze wat minder, maar nog steeds voelt Annemarie een lichte paniek als Eef begint te hoesten.

Ze laadt de boodschappen in de ijskast en begint aan de eerste taart. Ze smelt de chocolade en mengt die door het slagroommengsel. Ze denkt aan vorig jaar, toen Diana haar de hele dag heeft geholpen. Nog steeds is ze verbijsterd over het gedrag van Diana in het ziekenhuis. Wat bezielt haar toch? Waar heeft ze zich nu weer in begeven? Met een mengeling van woede en bezorgdheid legt ze de lange vingers in een schaal.

Er moet meer aan de hand zijn. Maar tot nu toe heeft ze de moed niet kunnen opbrengen Diana te bellen. Dit moet eerst een tijdje rusten. Tot de scherpe kantjes eraf zijn.

Hun vriendschap is wel een beetje veranderd sinds ze haar baan heeft opgegeven. Hun levens lopen niet meer parallel. Zij kan niet altijd het enthousiasme opbrengen voor het zoveelste verhaal over spannende collega's en buitenlandse tripjes. En Diana vindt weinig aansluiting bij haar wereld van zwemles en losse tandjes. Maar gelukkig bleven altijd nog de humor en de eindeloze telefonades, 's avonds als de kids in bed lagen. Dat mist ze wel.

Er wordt weer aangebeld. De postbode. Een stapel kaarten voor Eef en een pakje van opa en oma. Ze scant snel de stapel post en herkent het handschrift van Diana op een kaart voor Eefje. Toch een kaart. Dat pleit voor haar. Misschien toch eens bellen? Nee, nog niet. Diana moet zelf maar bellen. En dan zal ze met een heel goed verhaal moeten komen over de gruwelijke bedreiging en waarom ze dat niet aan de politie heeft gemeld. Misschien zit ze nog in de nesten en kan ze haar maar beter op afstand houden. Ze heeft geen zin haar gezin bloot te stellen aan dergelijke waanzin. Ze schuift de eerste taart in de ijskast om op te stijven en pakt de doos met slingers.

Versieren is altijd haar grote talent geweest. Daarmee heeft ze het vaak van Diana gewonnen. Als die nog de kat uit de boom stond te kijken zat zij al te zoenen. Toch leuke tijden. Weer de bel. De bloemist. Een boeket. Voor haar? Ze haalt het kaartje van het cellofaan, slaat het open en herkent direct het handschrift.

Wens je een fijne dag.
Hoop dat ik er volgend jaar weer bij mag zijn.
Diana

38

Margien heeft haar weten over te halen tot een therapeutische sessie. In eerste instantie heeft ze dat beleefd afgehouden met als argument dat ze daar in haar drukke werkschema met geen mogelijkheid een gaatje voor zou kunnen vinden. De ware reden, haar intense afkeer voor alles wat met 'peuten' te maken heeft, heeft ze natuurlijk verzwegen. En ook dat ze het, als ze eerlijk is, doodeng vindt. Maar Margien hield hardnekkig vol en uiteindelijk is ze toch gezwicht.

En nu ze haar auto voor de kleine doorzonwoning in het doodlopende straatje parkeert, is ze wel blij dat ze in elk geval niet toegestemd heeft in een gratis behandeling, zoals Margien voorstelde. Want zo te zien kan de vrouw haar centen wel gebruiken. Ze kan zich niet voorstellen dat je je vrijwillig in zo'n ongezellige jarenzeventigwijk vestigt.

Nog voor ze heeft aangebeld, zwaait de deur open. Margien draagt een groene slobberbroek en een fantasieloze beige bloes. In de gang ruikt het een beetje naar schimmel. Maar het norse enthousiasme waarmee Margien haar begroet, maakt veel goed.

'Wat fijn dat je er bent. Kon je het makkelijk vinden?'

Ze troont haar mee naar de kleine woonkamer, waar de hele linkerwand verborgen gaat achter houten boekenplanken. Margien moet wel duizend boeken hebben.

'Wil je iets drinken? Thee? Groene of vierkruidenmix.'

'Heb je ook gewone?'

'Lindebloesem. Eigen merk van de natuurwinkel.'

'Die lijkt me heerlijk.'

En het veiligst.

Terwijl Margien in de keuken de thee zet, leest ze de ruggen van de boeken. *Chakraleer voor gevorderden, De tunnel en het licht, Lexicon der entiteiten.* Een van de boeken heeft ze zelf ook. *Wijze vrouwen* van Susan Smit.

Margien komt de kamer weer in. Ze gaan zitten in de rotan kuipstoeltjes en nippen aan de dampende mokken.

Ze praten wat. Over het weer en de boeken van Susan Smit. Het is duidelijk dat Margien die veel kritischer heeft gelezen en beleefd dan zij. Ze heeft het niet zo op al die vrouwen die opeens de heks in zichzelf ontdekken.

Net als de vorige keer valt het haar op dat Margien niets over haar vraagt.

Dan stelt ze de vraag die al de hele tijd op haar lippen brandt.

'Is de prinses nu ook bij me?'

Margien schiet in de lach. 'Nee, je bent hier alleen. Ze loopt niet voortdurend achter je aan. Maar als ik haar roep, dan komt ze, hoor.'

'En wat ik me ook afvraag: kun jij echt met haar praten?'

'Praten zoals jij en ik dat nu doen, zo kun je dat niet noemen. Ik kan me op haar afstemmen en haar signalen opvangen. Dat is een kwestie van jarenlange training.'

Uitvoerig vertelt Margien over de ontwikkeling van haar gave. Een moeilijke, maar leerzame weg. Hoe ze als kind besefte dat ze anders was dan de anderen. Niet alleen omdat ze dingen en mensen zag, maar ook omdat ze zo extreem gevoelig was voor de sfeer die om anderen heen hing. Zo erg dat ze er vaak fysiek pijn door leed. Jarenlang kon ze daar geen kant mee op en wist ze niet wat ze ermee moest doen. Totdat ze op de televisie een programma zag over paranormale verschijnselen. Toen begreep ze welk geschenk haar gegeven was en kon ze er richting aan geven. Ze begon beurzen te bezoeken en ontmoette daar gelijkgestemden. Ze schreef zich in voor een cursus en slaagde uiteindelijk voor de driejarige hbo-opleiding tot paranormaal therapeute.

'Nu ben ik zover dat ik dankbaar kan zijn dat ik door de gidsen van gene zijde op het goede pad ben aangestuurd.' De toch al norse uitdrukking op haar gezicht wordt nog stuurser. 'Het gevaar is namelijk dat je als kind niet rijp bent om met je gave om te gaan. Daarom is het belangrijk dat een kind met de gave serieus wordt genomen en goede begeleiding krijgt. En daar schortte het in mijn jeugd nog wel eens aan. Temeer omdat in mijn puberteit duidelijk werd dat ik ook op andere gebieden anders was dan de andere meisjes.'

Opnieuw zwijgt ze en ook Diana houdt haar mond. Het is duidelijk wat Margien ermee bedoelt.

'Er is dan ook, laat ik het zo zeggen, een periode in mijn leven geweest dat de verleiding groot was om het verkeerde pad op te gaan. Want niet alles wat uit de spirituele wereld komt is goed. Het is heel goed mogelijk om, als je je ervoor openstelt, speelbal te worden van duistere boodschappen en signalen van gene zijde. En vooral voor een opstandige puber als ik, onbegrepen en onbemind door mijn omgeving, was de verleiding groot mijn gave aan te wenden om pijn te doen en schade aan te brengen. Want ook in de spirituele wereld heerst de strijd tussen goed en kwaad. En de keuze voor het kwaad is vele malen gemakkelijker dan die voor het goede. Als je je ervoor openstelt, loop je het gevaar in handen te vallen van de krachten van het kwaad. De weg van zwarte magie in te slaan. De weg van de goedkope toverdokters en de bezweringsrituelen van de hekserij.'

Aan haar heftig verontwaardigde gezichtsuitdrukking is te zien dat dit voor haar echt het laagste van het laagste moet betekenen. Het spijt Diana nu dat ze over Susan Smit is begonnen.

Dan stelt Margien voor de sessie te beginnen. Daarvoor gaan ze naar de eerste etage, waar Margien haar werkkamer heeft ingericht. De ramen zijn met zwarte rolgordijnen geblindeerd, de enige verlichting komt van de kaarsen die Margien aansteekt. Ook steekt ze wat staafjes wierook aan, die ze in een mooi bewerkt houdertje op tafel zet.

Gespannen blijft Diana in het midden van de kamer staan. Dit is het moment waar ze zo tegen op heeft gezien. Ze heeft geen idee wat er gaat gebeuren en ze vindt de hele omgeving met de kaarsen en de wierook eigenlijk één grote poppenkast. Maar ze neemt zich voor om daar niets van te laten merken. Het spelletje mee te spelen om er zo snel mogelijk vanaf te zijn.

Margien vraagt Diana om tegenover haar aan de tafel te gaan zitten. Ze sluit haar ogen en blijft ongeveer een minuut doodstil zitten. Op de tafel liggen een blauwgrijze, glanzend gepolijste steen en een stuk karton met een ingewikkelde tekening. Een met potlood getekend schema, waar met rode pen hier en daar aantekeningen bij gezet zijn. Naast het schema ligt een ansichtkaart van het melancholieke portret van Marianne. Met haar linkerhand begint Margien over de kaart te wrijven. Ze heeft haar ogen nog steeds gesloten.

'De prinses vraagt me om met je te praten.' Haar stem klinkt anders dan daarnet. Hoger. Ze opent haar ogen en kijkt Diana liefdevol aan. 'Ze kent je pijn.'

Die melancholieke ogen.

'*Ik ken uw pijn.*'

De ogen van de prinses.

Diana schiet vol. De tranen stromen over haar wangen. Ze kan ze niet stoppen.

39

'Je raadt nooit waar wij dit weekend zijn geweest.'

'Hé, dat is grappig, dat wilde ik net tegen jou zeggen: je raadt nooit waar ik dit weekend ben geweest.'

'Ik eerst.'

'Oké.' Diana klemt de telefoon tussen hoofd en schouder om haar sigaretten uit haar tas te halen.

'Arno en ik zijn dit weekend in Podgorica geweest.'

'Waar?'

'In Podgorica. De hoofdstad van Montenegro.'

'Wát! Hoe zijn jullie daar nou terechtgekomen?'

'Goedkoop ticket, je kent me toch? En het schijnt dat Montenegro op dit moment helemaal *the place to be* is. We waren op zoek naar een buitenhuisje.'

'Met vijf badkamers, zeker. En Patrick Groothof als je buurman. Je denkt toch niet dat ik je maar voor één seconde geloof?'

'O, jij duiveltje, je hebt me ook altijd door! Nee, alle gekheid op een stokje, we hebben de stad bekeken. Doen we wel vaker, weet je nog? De hoofdsteden van voormalige Oostbloklanden, dat zijn vaak pareltjes van architectuur waar de tijd heeft stilgestaan. En we hebben er ook wat research gedaan.'

'Research? Hoe bedoel je?'

'Ik heb dat derde document nog eens goed bekeken. Je weet wel, met die Montenegrijnse tekst. In eerste instantie dacht ik dat het een koopakte was of zo, totdat ik er iets verrassends in ontdekte.'

'En dat was?'

'Hou je vast. De naam van de bv in dit document is het Montenegrijnse woord voor "prinses".'

Bij het horen van dit woord begint Diana's hart sneller te kloppen. En als Joep klaar is met zijn verhaal, merkt ze dat ze de hele tijd geen adem heeft gehaald.

'Waarom heb je me niet gezegd dat je ernaartoe ging?'

Er klinkt een lichte aarzeling in zijn stem.

'Ik heb erover nagedacht. Maar het leek me beter van niet. Je was laatst zo van streek dat ik heb besloten het je pas te vertellen als we weer terug waren. Het heeft trouwens ook niet zoveel opgeleverd. In de gauwigheid heb ik al die Montenegrijnse woorden op die deur niet kunnen onthouden. Het enige woord dat me is bijgebleven leek me eerder Aziatisch. "Tao Jing". Ik heb proberen te achterhalen wat dat betekent, maar zonder succes. Tao betekent zoiets als "weg" of "wijsheid" en is in China een vorm van religie. Niet echt een duidelijk verband met die prinses, dus.'

'En al weer een spoor dat doodloopt.'

'Ja, ik ben bang van wel.' Hij zucht en zwijgt. Dan hoort ze hem diep ademhalen, alsof hij heeft besloten niet bij de pakken te gaan neerzitten.

'En jij? Nu is het jouw beurt. Wat heb jij het weekend uitgespookt?'

Heel even heeft ze de neiging om die vraag nu af te wimpelen. Door zijn verhaal is ze van slag geraakt, het lichte gevoel van deze middag lijkt weggeëbd. Maar dan besluit ze zijn voorbeeld te volgen. Niet te kinderachtig zijn. Net als hij positief te denken.

'Ik ben dit weekend in therapie gegaan.'

'Doe normaal. Jij! Die therapeut hangt nu zeker zelf aan een hoge boom te bungelen.'

'In paranormale therapie.'

Joep schiet in de lach. Het duurt zeker een minuut voor ze door kan praten om hem alle gebeurtenissen van de afgelopen dagen uit de doeken te doen.

Op zijn beurt luistert hij ademloos toe.

'En is dat niet griezelig, zo'n lesbo die met de doden kan praten?' vraagt hij als ze heeft verteld over haar ontmoeting met Margien.

'Ja, in het begin wel. Maar dat is nog niet alles. Het werd nog veel enger. Toen we met die sessie begonnen.'

'Ik ben een en al oor.'

'We gingen naar haar werkkamer. Die was volledig verduisterd, er brandden alleen wat kaarsen. We gingen aan een tafel zitten. Ze was doodstil. Haar ogen dicht. Met haar hand wreef ze over een ansichtkaart met het portret van Marianne. Toen ze haar ogen weer opende, was haar gezicht veranderd... zachter... en haar ogen... het waren net de ogen van de prinses! Ook haar stem was veranderd. Het gebeurde zo onverwacht dat ik ervan moest janken.

Ze stond op, nam me bij de hand en voerde me naar een divan, waarop ik moest gaan liggen. Haar hele manier van bewegen was anders. Minder hoekig, vrouwelijker. Ze bewoog zich ineens een stuk eleganter. En toen boog ze zich over me heen.'

'Om je wakker te kussen,' zegt Joep zacht, maar ze merkt aan zijn toon dat ook hij onder de indruk is.

'Nou, ik moet je inderdaad zeggen dat ik even bang was dat ze me zou gaan betasten. Omdat ze op me viel of zo. Maar wat ze deed was geen betasten. Met haar handen maakte ze een soort strijkbewegingen over mijn lichaam heen. Maar ze raakte me niet aan, haar handen gleden vlak langs mijn lichaam. En steeds draaide ze zich even van me af om iets van haar handen af te slaan. Alsof ze er water af moest schudden.

De hele tijd staarde ze daarbij in het niets, alsof ze in een soort trance was. Ze zei ook helemaal niets. Maar het voelde geweldig. Het was alsof er een soort last van me werd afgenomen. Toen hield ze een tijdje haar beide handen stil boven mijn maagstreek en het was alsof ze met haar handen een bedrukkend gevoel uit me opzoog dat ik nou al weken voel. En daarna kwam er een lichtheid over me die ik al tijden niet meer ken.'

'Wat geweldig...' fluistert Joep.

'Daarna liep ze terug naar de tafel en ging er weer aan zitten. Toen ben ik ook maar opgestaan en tegenover haar gaan zitten. Haar ogen waren weer gesloten. Zo hebben we zeker nog twee minuten gezeten. Plotseling deed ze haar ogen open, alsof ze wakker schrok. Ze was helemaal in de war.'

'Hoezo? Dat is toch werk dat ze altijd doet?'

'Nee, dat is het hem juist. Ze wist helemaal niet wat er was gebeurd! Ze zei dat dit haar nog nooit was overkomen. Dat een geest bezit van haar had genomen. Ze beweerde namelijk dat de prinses tijdelijk in haar was gevaren!'

'En geloof jij dat ook?'

'Als ik er niet zelf bij was geweest ongetwijfeld niet. Je kent me, ik geloof best wel in zaken tussen hemel en aarde, maar dit zou me echt een bruggetje te ver zijn. Maar ik was er wel bij en zag hoe ze veranderde. Mijn god, die ogen! Je had die ogen moeten zien. Ze straalden een eeuwenoud verdriet uit. Ik kan er niet omheen: Margien was op dat moment Marianne. Of ze moet wel zo'n verdomd goede actrice zijn. Maar hoe verklaar je dan die helende handen? Hoe langer ik erover nadenk, hoe meer ik ervan overtuigd ben dat ze geen charlatan is. Eerder op de middag voerde ze trouwens een heel fel betoog tegen dat soort praktijken. Ze kan zich echt heel kwaad maken over mensen die zwarte magie bedrijven. Heksen en zo.'

'Jemig, Diaan. Prinsessen. Heksen. We zijn nu wel heel erg in sprookjesland.'

40

April doet wat hij wil. En dat geldt al helemaal voor de april van dit jaar. Want na de eerste twee weken, waarin het wel zomer leek, is het weer volledig omgeslagen. Al dagenlang striemt de regen tegen de ramen en de temperatuur is naar een dramatisch dieptepunt teruggezakt.

De grote perspresentatie van het jaarverslag is achter de rug. De reacties van de financiële pers op het jaarverslag-nieuwe-stijl zijn lovend, maar dat doet haar weinig. Ze is blij dat die klus is geklaard en dat er nu een beduidend rustiger tijd aanbreekt. Waarin ze meer tijd heeft om te bedenken hoe ze nu verder moet. Het Montenegro-verhaal is op niets uitgelopen en ze heeft nog steeds ruzie met haar beste vriendin. Ziedaar de trieste balans van haar leven op dit moment.

Drie mailtjes heeft ze nu al aan Annemarie gestuurd, maar die zijn alle drie onbeantwoord gebleven. En ook op haar felicitatie voor Eefje en de bloemen die ze heeft gestuurd, heeft ze niet gereageerd. Gelukkig is Eefje wel opgeknapt – Diana zorgt er natuurlijk wel voor dat ze via gemeenschappelijke vrienden daarvan op de hoogte blijft – maar het is duidelijk dat Annemarie niet in is voor een gesprek. Misschien nu niet, misschien nooit niet. Wie weet?

De enige lichtpuntjes in deze droeve donkere dagen zijn haar dagelijkse gesprekken vanuit de auto met Joep, die alle zeilen bijzet om haar op te monteren. En de gesprekjes die ze steeds vaker bij Laurens voert met financieel directeur Anton van Hasselt.

Ze heeft hem vanaf het begin al gemogen. Hij is een heel andere persoonlijkheid dan Patrick, veel ingetogener en bedachtzamer. En uiterlijk is hij ook niet direct haar type. Niet dat hij er niet goed uitziet, maar hij is gewoon niet een man naar wie direct haar belangstelling uitgaat. Geen probleem, want hij is in de verste verte geen versierder. Totaal niet de womanizer die Patrick is. Ze weet niet eens wie zijn vrouw is, omdat hij haar nooit meeneemt naar de feesten en partijen van de zaak. Anton is gereserveerd over zijn privéleven. Ze weet eigenlijk niks van hem, alleen dat hij dag en nacht aan het werk is. Ze heeft Anton de laatste tijd leren kennen als een geweldig aardige en vooral warme man.

Hij is de enige die nog wel eens bij haar naar binnen wipt om een kop koffie te drinken en wat bij te kletsen. Ze heeft dan ook het idee dat hij een vaag vermoeden heeft wat er tussen haar en Patrick aan de hand is. Maar hij vraagt er nooit openlijk naar en zelf neemt ze liever gif in dan daarover tegen hem te beginnen. Hun gesprekken zijn puur zakelijk, maar wel met een persoonlijke ondertoon die hun wederzijdse sympathie onderstreept.

Ook niet onaangenaam zijn haar herinneringen aan de healingsessie met Margien, waar ze nu nog steeds de positieve gevolgen van voelt. De baksteen lijkt definitief uit haar maag verdwenen te zijn. Maar ze begrijpt nog steeds niet precies wat er is gebeurd en betrapt zichzelf steeds vaker op twijfel. Was het wel allemaal zo echt, of toch gespeeld? Een goedkope truc van Margien om aandacht? Het is natuurlijk een behoorlijk zonderlinge, eenzame vrouw. Misschien toch maar even rustig de kat uit de boom kijken. Even de kop erbij houden, want het blijft natuurlijk een feit dat haar gevoelsleven een behoorlijke opdonder heeft gehad. Het kan zijn dat ze even niet in staat is feit van fictie te onderscheiden.

En dan de bedreigingen. De laatste is alweer bijna een maand geleden. Tussen de eerste waarschuwing, het leksteken van haar autobanden, en de tweede, de intimidatie van Annemarie, zat een beduidend kortere tijd: niet meer dan twee weken. Zou dat betekenen dat ze daar nu voorgoed van is verlost? Omdat Xenia wel iets anders aan haar mooie hoofdje heeft? Van Joep en Arno heeft Diana begrepen dat het nieuws over haar verzwegen verleden als een bom is ingeslagen. Nadat het showprogramma het nieuws als eerste op televisie heeft gebracht, zijn alle roddelbladen er als aasgieren op gedoken. Het is een ware hype geworden, waarschijnlijk bij gebrek aan beter nieuws. En volgens Arno heeft Xenia zich genoodzaakt gezien om tijdelijk onder te duiken. Omdat al die media-aandacht haar boven het hoofd is gegroeid. Diana ziet weer de cameraploeg die op het tuinfeest in Muiden binnendringt, de brutaliteit van de interviewer en de schaamteloosheid van de cameraman, die zijn lens genadeloos op de totaal overrompelde Xenia richtte. In haar grenzeloze ijdelheid kwam het niet in haar op de lens te ontduiken en was ze een makkelijke prooi. En blijkbaar is dat nog maar het begin voor Xenia geweest, het tipje van de sluier. In haar fantasie stelt ze zich een hele haag van fotografen voor, die een onafzienbare rij telelenzen op haar richten, onder verblindend geflits een mitrailleurvuur van klikkende camera's. Het is iets wat je je ergste vijand nog niet toewenst. Hoewel, in dit geval komt het haar wel goed uit. Ze is in elk geval tijdelijk verlost van Xenia's hysterie en afgunst.

Waarschijnlijk is dat ook de reden dat Patrick de laatste tijd zo weinig op kantoor is gesignaleerd. En de sporadische keren dat ze hem ziet – tijdens het maandagoverleg of een andere meeting – is hij niet zo uitgelaten en extravert als ze hem heeft leren kennen. Hij blijft natuurlijk een topacteur en de wereld zal hem niet gauw betrappen op een moment van zwakte, maar voor de goede beschouwer is er toch duidelijk een nuanceverschil. Of wil ze dat gewoon graag zien? Is de wens de vader van de gedachte?

Ze kijkt naar buiten, naar de regen. Ze voelt zich down. Opgesloten. Verzeild in een nare droom. En voor de zoveelste keer vraagt ze zich af wanneer al deze shit een keer over zal zijn. Natuurlijk, ze kan er nog steeds elk moment vrijwillig uit stappen en de hele rotzooi achter zich laten. Maar wel met alle negatieve gevolgen voor haar verdere loopbaan van dien. En tegelijkertijd bespeurt ze in zichzelf ook een soort vastberadenheid. Een gevoel van mij-krijgen-ze-niet-klein.

Ineens dringt het tot haar door dat de telefoon maar blijft overgaan. Die klinkt wel vaker, hoewel Diana het niet prettig vindt op haar eigen nummer te worden gebeld. En als dat gebeurt, neemt Natasja zo'n telefoontje direct over op haar eigen toestel. Behalve als ze er even niet is, naar de wc of kletsen met Irma. Zoals nu.

Even wacht ze tot de telefoon vanzelf ophoudt. Ze bellen maar terug als Natasja er is. Maar het belsignaal blijft aanhouden. Geïrriteerd neemt ze op.

'Met Diana Dubois.'

Aan de andere kant van de lijn blijft het stil.

'Met wie spreek ik?' zegt ze.

Geen reactie.

'Neemt u me niet kwalijk. Ik kan u niet horen. Ik ga nu ophangen. Goedemiddag,' snauwt ze in de hoorn, maar ze is nog niet uitgeproken of ze hoort dat er iets wordt gefluisterd aan de andere kant van de lijn.

'Pardon, ik versta u niet. Kunt u dat herhalen?'

Weer is het even stil. En dan, luid en duidelijk:

'Hoer.'

Haar hart versteent. Ze kan geen woord uitbrengen.

'Hoer,' klinkt het voor de tweede keer, nu nog harder. Het is een monotone stem, die overduidelijk elektronisch is gemanipuleerd. Hij heeft een lispelende, sinistere klank.

'Je luistert niet, hè? Dacht je dat je ongestraft blijft?'

Opnieuw zwijgen. Alleen ademhaling.

'Je gaat kapot. Helemaal kapot.'

Stilte. Hijgen. Slikken.

'En jij niet alleen.'

Het gehijg wordt luider.

'Branden gaan jullie. In de hel.'

Gehijg.

'Jij en dat ranzige vriendje van je.'

Nog luider.

'Zie maar hoe hij brandt!'

Dan wordt de verbinding verbroken. Verstard blijft ze met de hoorn aan haar oor zitten.

Dit gebeurt niet echt.

Opeens dreunt de realiteit als een mokerslag haar bewustzijn binnen.

Haar grootste angst.

Ze hebben Joep.

Wat doen ze hem aan? Doodsangst verlamt haar. Ze kan niet helder denken. Nee, niet Joep! Niet na Annemarie en Eefje! Niet ook nog Joep!

Ze weet niet wat ze moet doen. Wat kan ze doen tegen een onzichtbare vijand?

Brand?

In een impuls staat ze op en loopt naar het raam. Kijkt in de richting van de oranjerie. Geen rook. Geen vuur.

Ze gaat weer zitten. Opgelucht. Maar niet lang.

Ze grijpt haar Nokia en zoekt het nummer van Joep in haar adresboek. Voicemail. Ze spreekt in, gehaast. 'Bel me alsjeblieft zo snel mogelijk terug.' Dan belt ze Joeps en Arno's vaste nummer. Ook daar geen gehoor. Moedeloos breekt ze af.

Als ze haar de stuipen op het lijf wil jagen, dan is dat perfect gelukt.

41

Zodra ze haar woonkamer binnenkomt, laat ze zich op de bank zakken en schopt haar pumps uit. Dat is meestal het eerste wat ze doet als ze thuiskomt. Ze legt het stapeltje post dat ze uit de brievenbus heeft gehaald naast zich neer en trekt haar benen op de bank. Terwijl ze met haar rechterhand haar linkerenkel masseert, leest ze de koppen van de dubbelgevouwen krant door die boven op het stapeltje ligt. Weinig nieuws. Ze draait de krant om en scant de eerste regels van de artikelen op de tweede helft van de pagina. Evenmin iets opzienbarends.

Ze overweegt of ze eerst een glas water in de keuken zal halen of direct haar voicemail zal afluisteren; misschien staat er een berichtje op van Joep, want hij heeft haar nog niet op haar mobiel teruggebeld.

De panische angst van vanmiddag is inmiddels wat weggezakt. Misschien is het een flauwe grappenmaker geweest die haar vanmiddag heeft gebeld met dat achterlijke verhaal over branden in de hel. Maar helemaal gerust voelt ze zich nog niet.

Het lampje op de voicemaildisplay knippert. Vier nieuwe berichten. Ze drukt de knop in.

Het eerste is van Pauw op de Van Baerlestraat. De broeken en de rok die ze er vorige week heeft gekocht en die moesten worden ingenomen, zijn klaar.

Het tweede is een onduidelijk verhaal van een medewerker van het energiebedrijf. Nog voor de man is uitgesproken, drukt ze hem weg.

Het derde bericht is ingesproken door Margien. Ze klinkt even nors als altijd en vraagt of ze snel een afspraak kunnen maken. Als Diana haar stem hoort, gaat er een warm gevoel door haar heen. Het is toch best een goed mens. En hoe verwarrend ook, ze moet toegeven dat ze toch wel nieuwsgierig is naar de ware toedracht achter de gebeurtenissen van vorige week. Heeft ze echt een prinses ontmoet die al meer dan een eeuw dood is? Hoe absurd het ook klinkt, ze heeft nu weer het gevoel van wel.

Het vierde bericht begint. Eerst een paar seconden stilte. En dan weer de stem. De mechanische stem met vijf woorden die ze eerder heeft gehoord.

'Zie maar hoe hij brandt.'

Direct daarna wordt er opgelegd.

'Wat wil je van me, bitch!' schreeuwt ze tegen het apparaat, waarop alleen nog de ingesprektoon klinkt. Ze moet zichzelf ervan weerhouden het te pakken en door de kamer te slingeren. Met stijf opgetrokken schouders en wijd opengesperde ogen zit ze ernaar te kijken. Alsof de duivel zelf in haar voicemail is gevaren. Ze controleert het nummer van de beller. Anonieme oproep.

Dan ontspant ze een beetje. Dit moet een gestoord wijf zijn. Een zieke geest. Dit valt toch niet serieus te nemen?

Nu eerst dat glas water. Even afkoelen en bijkomen.

Als ze terugkomt uit de keuken pakt ze het stapeltje post op en bladert erdoorheen. Reclamefolders. Rekeningen. En een brief. Haar naam geprint op een adressticker. Geen afzender vermeld. Geen postzegel. Hij moet door iemand in haar busje zijn gedaan. Ze scheurt hem open.

Er zitten foto's in. Drie. Zwart-witfoto's met vrij korrelige en soms zelfs wazige beelden van personen. Alsof ze van grote afstand zijn gemaakt. Met een telelens. Van die foto's die je weleens ziet in een roddelblad, als het een fotograaf is gelukt in het geniep een topless zonnend sterretje te fotograferen op een geheim vakantieadres. Of een royal die net het huis van zijn of haar minnares of minnaar verlaat. Foto's die zijn gemaakt door paparazzi. Of door privédetectives.

De personen op de foto's zijn zijzelf en Joep.

Op een moment dat ze samen waren.

En zich onbespied waanden.

Op de eerste foto wandelen ze gearmd langs de Amstel.

Op de tweede kussen ze elkaar op de mond. Alsof ze geheime minnaars zijn.

De derde is een opname van Joep alleen. Hij lacht zijn ontwapenende lach. Zijn haar verward door de wind.

Ongeveer in het midden van de foto zit een gat. Waarschijnlijk heeft de afzender er een brandende kaars of aansteker onder gehouden, waardoor het papier vlam heeft gevat. En de vlam erdoorheen is geschroeid. Precies ter hoogte van zijn hart.

Joeps hart is uit de foto gebrand.

De ringtone van haar mobiel klinkt. Het is Joep.

'Dag schat, sorry dat ik nu pas terugbel. Hele middag besprekingen. Maar wat klonk je gehaast! Toch niks aan de hand, hoop ik?'

'Ze is weer bezig.'

'Wie? Over wie heb je het, Diana?'

'Die feeks. Dat monsterlijke wijf.'

'Xenia Groothof? Jemig. Wat heeft ze nu weer gedaan?'

'Ze heeft je in de fik gestoken.'

Het duurt een tijdje voordat ze Joep heeft kunnen uitleggen wat er nou precies aan de hand is. De mechanische stem. De bedreiging met de hel. De verbrande foto. Wat ze vertelt klinkt allemaal zo bezopen, dat hij het niet direct helemaal snapt.

Maar als het muntje valt, is het even stil aan de andere kant van de lijn. Blijkbaar dringt nu ook tot Joep door wat de omvang van deze bedreiging is. Als hij begint te praten, klinkt hij onzekerder dan ze hem ooit heeft gehoord.

'Het lijkt wel een soort ritueel. Afkomstig uit de zieke geest van een godsdienstwaanzinnige of zo.'

'Een ziek brein, zeg dat wel. Dat is juist het huiveringwekkende aan het geheel.'

'We hebben het er indertijd toch over gehad? Weet je nog, de laatste keer dat jij bij ons op de borrel was. Een maand of twee geleden. Ik vertelde je toen dat verhaal van Xenia die zo hysterisch was dat ze die persfotograaf aanviel.'

'Ja. "De vrouw wier hysterie en jaloezie toch legendarisch zijn". Die woorden staan sinds dat gesprek in mijn geheugen gegrift.'

'Inderdaad. Maar blijkbaar onderschatte ik haar toen nog behoorlijk. Ze is tot veel meer bereid dan ik dacht. Kijk, dat Evelien in het ziekenhuis belandde toen ze Annemarie bedreigde, daarvan kon je nog denken dat het per ongeluk gebeurde. Dat ze toen alleen maar op bang maken uit was en niet werkelijk op lichamelijk letsel. Maar dit is echt een stap verder. Dit is een soort symbolische vorm van moord. En dan ook nog eentje van een grote absurditeit. Maar blijkbaar heel goed mogelijk in een ziekelijke, jaloerse vrouwengeest. Een kat in het nauw maakt rare sprongen.'

42

'Marianne was een vrouw met een diep geloof.' De woorden van Margien galmen door de ruimte. Samen lopen ze over het middenpad van de Oude Kerk van Voorburg. Margien wijst naar het orgel.
'Dat heeft ze aan deze kerk geschonken. Het is een kostbaar instrument.'
Bij een hoge bank in een zijbeuk blijft ze staan.
'Dit is de "prinsessenbank", haar vaste plaats in de kerk, die speciaal voor haar werd gemaakt. Hiervandaan luisterde ze elke zondag naar de preek. Soms zit ze er nog.' Ze wijst naar het Nederlandse wapen op de overkapping van de bank.
Ze schuiven de bank in en nemen plaats op het harde hout. Het late licht valt door de hoge gotische gebrandschilderde ramen naar binnen. Er hangt een vredige sfeer in de kerk, ook van buiten klinkt geen enkel geluid.
Een beetje vrede, dat kan ze nu wel gebruiken.

Met moeite heeft ze Joep er opnieuw van kunnen weerhouden naar de politie te gaan. Hij is meer boos dan bang, heeft ze de indruk. Dat zij nog steeds bedreigd wordt door Xenia heeft meer indruk op hem gemaakt dan dat de bedreiging in dit geval direct op hemzelf is gericht. Dat schijnt hem niet zoveel te deren. Joep lijkt niet gevoelig voor de occulte achtergrond van de verbrande foto.

'Misschien zit ze op dit moment ook wel met naalden te prikken in van die voodoopoppetjes. Maar ik heb geen hoofdpijn en voel geen steken in mijn zij. Ik geloof zo ontzettend níét in dat soort dingen, dat ze me daardoor waarschijnlijk niet raken.'

Vandaar dat haar argument dat ze bereid is om door de gesprekken met Margien te proberen haar trauma te verwerken, hem over de streep heeft getrokken om het nog een tijdje aan te zien.

'Niet dat ik er helemaal gelukkig mee ben. Van je preoccupatie met die ene prinses, Princess Agency, stap je nu over naar een prinses die zich in de geestenwereld ophoudt. Dat zou ik ook als een regressie kunnen opvatten. Maar ja, het is weer eens wat anders, zullen we maar zeggen.' Typisch Joep. Gelukkig was zijn gevoel voor humor snel terug.

Ze heeft Margien gebeld en een afspraak met haar gemaakt. Toen ze haar stem hoorde, wist ze dat ze een goede beslissing had genomen.

Na een tijdje doorbreekt Margien de stilte.

'Voor een godvruchtige vrouw als zij was het dan ook een vreselijke straf dat ze de belijdenis van haar dochter uit het huwelijk met Albert in Berlijn niet mocht meemaken. Ze heeft haar man gesmeekt haar dat niet te verbieden, maar die was onverbiddelijk. Na haar besluit om van hem te scheiden heeft ze nooit meer een voet op Pruisische bodem mogen zetten en ze moest haar kinderen daar achterlaten.'

'Het idee dat je als moeder niet eens je eigen kinderen mag opvoeden. Wat een ellendig leven!'

'Dat is er misschien ook de reden van dat ze troost bij God heeft gezocht. Samen met Johannes van Rossum deed ze aan Bijbelstudie en naar het schijnt is hij degene geweest die verantwoordelijk was voor haar bekering. Voor haar bastaardkind Johannes Willem zag ze een toekomst als theoloog weggelegd, maar zover is het – zoals je weet – nooit gekomen.'

Weer zwijgt Margien. Iets langer nu. Het is duidelijk dat ze ergens op zit te broeden. Dan komt het hoge woord eruit.

'Diana. Eh. Zou ik je iets mogen vragen? Er is iets wat me maar niet loslaat sinds onze sessie van vorige week.'

Diana glimlacht. Voor het eerst een directe vraag. Blijkbaar houdt Margiens helderziendheid niet in dat ze alles van haar weet. Een hele opluchting.

'Ga je gang. Ik vind het zelfs wel prettig om eens wat persoonlijker met je te praten.'

'Die... pijn die de prinses in jou herkende. Ik blijf hem maar voelen. Het is zo'n scherpe pijn. En zo vers nog. Maar... waardoor wordt hij veroorzaakt? Niet dat ik er iets mee te maken heb, hoor. Want als dat zo was, had de prinses me daarin wel ingewijd.'

'Die pijn is inderdaad van heel recente datum. Zo kort geleden dat ik het moeilijk vind om erover te praten. Maar ik zal het proberen.'

'Mag ik raden? Heb je ook een kind verloren? Het centrum van de pijn zat in je schoot.'

Ondanks de ernst van het gespreksonderwerp schiet Diana in de lach.

'Nee. Dat is het zeer zeker niet.' Ze herstelt zich en praat op serieuzere toon door.

'Maar in zekere zin is het wel een pijn die met verlies heeft te maken. En met verraad. En vernedering.' Bij dit laatste begint haar stem te trillen. De emoties komen weer naar boven. Ze houdt ze niet tegen.

Ze voelt de hand van Margien op de hare. En tegelijk weet ze dat het de hand van Marianne moet zijn. Verbaasd kijkt ze op, maar Margiens gezicht is dit keer gewoon dat van Margien. Het gezicht met de trouwe hondenblik.

'De reden dat je de pijn zo duidelijk in mijn onderbuik voelt, is dat...' Ze haalt diep adem. '... een man... zich aan me heeft vergrepen. En die man was mijn baas.'

'Heeft hij je verkracht?'

'Nee. Gelukkig niet. Dat is me bespaard gebleven omdat hij... te dronken was en ik me van hem kon losworstelen. Een geluk bij een ongeluk, dus.'

'Dat is echt ongelooflijk. Je baas heeft je in dronken toestand aangerand? Die zit nu hopelijk achter slot en grendel!'

'Dat is het hem juist. Ik kon hem niet aangegeven. Omdat hij dreigt me het leven zuur te maken als ik het in de openbaarheid breng. Bovendien schaam ik me dood en wil ik liever alles doodzwijgen. Alsof het nooit is gebeurd.'

'De pijn van het verraad. Nu wordt me veel duidelijk,' zegt Margien bedachtzaam. 'Maar toch... het spijt me dat ik zo doordram... er moet toch nog meer zijn. De pijn die ik voel is méér dan dat. Ook... waar... de plek waar... Ja, dat is ook van belang! De plek waar het is gebeurd! Die heeft ook met de pijn te maken.'

'Het is gebeurd in de oranjerie.'

Margien staart Diana verbijsterd aan. Haar mond valt open. Het is duidelijk dat duizend gedachten door haar hoofd schieten. Dan schudt ze langzaam van nee.

'Het spijt me, maar... dat begrijp ik niet. De oranjerie. Ik zag jullie er samen. Maar de pijn was er niet. Hoe kan dat? Die had er toch moeten zijn.'

'O, sorry, die oranjerie bedoel ik niet. Het is gebeurd in de oranjerie van Hofwijck.'

'Hofwijck? Het landgoed van Constantijn Huygens hier in Voorburg? Maar daar is toch helemaal geen oranjerie?'

'Nee, een ander Hofwijck. In Wassenaar. Het hoofdkantoor van Koninklijke Laurens, waar ik werk.'

Het is duidelijk dat Margien er nu helemaal niets meer van snapt. Ze sluit haar ogen alsof ze contact zoekt met de geestenwereld. Blijkbaar is het een vruchteloze poging.

'Het rare is... de prinses vertelt me dat de pijn met de plek heeft te maken. Jij vertelt me dat dat die oranjerie moet zijn, die ik niet ken. En die niet de hare is, anders zou ik hem moeten kennen.'

'O, maar hij was wel van haar. Tenminste, dat is me verteld. Het schijnt dat Marianne die oranjerie zelf heeft laten bouwen op het landgoed van haar beste vriendin. In het geheim. Om er haar geheime minnaar te ontvangen.'

Margien schudt heftig met haar hoofd.

'Dat kan niet. Dat is echt onmogelijk. De prinses heeft nooit een geheim gemaakt van haar relatie met Van Rossum. Ze heeft vanaf het begin in alle openheid hier met hem samengeleefd. Dus dat ze daarvoor in het geheim iets zou laten bouwen... Nee, dat is echt onmogelijk. Er moet iets anders aan de hand zijn. Dat kan niet anders. Maar wat?' Met een radeloze blik in haar ogen kijkt Margien haar aan.

'Ja, nu je het zegt. Op het internet heb ik ook niets over de oranjerie kunnen vinden. Misschien dat ik daarover ook voorgelogen ben door mijn baas. Het zou me eigenlijk niets verbazen.'

Het is duidelijk dat Margien nog steeds in grote twijfel verkeert.

'Toch. De plek moet iets met Marianne te maken hebben. Dat is duidelijk. Mijn gevoel liegt niet. En de prinses liegt niet. Maar wat? Er moet een andere reden zijn waarom de plek zo belangrijk is voor haar.'

'Er hangen veel schilderijen, misschien kun je daar iets mee? Er is me verteld dat die van haar waren.'

'Dat kan kloppen. De prinses was een groot kunstverzamelaarster. En in Duitsland heeft ze speciaal voor haar collectie een kunstmuseum laten bouwen. Maar dan nog... Nee, er moet een andere, indringender reden zijn. Dat laat ze me voelen.'

De anders zo kordate vrouw zit er nu zo hopeloos verloren bij, dat Diana's hart overloopt van medelijden. Nu is zij het die haar hand troostend op die van Margien legt.

'Nou, er is maar één manier om dat uit te vinden,' zegt ze. 'Waarom gaan we er niet samen heen?'

43

Diep in gedachten verzonken loopt ze door de gang. Het is maandagochtend en de meeting gaat zo beginnen. Maar met haar hoofd is ze nog in het weekend, bij de uren die ze zondag samen met Margien heeft doorgebracht. Om te praten, te praten en nog eens te praten. Want nu ze daarmee eenmaal is begonnen, lijkt het erop of ze niet meer kan stoppen. De woorden blijven maar komen, als een vloedgolf. Bijna zonder nadenken laat ze dat maar gebeuren, alsof ze een kraan heeft opengezet en de stroom niet meer valt in te dammen. Vanaf het moment dat ze Margien deelgenoot heeft gemaakt van wat er met haar in de oranjerie is gebeurd, is de zondvloed niet meer te stuiten geweest. Uitgebreid heeft ze het gevoel van vernedering dat erop volgde onder woorden gebracht. En het kwellende gevoel van eenzaamheid. Het besef van het absolute alleen-zijn, er helemaal alleen voor te staan. En als vanzelf kwamen daarbij herinneringen uit andere perioden uit haar leven naar boven, die er opeens mee in verband leken te staan. Het gevoel van verlatenheid dat ze soms als kind al voelde. Haar relaties met mannen, meestal gedoemd te mislukken, of het nou haar broers waren of het fiasco met Dick. Het moment dat ze besefte dat ze misschien nooit moeder zou zijn... Zonder gêne en de haar toch zo eigen terughoudendheid heeft ze gepraat, alsof Margien een zus is of een boezemvriendin met wie ze al jaren al haar geheimen deelt.

En vreemd genoeg lucht het op.

Dat komt natuurlijk doordat Margien zo'n goede luisteraar is. Waarschijnlijk de beste op de wereld. De intensiteit waarmee Margien naar haar luistert is voor Diana een bron van energie waaruit ze voortdurend put om nog meer te vertellen. Het is alsof Margien de woorden uit haar opzuigt, net zoals ze met haar handen de drukkende pijn uit haar lichaam zoog. Ook Margiens geconcentreerde aandacht heeft een helende werking op haar. Ook zonder dat het paranormale eraan te pas komt. Want deze hele laatste sessie met Margien is een gesprek geweest van mens tot mens. Van vrouw tot vrouw. Lévende vrouwen, welteverstaan. Zonder prinses en zonder trance. Blijkbaar is paranormaal therapeute Margien ook zeer bedreven als 'normaal' therapeute.

Zwijgend heeft ze geluisterd. Alleen aan het eind heeft ze een paar woorden gesproken. 'Dit gevoel, hou dit vast,' heeft ze gezegd toen Diana, uitgeput en leeg door haar lange monoloog, haar aankeek met de onbevangen blik van een kind. Vijf woorden waarmee ze feilloos uitdrukte waar Diana op dat moment behoefte aan had.

Ze glimlacht bij de herinnering.

Als ze de vergaderkamer binnenstapt, staat ze oog in oog met Patrick.

Hij is iets magerder geworden. Het staat hem goed. In zijn driedelige krijtstreep en met zijn gebruinde gelaat en grijzende coupe heeft hij veel weg van Richard Gere. Een harten veroverende droomprins. Hij grijnst haar toe. Maar zijn ogen, zijn diepblauwe ogen, zijn hard.

Verder is er niemand in de kamer.

'Goedemorgen, dame. Punctueel als altijd, zie ik. Dat doet me deugd.'

'Ach ja, wat er ook gebeurt, de plicht blijft roepen,' antwoordt ze sarcastisch. Strak houdt ze haar ogen op de zijne gericht. Haar blik een ijzige weerspiegeling van de zijne. Ik ben voor jou niet bang.

'Alleen de verstandigen onder ons weten dat het loont het verstand over het hart te laten zegevieren,' zegt hij. 'En ik heb altijd geweten dat jij daartoe behoort. Jij behoort tot het ras van de overlevers.' Hij blijft haar uitdagend aankijken.

Ze voelt een golf van woede in zich opkomen, maar in haar hoofd klinken de laatste woorden van Margien. *Dit gevoel, hou dit vast.* Ze concentreert zich op haar ademhaling, laat haar adem zakken naar haar buik, en voelt de aarde onder haar voeten. Ze is in balans en niets en niemand kan haar uit haar evenwicht halen.

Ze hoort dat de deur van de kamer achter haar opengaat en op hetzelfde moment verandert Patricks houding. Er glijdt een quasi-vriendelijke uitdrukking over zijn gezicht en ook zijn toon verandert op slag. 'Goedemorgen, Antonius, ook klaar voor een nieuwe week? Diana en ik bespraken net onze weekendperikelen. We hebben allebei opmerkelijke dagen achter de rug.' Hierbij raakt hij met zijn hand even haar schouder aan, in een intiem gebaar. Instinctief deinst ze iets terug.

'Ook voor jullie een goedemorgen,' zegt Anton. Op zijn gezicht ligt een bevreemde blik. 'Ik stoor toch niet in iets moois, hoop ik?'

'Integendeel, integendeel,' lacht Patrick, 'niets of niemand komt tussen mij en mijn Diana.' Hij gaat zitten en begint door zijn papieren te bladeren.

Ze merkt dat Anton naar haar kijkt. En daarna zijn blik naar Patrick wendt. Alsof hij vermoedt dat er iets tussen hen aan de hand was toen hij binnenkwam.

Een voor een druppelen nu ook de anderen binnen.

Tijdens de vergadering neemt Patrick het voortouw. Hij zit helemaal in zijn rol van charismatisch leider. De glansrol waarin ze hem krap twee maanden geleden mateloos bewonderd zou hebben. Geroutineerd en efficiënt handelt hij de punten van de agenda af en daarna houdt hij een kort, maar vlammend betoog over de bedrijfsstrategie van Laurens, waarmee hij de anderen uitnodigt tot een felle discussie. Hij houdt de regie strak in handen, vat datgene wat de anderen zeggen kernachtig samen en daagt hen uit tot het aanscherpen van hun uitspraken en het nog duidelijker formuleren van ideeën. Zelfs Diana weet hij te verleiden tot actieve deelname aan het gesprek. Ondanks haar scepsis en ondanks haar afkeer van de vrijpostige manier waarop hij haar benadert. Als hij op een gegeven moment vlak achter haar komt staan en in het vuur van zijn betoog zijn hand op haar schouder legt, beseft ze ineens dat het voor de anderen moet lijken alsof er een bepaalde intimiteit tussen hen is. Gealarmeerd kijkt ze naar Anton van Hasselt, die echter net met zijn rug naar haar toe zit, in gesprek met Karel van Rooy. Gelukkig maar. Misschien dat hem niet is opgevallen hoe schaamteloos Patrick met haar flirt. Hoewel, daarnet...

Versteend blijft ze zitten. Zijn hand voelt als lood op haar schouder. Zodra hij hem weghaalt staat ze op en laat ze zich excuseren. Pas in de gang kan ze weer gewoon ademhalen.

's Middags klinkt haar telefoon. Een interne lijn. Anton. Ze neemt op.

'Er is iets waar ik niet uit kom,' begint hij. 'En waarover ik met je wil overleggen.'

'Ik kom eraan,' zegt ze.

44

Als ze binnenkomt, zit Anton te bellen. Hij lacht naar haar en gebaart dat ze moet gaan zitten. Dan draait hij zijn bureaustoel een kwartslag en begint met de telefoon tussen schouder en kin geklemd op het toetsenbord van de computer te typen. Zijn bureau ligt bezaaid met hoge stapels dossiermappen en uit zijn woorden kan ze opmaken dat hij met Engeland of Amerika aan de lijn is over een financieel-juridisch probleem.

Terwijl ze de foto's op zijn bureau bekijkt, een van een serieus kijkende blonde vrouw en twee blonde meisjes, bereidt ze in gedachten het gesprek alvast voor. Natuurlijk zal ze, als hij daar straks naar informeert, ten stelligste ontkennen dat er iets is tussen Patrick en haar. In positieve noch in negatieve zin. Ze vraagt zich af of het beter is om verontwaardigd op zijn vraag te reageren – hoe haalt hij het in zijn hoofd zich hiermee te bemoeien – of hem begrijpend en vriendelijk uit te leggen hoe de vork in de steel zit. Ze besluit tot het laatste. Per slot van rekening is Anton een ongelooflijk aardige man en een van de weinigen met wie ze hier nog een gevoelsband heeft.

Hij glimlacht verontschuldigend naar haar, waaruit ze begrijpt dat het gesprek te belangrijk is om af te breken. Dan roert hij in een denkbeeldig kopje thee en wijst naar de deur naast hem, die openstaat. Ze staat op en vraagt aan zijn secretaresse in de kamer ernaast of ze thee wil maken. Als ze terugloopt, trekt ze de deur achter zich dicht. Tijdens het komende onderhoud heeft ze wel behoefte aan wat privacy.

Ze loopt naar het raam en kijkt het park in. Ongeveer hetzelfde uitzicht als vanuit haar kamer, met alleen een iets weidsere blik over de vijver. Ook van hieruit kun je de oranjerie niet zien. Die ligt echt heel goed verscholen achter de bomen. Verborgen voor alle verboden blikken. Maar voor welke? Als ze geen geheim van haar relatie maakte, voor wie wilde Marianne zich dan verschuilen?

Aan de toon van wat hij zegt, hoort ze dat het telefoongesprek zich in de afsluitende fase bevindt. Ze gaat weer voor het bureau zitten.

Antons secretaresse komt binnen met de thee, die ze op een klein bijzettafeltje zet. Als ze teruggaat, trekt ze de deur achter zich dicht. Die boodschap is gelukkig goed overgekomen.

Anton legt op en draait zich naar haar toe.

'Sorry, dit moest ik even afmaken. Een van de hoofdpijndossiers van dit moment.'

'Natuurlijk, geen probleem. Heeft me even de tijd gegeven je leuke gezinnetje eens te zien.' Ze wijst naar de foto's van de vrouw en de meisjes.

Er verschijnt een trotse blik op zijn gezicht. 'Dat zijn mijn schatten,' zegt hij. 'Petra wordt achttien en gaat in Utrecht studeren. Gemma zit in vier atheneum. Jammer genoeg is ze vorig jaar blijven zitten. Ach ja, de jongens, hè?'

'En je vrouw?'

Hij pakt de foto van de blonde vrouw en kijkt ernaar. 'Dat is mijn Adrie,' zegt hij. 'Mijn grote liefde. Ze is vijf jaar geleden omgekomen bij een auto-ongeluk. Ik mis haar nog elke dag.' Op zijn gezicht verschijnt een gepijnigde uitdrukking.

'O, sorry, Anton, dat wist ik niet. Wat verschrikkelijk voor haar. En jou.' Diana kan haar tong wel afbijten. Waarom heeft niemand dit haar ooit verteld? Arme Anton. Is hij daarom dag en nacht aan het werk? Om zijn verdriet te vergeten?

206

'Adrie en ik, we deden alles samen,' zucht Anton, en hij zet de foto terug na er een laatste blik op te hebben geworpen. 'Maar dat brengt me op dat waar ik je over wilde spreken. Samen. Ik wil je vragen of...'

'...Patrick en ik samen iets hebben,' onderbreekt ze hem. Ze haalt adem om met het zorgvuldig gerepeteerde antwoord te beginnen, maar hij is haar voor.

'Nee. Hoe kom je daarbij?' Aan zijn oprecht verbaasde ogen ziet ze dat ze er helemaal naast zit. Ze voelt dat ze kleurt.

'O. Ik dacht dat... dat... je...' stamelt ze. Ze komt er niet uit. Hoe heeft ze in godsnaam zo stom kunnen zijn om dat eruit te flappen?

'Echt, Diana, dat is niet waar ik het met je over wilde hebben. Niet dat ik daar niet zo mijn gedachten over heb, maar ik vind dat ik nooit het recht zou hebben om daar zelf over te beginnen. Maar nu...' Hij kijkt haar bedachtzaam aan. '... nu je er toch zelf over begint, wil ik er wel iets over kwijt. Geloof me, ik ben echt de laatste die een waardeoordeel over anderen heeft. Vrijheid, blijheid, dat is mijn motto. En jij bent een zelfstandige, geëmancipeerde vrouw die haar leven naar eigen inzicht leidt. Maar één ding wil ik je meegeven: pas op voor Patrick. Dat is het enige wat ik hierover zeg. Doe ermee wat je wilt. Verder hou ik me er helemaal buiten.'

Ze wil hierop reageren, maar hij maakt een bezwerend gebaar met zijn hand. Discussie gesloten.

De telefoon gaat weer over en hij neemt op. Onmiddellijk zit hij weer midden in het Engelstalige probleemgesprek.

Pas op voor Patrick. Het understatement van de eeuw. Jezus, wat voelt ze zich kut.

Anton legt weer op en blijft diep in gedachten verzonken voor zich uit zitten staren.

Om hem op haar aanwezigheid opmerkzaam te maken, schraapt ze kort haar keel, waarop hij uit een trance lijkt op te schrikken.

'Hemel... sorry, Diana, ik was even met mijn gedachten heel ergens anders. Die plagiaatprocessen weet je, die eisen al mijn aandacht op.'

'Plagiaatprocessen? Ik geloof niet dat...'

'Ach nee, natuurlijk niet. Ik was even helemaal vergeten hoe kort je pas bij ons bent. Ik zal je uitleggen hoe de vork in de steel zit: we hebben in toenemende mate te kampen met plagiaatgevallen uit Zuidoost-Azië. Daar worden in steeds sneller tempo onze Laurens-producten schaamteloos gekopieerd en voor dumpprijzen op de markt gebracht. En het is voor mij inmiddels een dagtaak om al die gevallen juridisch aan te pakken. Want het enige antwoord dat we erop hebben is genadeloos en keihard procederen. Maar of het helpt... ik weet het niet. Ik heb wel eens het gevoel dat we aan het dweilen zijn met de kraan open.'

'Bedoel je al die nepproducten in Thailand en Singapore?'

'Precies. Waar heel Bangkok en Hongkong vol mee liggen, zoals je weet. Alle bekende grote merken zijn daar toch te koop? Hele straten, zelfs wijken vol kraampjes met Rolexen, Guccischoenen, Louis Vuitton-tassen. Bijna niet van echt te onderscheiden. Maar stuk voor stuk vals. Perfect nagemaakt met inferieure materialen en door goedkope arbeidskrachten. En superpopulair bij de toeristen, hoewel de douane er de laatste jaren heel streng op controleert. Met een imitatie-Seiko kom je de grens niet zo gemakkelijk over. Maar met onze beautyproducten ligt dat helaas anders.'

'En is dat een grote schadepost voor Laurens?'

'Wat West-Europa betreft valt dat wel mee. Wat we daardoor hier aan omzet missen is echt marginaal. Daar heb ik het dan ook niet over. Maar zoals je weet zijn we op dit moment erg actief in Oost-Europa. Polen, Tsjechië en al die staatjes waaruit tot voor kort Joegoslavië bestond. En nog verder naar het oosten, Rusland en de voormalige Sovjetstaten. Dat zijn op dit moment de groeimarkten, daar moeten we onze toekomstige winsten zien te halen en marktleider zien te worden. En dat zijn nu juist de landen waar door corruptie en mismanagement hele partijen van die valse zooi op de markt worden gedumpt. En dat voelen we toch echt wel in onze portemonnee. Wacht, ik zal je even laten zien over wat voor getallen we het hier hebben.'

Hij pakt zijn muis en klikt een aantal windows open. Dan draait hij het scherm van zijn computer een slag om, zodat zij makkelijker kan meekijken. Op het scherm ziet ze tabellen en grafieken met groeicurven.

Terwijl Anton zijn toelichting geeft, gebruikt hij het pijltje van zijn cursor als aanwijsstok.

'Hier, dit is een goed voorbeeld. Hongarije. De explosiefste economie in de regio. Een jaarlijkse verdubbeling van het bnp en een nog positievere prognose voor de komende jaren. Onze potentiële omzet voor dit jaar is daar 40 miljoen, waarvan we er in dit eerste kwartaal 15 hadden moeten doen. Maar we zitten nog maar op een kleine 10. Bijna 35 procent achterstand dus, voornamelijk veroorzaakt door die namaak. En datzelfde geldt ook voor de kleinere landjes in de buurt.' Hij tikt wat in op het toetsenbord, klikt een nieuw scherm open met een kaart van Europa en zoomt in op Zuidoost-Europa. Alle nieuwe staatjes hebben hierop een andere kleur en samen vormen ze een vrolijke lappendeken. 'Kijk maar: Slowakije een min van 28 procent, Servië min 32 en Kroatië zelfs min 41.'

Naast dit laatste land herkent ze het staatje Montenegro. Het is groen van kleur. De lange zeearm die van de kust diep het land in loopt en waaraan Patricks luxueuze buitenhuis ligt, is duidelijk zichtbaar.

'Zoals je ziet,' zucht Anton terwijl hij het scherm van zijn computer naar de oorspronkelijke stand terugdraait, 'een schadepost waar je u tegen zegt. Maar helaas ook een veelkoppig monster, dat eigenlijk niet valt te bestrijden. En snel. Zo snel opererend dat je het je nauwelijks kunt voorstellen. Voorbeeld. Onze Shining Silver-lijn. Zoals je weet, hebben we die eind vorig jaar gelanceerd. Een hele reeks revolutionaire haarproducten voor de seniorenmarkt. Shampoos, conditoners, crèmespoelingen, de hele santenkraam. In het diepste geheim ontwikkeld. En als eerste op de markt gebracht. Natuurlijk, een idee kun je niet patenteren en wij hebben ook wel zoveel realiteitszin dat we weten dat de concurrentie niet stilzit en met dezelfde marketingconcepten bezig is. Maar de formule is uiteraard wel gepatenteerd. En wat wil nou het geval? Je houdt het niet voor mogelijk: iets meer dan één maand na onze wereldwijde lancering werden op de markt van Patpong in Bangkok al de eerste imitaties gesignaleerd. Precies hetzelfde design. Niet van echt te onderscheiden. Ook niet in de tests. Ook de productsamenstelling is exact dezelfde. Het lijkt wel of ze inside-information hebben, alsof hun chemici erbij hebben gestaan toen deze in het lab werd ontwikkeld.'

Hij pakt een dossiermap van een stapel en slaat hem open. Haalt er een paar A4'tjes uit.

'Het enige wat we van die bedrijfjes weten zijn een paar namen. Niet waar ze zitten of van wie ze zijn. Op het moment dat je erachteraan gaat, zijn ze meestal alweer verdwenen. In rook opgegaan. Kijk, dit soort lijsten wordt me bijna dagelijks gefaxt. De welluidendste namen, dat wel. Ik heb er in het begin wel eens wat research naar laten doen. Chinese, Thaise en Vietnamese woorden die letterlijk vertaald zoiets als "de witte olifant" of "de bange lotus" betekenen.'

Hij legt wat papieren voor haar op tafel. Ze kijkt ernaar. Kolommen met Aziatisch klinkende namen. Tong Sai. Amanpuri. Si Charoensuk. Tjao Jing.

Bij die laatste naam blijven haar ogen even hangen.

Tjao Jing.

Waar doet haar dat toch aan denken?

45

Haar hele belevingswereld staat op zijn kop. Ze komt er niet uit. Sinds haar opleiding tot paranormaal therapeute heeft Margien nooit getwijfeld aan haar spirituele talent. Jarenlang is ze overtuigd geweest van haar extreme gevoeligheid voor de energieën om haar heen. En van haar optimaal ontwikkelde vermogen tot het registreren van etherische materie of energie.

Een rotsvaste overtuiging, die trouwens ook altijd door de buitenwacht is bevestigd: op de opleiding, waar ze altijd met kop en schouders boven haar medeleerlingen uitstak. En door haar clientèle, die voor een groot deel bestaat uit mensen die al jaren trouwe klant zijn. Niet alleen in Voorburg, in heel Nederland heeft ze een reputatie van uiterst begenadigd medium gevestigd.

Maar nu is ze daar niet meer zeker van.

Sinds haar laatste gesprek met Diana voelt ze zich beperkt en onmachtig. Dat ze de herkomst van de pijn niet heeft kunnen traceren, zit haar dwars. Ze heeft het gevoel dat ze in het duister tast en er zijn momenten dat ze de wanhoop nabij is. Dan overweegt ze om een punt te zetten achter haar carrière. Haar praktijk te sluiten en in het niets te verdwijnen.

Voor het eerst sinds jaren twijfelt Margien aan haar gave.

Het ligt echter niet in haar karakter om bij de pakken neer te zitten. Daarom doet ze alles om deze knagende twijfel te negeren.

Zoals altijd ontvangt ze haar cliënten aan huis en dag in dag uit doorloopt ze de gebruikelijke routine. Uiterlijk onbewogen, maar met een bezwaard gemoed. De meesten van haar klanten komen voor kleine lichamelijke klachten. Voor kwalen als hoofdpijn en extreme vermoeidheid, die ze met magnetiseren behandelt. Met haar strijktechnieken reinigt ze hun aura's en chakra's en dicht ze eventuele energielekken. En als ze tijdens deze behandeling op blokkades stuit die de energiedoorstroming in de weg staan, probeert ze die op te heffen, vaak door er met de patiënt een gesprekje over aan te knopen. Ook pendelt ze met haar kristal om antwoorden te vinden op levensvragen. Zodoende heeft ze heel wat mensenkennis opgedaan en heel goed leren luisteren en soms heeft ze het gevoel dat ze een halve psychiater is.

Maar met wie ze ook aan het werk is – of het nou een man, een vrouw of een kind is – geen moment laat de herinnering aan haar sessie met Diana haar in de steek. En het vreselijke feit dat ze daarin zo heeft gefaald.

Ze breekt zich het hoofd over de vraag of ze haar hele leven in een waan heeft geleefd. Of haar band met de prinses, waaraan ze zelf altijd zoveel waarde heeft gehecht, niet gewoon een hersenspinsel van haar is. Ze probeert zich de momenten dat ze zich werkelijk één met de prinses heeft gevoeld, weer voor de geest te halen.

Het zijn er maar een paar. De momenten dat zij en de prinses een spirituele twee-eenheid vormden, zijn op de vingers van één hand te tellen. De eerste keer dat het gebeurde, was ze heel jong, een meisje nog. De prinses die toen verscheen, was een bovenaards mooie, lichtende gestalte. Ze had haar in haar armen genomen en iets van het licht aan haar doorgegeven. Een lichtje dat vanaf dat moment haar ziel verwarmd had en haar altijd had getroost in moeilijke tijden.

Vanaf dat moment was de prinses in haar leven een vertrouwde metgezel, een gids die haar altijd op haar weg begeleidde en met wie ze alles deelde. Toch waren de momenten van echte eenwording zeldzaam gebleven.

Tot de sessie met Diana. De ervaring die ze had toen Diana in haar werkkamer voor haar zat, was onbeschrijflijk. De prinses verscheen, even helder als de vorige keer dat ze haar in aanwezigheid van Diana had gezien. Haar gezicht drukte zo'n intens lijden uit, dat Margien intuïtief begreep welke pijn Diana moest voelen. En op hetzelfde moment werd die pijn ook de hare. Nooit eerder had ze de intreding van de prinses zo intensief ervaren. Zo nadrukkelijk was de entiteit in haar gevaren, dat haar eigen bewustzijn was onderdrukt. Pas later, toen ze bijkwam uit de trance, had ze het gebeuren doorgrond.

De pijn had haar daarna niet meer verlaten. Alsof die haar iets wilde vertellen. Vandaar dat ze had besloten om er met Diana over te spreken.

Had ze dat maar niet gedaan.

Want sindsdien is ze niet meer zeker van zichzelf. En breekt ze zich het hoofd over de vraag hoe het mogelijk is dat er zoveel dingen zijn die ze niet weet. Plekken die ze niet kent. Een oranjerie in Wassenaar, gebouwd in opdracht van de prinses. Een plek die zo'n belangrijke rol in Mariannes leven heeft gespeeld en waar zij niets, maar dan ook helemaal niets van heeft geweten! Ze voelt zich waardeloos. Ontoereikend. Een eenzame vrouw van middelbare leeftijd die door het leven genadeloos is ontmaskerd.

Maar ze laat zich niet kennen. Met alle wilskracht die ze bezit, vecht ze tegen de wanhoop. Haar rug recht, haar hoofd geheven. Niemand zal weten hoe ze eraan toe is.

Ze schrikt zich dan ook wezenloos als haar zus Carla tijdens hun wekelijkse gezamenlijke maaltijd haar mes en vork neerlegt en haar onderzoekend aankijkt.

'Wat is er toch met je aan de hand?' vraagt ze. 'Je ziet er intens bleek uit en je ogen staan niet goed. En volgens mij kun je geen hap door je keel krijgen.'

Margiens hart staat stil. Even zoekt ze naar een uitvlucht, naar een leugen die ze Carla op de mouw kan spelden. Zal ze zeggen dat ze zich niet lekker voelt en dat ze vermoedt dat ze iets onder de leden heeft?

Maar nee, het is Carla. De enige persoon op deze wereld die haar werkelijk doorgrondt. Liegen heeft geen zin.

Ze slaat haar ogen op naar haar zuster en wordt op datzelfde moment overspoeld door een golf van intense weemoed.

'Ik ben gedeprimeerd,' antwoordt ze, 'ik twijfel aan mezelf, aan alles. En er gaat binnenkort iets verschrikkelijks gebeuren, ik voel het.'

46

'Tja, ik kán me natuurlijk vergist hebben. Het ging ook zo snel. En we hadden geen pen bij ons om het op te schrijven.' Joep krabt nadenkend op zijn achterhoofd. 'Het was stikdonker in die gang en met het lichtje aan mijn sleutelbos kon ik nog net die woorden op die deur ontcijferen. Maar dat Montenegrijns is ook zo verdomde moeilijk! Daar valt voor een Hollander geen touw aan vast te knopen. En toen kwam die kerel ook nog eens achter me aan en kreeg meneer hier het op zijn heupen.' Met een beschuldigende vinger wijst hij naar zijn vriend, die als door een wesp gestoken opveert.

'Hoor hem,' reageert Arno verontwaardigd, 'je had eens moeten zien hoe hard hij naar buiten rende. En als ik er niet was geweest om die griezel te stoppen, hadden wij hier helemaal niet meer gezeten.'

'Hé, heren, nu eventjes niet kibbelen, oké? Dat doen jullie maar als ik weg ben. In jullie eigen tijd.'

Even is het stil en dan schieten ze alle drie tegelijk in de lach. Arno staat op en salueert naar Diana.

'At your service, mevrouw. Ik haal even wat verkoelende drank voordat de gemoederen ooververhit raken.' Hij loopt naar de keuken.

'Oké, eventjes recapituleren. Ik heb dus "Tao Jing" gelezen en dacht dat het Chinees was,' gaat Joep verder. 'Maar daar hebben we verder geen bewijs voor gevonden en ook geen betekenis. En nu kom jij met de hypothese dat er wel eens "Tjao Jing" gestaan zou kunnen hebben en dat dat geen Chinees, maar Thais zou zijn. Een interessante gedachte, maar wat schieten we ermee op?'

'Het stond op een lijst die onze financieel directeur me liet zien. Een overzicht van producenten van illegale cosmetica in Azië. En dan met name in Thailand, want de nepproducten van Laurens zijn het eerst in Bangkok gesignaleerd. Toen ik die naam zag, herinnerde ik me wat je me laatst vertelde over jullie trip naar Montenegro. Je kon toen toch geen betekenis vinden voor die naam? Dus misschien heb je het in de snelheid verkeerd onthouden.'

Ze zwijgt even en gaat dan aarzelend verder: 'Het is natuurlijk een zoveelste slag in de lucht en misschien stelt het ook helemaal niks voor, maar momenteel klamp ik me aan elke strohalm vast.' Wanhopig zoekt ze de ogen van haar beste vriend. 'Joep, we móéten toch gauw iets ontdekken om een uitweg te vinden uit deze ellendige situatie? Die klotebedreigingen gaan maar door. Sterker nog, ze krijgen een steeds angstaanjagender karakter. Dat heb je zelf toch ook gemerkt? Ik denk dat iemand die gestoord genoeg is om foto's van mensen te verbranden, ook gek genoeg is om ze zelf wat verschrikkelijks aan te doen. En daar komt nog bij...' Ze zucht diep en laat haar hoofd zakken. '... die situatie met Patrick. Die... hoe moet ik het zeggen. Ach, weet je, hij zit een gigantisch spelletje met me te spelen. Als we samen zijn, is hij zakelijk en koel tegen me. Maar zodra er anderen bij komen, draait hij als een blad aan een boom om. Dan begint hij op een heel overdreven manier met me te flirten. En hij raakt me ook voortdurend aan, het is zo walgelijk dat ik er geen kant mee op kan. En ik weet waarom hij dat doet: hij is eropuit om iedereen te laten denken dat we heel intiem met elkaar zijn en dat we misschien zelfs wel een relatie met elkaar hebben. Om zijn eigen zielige macho-imago in stand te houden. En verdomd, het lukt hem ook nog. In ons gesprek vanmiddag maakte Anton er nog een opmerking over.'

Joep kijkt haar vragend aan. Even overweegt ze om hem te vertellen van haar flater van die middag, maar ze besluit dat niet te doen. Het is zo al ingewikkeld genoeg.

'Hij zei dat ik moet oppassen voor Patrick.'

'En heeft hij er ook bij gezegd waarom?'

'Nee. Meer wilde hij er niet over kwijt. Maar ik kan wel raden wat hij ermee bedoelde. Patrick heeft natuurlijk de reputatie van superversierder en alle vrouwen bij Laurens vallen voor hem in katzwijm. Er zullen in het verleden dus wel meer akkefietjes zijn geweest.'

Ze staat op en loopt naar de eettafel, waar haar tas staat. Ze ritst hem open en haalt haar sigaretten eruit. 'Kortom,' zegt ze als ze er een heeft opgestoken en een eerste trek heeft genomen, 'ik moet echt een oplossing vinden. En op dit moment heb ik niets beters dan dat fucking Thaise woord dat heel, heel misschien wel eens iets zou kunnen betekenen.'

Joep kijkt haar een paar seconden strak aan. Dan pakt hij zijn mobiel. 'Nou, daar zijn we snel genoeg achter,' zegt hij, terwijl hij een nummer in zijn adresboek opzoekt en kiest.

Er wordt meteen opgenomen.

'Hé, Rangsit, ouwe gabber, hoe staan de zaken bij onze nationale luchtvaartmaatschappij?'

Terwijl Joep wat grappen uitwisselt met zijn Thaise vriend, loopt Diana naar de keuken om Arno te helpen.

Als ze even later met de wijn en wat hapjes terugkomen, is Joep nog steeds in gesprek.

'Ja, ik weet natuurlijk niet of ik het goed uitspreek, maar je spelt het zo: T-J-A-O-J-I-N-G. Tjao Jing, dus. Heb jij enig idee wat dat betekent?'

Hij luistert.

Zijn ogen worden groot.

'Echt? Jemig.'

Hij kijkt Diana en Arno veelbetekenend aan.

'Ja, super, man. Je hebt me echt geweldig geholpen. Maar ik moet nu ophangen. Hé, bedankt, maatje. Ik bel je snel om te laten weten wanneer precies, oké?'

Dan breekt hij af.

'En?' vraagt Diana.

'Je gelooft het nooit,' zegt Joep. 'Het is het Thaise woord voor "prinses".'

47

Het duizelt haar.

Alle puzzelstukjes vallen ineens op hun plek. Het is alsof alle informatie en details die ze de afgelopen tijd in de achterkamertjes van haar brein heeft opgeslagen, tegelijk naar buiten springen en één lange, ononderbroken keten vormen. Haar gedachten, ideeën en inzichten tuimelen over elkaar heen. Er valt niet één, nee, er valt een hele bak met muntjes.

Ze heeft het gevoel alsof ze de jackpot heeft getrokken.

'Dat is het! De link waarnaar we op zoek zijn!' roept ze opgewonden. Met een klap zet ze de fles wijn op tafel en ze omhelst Arno, die met de pinda's en de olijven naast haar staat. Door haar onstuimigheid laat hij bijna het houten dienblad vallen. Ze laat hem los en draait naar Joep, die voordat ze ook hem om de nek kan vliegen, een afwerend gebaar maakt.

'Hoho, nu ga je me toch echt iets te vlug. Het is inderdaad wel heel toevallig dat we nu al weer op een prinsesje stuiten, maar voordat we het volledige meubilair hier in een vreugdevuur gaan opstoken, moet je me even uitleggen wat die link volgens jou dan precies inhoudt.'

'Zie je dat dan niet?' roept ze ongelovig uit. 'Het is toch overduidelijk?' Vragend kijkt ze naar Arno, die bedachtzaam staat te knikken.

'Ja... ik denk wel dat ik begrijp wat je bedoelt... geloof ik...'

Gedrieën zitten ze gebogen over een groot vel ruitjespapier, waarop ze een schema vol uitroeptekens, stippellijnen en pijlen heeft getekend. Haar opwinding is nog groter geworden en nog sterker dan daarnet is ze ervan overtuigd dat ze 'the missing link', zoals ze het inmiddels noemen, op het spoor zijn. Haar geduld is danig op de proef gesteld, maar ze heeft het gevoel dat het nu ook bij haar vrienden begint te dagen.

'Het draait allemaal om het begrip "prinses",' legt ze uit. 'Dat duikt steeds op en lijkt als een rode draad door Patrick Groothofs leven te lopen. Al bij onze eerste ontmoeting kwam hij met dat verhaal van Marianne op de proppen en in het begin hield hij er maar niet mee op me zo te noemen. "Principessa" of "Lady Di", ik kreeg er op den duur eerlijk gezegd wel een beetje genoeg van. En toen ik daarna in zijn persoonlijke papieren die bv van hem tegenkwam,' ze wijst met de rode stift naar het midden van het blad, waar ze met hoofdletters PRINCESS heeft geschreven, 'begon ik te vermoeden dat dat wel eens een diepere betekenis kon hebben. Mijn gevoel daarover was zo sterk, dat we kort daarna aan deze zelfde tafel een kleine aanvaring hebben gehad.'

'Ja, die avond dat je volledig overstuur in je auto bent gesprongen,' zegt Arno. 'Afschuwelijk was dat, we hebben doodsangsten uitgestaan. Ik was bang dat je jezelf wat zou aandoen, zo boos en verdrietig was je toen. Ik schaam me nog steeds dat we je toen hebben laten gaan.'

'Nee, lieverd. Als iemand zich daarover moet schamen, dan ben ik dat,' antwoordt Diana zacht. 'Ik heb toen heel lelijke dingen naar jullie hoofd geslingerd, die echt nergens op sloegen.' Ze voelt dat ze kleurt. Hoe ze ooit zo dom heeft kunnen zijn de vriendschap met deze twee mannen op het spel te zetten, begrijpt ze nog steeds niet. En al helemaal niet na wat er is gebeurd tussen haar en Annie. Haar beste vriendin Annemarie. Zoals altijd als ze aan haar vriendin denkt, voelt ze een steek in haar maag. 'Ik wist toen echt niet dat...'

'Hou op, Diana, dat hebben we allang uitgepraat en daar zouden we het nooit meer over hebben, weet je nog?' valt Joep haar ongeduldig in de rede. 'Laten we doorgaan met onze analyse.' Hij tikt met zijn vinger op het blad, waar ze links bovenin *Kneginjica* heeft geschreven, met daaronder *Montenegro.* 'Toen vonden we dat verband met die bv in Podgorica. Maar dat spoor liep dood omdat ik met mijn domme kop,' hij schuift zijn vinger naar de rechterkant van het papier, 'dit woord waarschijnlijk verkeerd heb gelezen.'

Hij wijst nu *Tjao Jing* aan, waaronder *Thailand* staat geschreven.

'Dat is je bij dezen vergeven,' zegt Diana.

'Maar dan nog, als ik héél eerlijk ben...' begint Arno aarzelend. Hij werpt Diana een onzekere blik toe en vervolgt: 'Ik hoop niet dat je weer boos op me wordt, maar het is wel een beetje een mager argument. We negeren ten eerste dat Joep de term misschien níét verkeerd heeft gelezen, in welk geval er helemaal geen verband bestaat, en ten tweede dat er ongetwijfeld in elk land tientallen bedrijven zullen zijn die Prinses heten.'

Langzaam betrekt Diana's gezicht. Haar ogen worden spleetjes. Dan schuift ze met een ruk haar stoel naar achteren om op te staan.

'O, sorry, Diaan, zo bedoel ik het niet... ik...' Arno komt ook omhoog en wil zijn arm om haar schouder leggen, in een poging haar opkomende woedeaanval te onderdrukken. Maar ze is hem voor. Met beide handen pakt ze zijn gezicht vast en ze zoent hem op zijn voorhoofd.

'Geintje!' roept ze, lachend omdat hij in haar kleine toneelstukje is getrapt. 'Nee echt, schat, ik word niet meer boos. Ik ben er nu veel beter aan toe dan laatst en ga echt niet nog een keer een scène bij jullie trappen. En bovendien: vanuit jouw perspectief gezien heb je gelijk, dat zijn inderdaad elementen waar je rekening mee moet houden. Maar ik weet meer dan jij. En ik zal jou en Joep nu haarfijn uit de doeken doen waarom ik zo zeker ben van mijn zaak.'

Ze neemt een slok wijn en pakt een sigaret. Wat ze nu gaat vertellen, zal hen versteld doen staan.

'Het is iets wat Anton in ons laatste gesprek tegen me zei. Iets wat op dat moment vrij onbeduidend leek, maar waarvan ik ineens de grote betekenis begrijp nu al die bv'tjes met elkaar te maken lijken te hebben. Dit is wat hij zei: wat hem het meest verbaasde aan die geplagieerde Laurens-cosmetica in Bangkok was dat de makers ervan zo perfect op de hoogte waren van de exacte samenstelling van de producten. Dat ze de geheime formule precies hadden weten te kopiëren. Het was, zei Anton, alsof hun chemicus erbij was geweest toen die in het laboratorium werd ontwikkeld. En dat zette me aan het denken.'

Ze pakt de rode stift weer op. 'Want dat vormt een opmerkelijk verband met het verleden van onze grote vriend Patrick Groothof.' Met blokletters schrijft ze PATRICK onder het woord PRINCESS. 'Uit zijn papieren weet ik namelijk ook dat hij een paar jaar scheikunde heeft gestudeerd én dat hij een tijdje in Bangkok heeft gezeten, als productmanager bij Procter & Gamble. Anton zat dus dichter bij de waarheid dan hij zelf kon vermoeden: de chemicus die de formule heeft ontvreemd, heeft letterlijk met zijn neus boven op de ontwikkeling ervan gestaan! Patrick heeft gewoon de formule van Laurens gejat en die doorgespeeld naar Thailand!'

Met de stift schrijft ze *Bangkok* onder Patricks naam en met een driftige haal tekent ze daarvandaan een dikke pijl naar boven. Vervolgens schrijft ze *formule gekopieerd* rechts bovenin en *chemicus* onder Patricks naam en trekt ze een even dikke pijl van boven naar beneden.

In het schema is PATRICK nu met twee dikke pijlen verbonden met *Thailand*. Het verband is gelegd.

Ze kijkt triomfantelijk van Arno naar Joep en vervolgt: 'Bedenk daarbij dat die valse producten van die Aziatische plagiaatbedrijfjes voornamelijk de markten van Oost-Europa overspoelen,' ze wijst naar de stippellijn die ze tussen *Thailand* en *Montenegro* hebben getekend, 'en je plaatje is rond.'

Een korte tijd is het stil. De mannen moeten deze stroom van informatie blijkbaar even op zich laten inwerken.

'Maar daarmee beweer je dus,' zegt Joep, 'dat Patrick Groothof, de CEO van Koninklijke Laurens B.V., zijn eigen handel kopieert en illegaal op de markt brengt. Kortom, dat de topmanager nummer één van Nederland er criminele nevenactiviteiten op na houdt. Wauw, dat is niet niks. Je moet wel heel erg zeker van je zaak zijn voordat je dat naar buiten brengt. En waarom zou hij dat in godsnaam doen?'

'Geldzucht,' antwoordt Diana zonder aarzelen. 'Excessieve zelfverrijking. Vergeet niet dat hij in de Quote 500 staat. Met een gigantisch vermogen dat hij alleen maar met zulke vuile zaakjes verdiend kan hebben. Dat moet echt in de tientallen miljoenen lopen.'

'Maar als dat zwart geld is, dan kan hij daar toch niet zo mee te koop lopen?'

'Tja, daar zal hij ook wel wat op hebben gevonden. Ik vermoed dat die brievenbus-bv in Montenegro op de een of andere manier ook een witwaspraktijk is. Waarschijnlijk maakt hij er handig gebruik van dat het land nog geen lid is van de Europese Unie, maar wel op het punt staat dat te worden. Ze vallen er dus nog niet onder het toezicht van Brussel, maar profiteren er al wel van allerlei Europese regels. Het wemelt daar in Montenegro ongetwijfeld van de criminelen en andere louche types.'

Arno knikt instemmend.

'En misschien,' vervolgt ze, 'houdt hij al dat geld ook wel daar en geeft hij het uit tijdens zijn vakanties in zijn luxe buitenhuis. Hij zal er ook wel een jacht hebben liggen. En één middagje shoppen met Xenia helpt ongetwijfeld ook nog wel eens. Dan ben je zo een paar ton lichter, dat verzeker ik je.'

Ze kijkt op de klok en ziet dat het al halfeen is. Ook de bodem van de derde fles landwijn begint in zicht te komen. Gelukkig heeft ze bij elk glas dat haar werd ingeschonken ook een groot glas water gevraagd. Het enige nadeel daarvan is dat ze nu al voor de vierde keer moet plassen.

Als ze in de kamer terugkomt, heeft ze haar jas al aangetrokken. Arno heeft blijkbaar hetzelfde idee als zij: het is de hoogste tijd. Hij heeft de lege glazen al verzameld en naar de keuken gebracht en haalt net een vochtig doekje over de tafel.

Joep zit nog steeds op dezelfde plek, diep in gedachten.

'Goed, ik ga maar eens. Misschien moeten we alle drie de komende dagen eens goed nadenken over onze volgende stap.'

'Weet je,' zegt Joep met dubbele tong. 'Ik heb wel een ideetje.'

III

48

Ze heeft er lang over na moeten denken hoe ze Margien het best de oranjerie binnen kan smokkelen. En wanneer dat het best kan gebeuren.

Het moet op een moment gebeuren dat het alarm niet is ingeschakeld. Domweg omdat ze de beveiligingscode niet kent. Die wordt bij Laurens namelijk elke vijf weken veranderd, waarna de nieuwe combinatie aan een select groepje werknemers wordt doorgegeven. In eerste instantie hoorde zij hier als vanzelfsprekend bij: na elke aanpassing ontving ze een gesloten envelop met daarin de nieuwe code. Maar na haar akkefietje met Patrick is er geen meer gekomen. Ze is er maar van uitgegaan dat dat niet per vergissing is. En ze heeft er dus ook niet meer naar gevraagd.

Het moet ook op een moment gebeuren dat het buiten nog licht is. Het is geen optie om tijdens hun illegale bezoekje de verlichting in de oranjerie aan te doen. Want door al het glaswerk, de grote ramen, serres en de glazen koepel zal dat tot in de verre omtrek te zien zijn. Even heeft ze nog overwogen om het onderzoek in het donker te verrichten, met alleen een goede zaklantaarn, maar die gedachte heeft ze meteen verworpen. Waarom zouden Margien en zij als dieven in de nacht moeten rondsluipen?

En uiteraard moeten ze er verzekerd van kunnen zijn dat ze niet door anderen gestoord zullen worden. Of in elk geval behoorlijk zeker, want het is natuurlijk een illusie om te denken dat ze op dat gebied volledige zekerheid kunnen verwachten.

Hun bezoekje aan de oranjerie zal dus op een doordeweekse dag tijdens kantooruren moeten plaatsvinden. Op een moment dat de kans om betrapt te worden minimaal is. Ga er maar aan staan.

Lunchtijd lijkt de enige optie. Op een dag dat de oranjerie door anderen gebruikt wordt – er worden geregeld trainingen gegeven en het is ook een populaire locatie voor kleinere bijeenkomsten. Die zullen dan naar het restaurant in het hoofdgebouw zijn, en negen van de tien keer denkt niemand er dan aan het alarm tijdelijk in te schakelen. Er is natuurlijk een minuscule kans dat er in de oranjerie zelf een lunch wordt geserveerd – grimmig denkt ze terug aan de keer dat dat unieke genoegen haar ten deel viel – maar daar valt achter te komen. Daarvoor hoeft ze alleen maar in de centrale agenda op de receptie te kijken.

Nadat ze die heeft gecontroleerd, neemt ze haar besluit. Vrijdag gaat het gebeuren.

Om tien over twaalf loopt ze het kantoortje van Natasja binnen met de mededeling dat ze even voor een kleine boodschap naar het dorp is. Dan stapt ze in haar auto en rijdt de lange oprijlaan af. Op de hoofdweg slaat ze rechts af, naar de halte van bus 47. Ze parkeert de Volvo zo'n tien meter verderop, aan de overkant van de weg, en zet de motor uit. Op haar horloge ziet ze dat het zestien over twaalf is. Nog vier minuten. Ze hoopt maar dat bus 47 vandaag op tijd rijdt.

Eindeloos langzaam tikken de seconden weg. Een enkele auto rijdt voorbij.

Na twee lange minuten haalt ze haar Nokia uit haar tas, maar ze stopt hem meteen weer terug. Margien heeft geen mobiel, dat weet ze toch? Stom.

Er kruipt nog een minuut voorbij. Ingespannen tuurt ze naar de bocht in de verte.

Precies om tien voor half komt de bus aangereden. In haar maag begint iets te kriebelen. Zou ze erin zitten?

Hij stopt, maar ze kan niet zien of er iemand uitstapt. Pas als hij met ronkende dieselmotor wegrijdt, ziet ze de magere gestalte staan. Margien draagt hetzelfde zwarte pak als de eerste keer, met daaroverheen een donkere jas. Aan haar schouder hangt een goedkoop linnen tasje met het logo van een natuurwinkelketen.

Had ze niet wat anders kunnen aantrekken? Ze ziet eruit als een zwerver. Niet bepaald het type dat kan doorgaan voor een relatie uit de cosmeticabranche. Als ze straks worden betrapt, zal ze een wel heel goede smoes voor Margiens aanwezigheid moeten bedenken.

Ze stapt uit en zwaait naar Margien, die onzeker om zich heen staat te kijken. Als ze haar ziet, breekt er een voorzichtige glimlach op haar hoekige gezicht door en meteen schaamt Diana zich voor de dingen die net ze over deze doodgoeie vrouw heeft gedacht. Margien die zo betrokken is. Die zich zo intensief en belangeloos voor haar inzet. Wat is ze toch een vals kreng!

Alle hartelijkheid die ze in zich heeft legt ze in hun begroeting.

'Wat heerlijk je te zien! Het was hopelijk toch niet een heel gedoe met die bussen?'

'Nee hoor, prima aansluiting,' mompelt Margien. Ze neemt plaats op de passagiersstoel en zet het linnen tasje op haar schoot. Ze klemt het vast alsof het een grote schat bevat.

Ze start de auto en wacht tot ze kan wegrijden. Om te keren draait ze de weg op. De rijbaan is net breed genoeg om de draai in één keer te maken.

'Zenuwachtig?' vraagt ze om het ijs te breken. Zelf voelt ze steeds sterkere kriebels.

Margien knikt kort, maar blijft strak voor zich uit kijken, de handen in haar schoot.

'Mag ik weten wat erin zit?' informeert Diana met een knik naar het tasje.

'Dingen die ik nodig heb. Mijn pendel en zo.'

Het komt in haar op om te vragen waar een pendel voor dient, maar ze doet het niet. Dat zal ze straks wel zien.

Ze draait de oprijlaan weer op. Even overweegt ze of het geen idee is Margien hier uit de auto te zetten en haar te vragen verder naar de oranjerie te lopen. Hoe minder mensen hen samen zien, hoe beter. Maar meteen verwerpt ze die gedachte: nu ze a heeft gezegd, moet ze ook b zeggen. Brutalen hebben de halve wereld. Gewoon doen alsof het de normaalste zaak van de wereld is, dan zal niemand ervan opkijken.

Gelukkig vindt ze helemaal aan het eind van de parkeerplaats een gaatje. Een plek die vanuit het huis nauwelijks is te zien. Ze ontspant haar schouders, ademt diep in door haar neus en laat de lucht naar haar buik doorstromen, zoals Margien haar laatst heeft geleerd. Haar hartslag vertraagt een fractie. Dan kijkt ze Margien aan. 'Daar gaan we dan,' zegt ze.

Ze lopen om het huis heen en volgen het pad langs de vijver. Ze heeft het gevoel dat duizend ogen haar bespieden. Pas als ze de bosjes in lopen, voelt ze zich niet meer bekeken.

'Wacht hier,' zegt ze tegen Margien. 'Ik ga nu even op onderzoek uit. Als de kust veilig is, kom ik je ophalen.'

In haar eentje loopt ze verder over het pad en door de siertuin naar het portaal. Daar spitst ze haar oren. Stilte. Alleen kwetterende vogels. Geen stemmen.

Op het displaytje in het voorportaal ziet ze dat het alarm niet is ingeschakeld. Resoluut opent ze de deur en stapt naar binnen. De zaal is leeg. 'Hallo?' roept ze. Haar stem galmt door de ruimte. 'Is hier iemand?' Haar hart gaat als een gek tekeer. Maar ook uit de tuinkamers komt geen antwoord. 'Hallo?' roept ze nog een keer. Het blijft stil. Blijkbaar zijn de goden hun gunstig gezind.

Ze loopt terug en vindt Margien op de plek waar ze haar heeft achtergelaten. 'We hebben geluk,' zegt ze, 'onze sterren staan goed. Ik hoop dat we een halfuurtje ongestoord onze gang kunnen gaan.'

Margien loopt zwijgend naast haar mee. Nerveus pulkend aan haar tasje. Ze is lijkbleek.

Behoedzaam lopen ze door. De rododendrons staan in volle bloei, in een zee van roze en paars. Tussen de takken van de struiken door komt het gebouw in zicht. Ze voelt de vrouw naast zich verstarren.

De laatste bocht van het pad. Daar is de oranjerie. Margien blijft stokstijf staan. Een zweetdruppel glijdt over haar wang naar beneden.

'Gaat het?' informeert Diana bezorgd.

Geen antwoord. Gebiologeerd staart Margien naar het gebouw. Dan is het ineens alsof er een grote ontspanning over haar neerdaalt. Ze knippert even met haar ogen en komt in beweging, over het grindpad met de buxushagen. Maar haar tred is veranderd. Ze loopt niet, ze schrijdt.

Zonder aarzeling gaat ze het voorportaal binnen en langs de kuipen met de sinaasappelboompjes de zaal in. Ze stopt in het midden. De kalmte zelf.

Diana blijft op een eerbiedige afstand achter haar staan. Eén oog op de deur gericht en vastbesloten om bij het minste of geringste teken van onraad in actie te komen. Maar tegelijkertijd gefascineerd door het tafereel voor haar. De statige gestalte in de magische ruimte.

Langzaam kijkt Margien omhoog. Als haar hoofd helemaal in haar nek ligt, komen haar armen in beweging en traag strekt ze haar handen uit, de palmen naar boven, in een smekend gebaar. 'Hemel...' prevelt ze. 'Licht uit de hemel... God die liefde is... mijn liefste... diep in mijn hart begraven... heel mijn leven geen dode voor mij...'

Door de glazen koepel valt het zonlicht op haar gezicht.

Dan buigt Margien het hoofd en knielt neer op de grond, haar handen voor haar borst gevouwen. Zo blijft ze zeker een minuut zitten. Verstild als in gebed.

Gespannen werpt Diana van tijd tot tijd blikken naar buiten.

Op haar horloge ziet ze dat er inmiddels zeven minuten zijn verstreken.

Margien komt overeind en ze loopt naar de grote haard. Daar blijft ze staan. 'Vuur,' zegt ze. Dan buigt ze voorover en neemt wat as in haar hand. 'Stof.'

Abrupt draait ze zich om en kijkt de zaal in, een verwonderde uitdrukking op haar gezicht. 'Geest?' fluistert ze. Ze doet een paar stappen naar het midden, aarzelt even en buigt dan af naar de muur. Resoluut loopt ze op de pilaar af waarachter het kamertje verborgen ligt. Ze legt haar hand op de pilaar. In een bijna liefkozend gebaar.

'Leven,' zegt ze. Het klinkt als een triomf.

Diana's mond is opengevallen van verbazing. Ze gaat inmiddels zo volledig op in het gebeuren, dat ze bijna vergeet het pad in de gaten te houden. Ze snapt niets van de onsamenhangende taal die Margien uitslaat, maar ze begrijpt wel dat er iets heel groots aan de hand is. En dat de prinses weer bezit van haar heeft genomen.

Ze weet ook dat ze Margien nu niet mag storen. Zelfs niet in geval van onraad. Margien zelf heeft haar namelijk verteld dat het levensgevaarlijk is iemand tijdens een in- of uittreding abrupt te onderbreken.

Margien, die zich weer heeft omgedraaid, kijkt stralend de zaal in. Maar dan verandert de uitdrukking op haar gezicht. Alsof ze plotseling iets ziet wat haar zorgen baart. Iets waar ze bang voor is.

'Kwaad,' steunt ze. Ze komt in beweging, maar het lijkt tegen haar wil, alsof haar lichaam zich verzet tegen een sterkere kracht die haar vooruit dwingt.

Met stramme passen loopt ze naar de grote werktafel. De tafel waaraan Diana aan het jaarverslag heeft gewerkt en waaraan Patrick haar...

'Kwaad,' zucht Margien opnieuw, terwijl ze angstig de tafel nadert.

Dan klinkt er een kreun op uit haar keel. Zacht maar indringend begint Margien te kermen.

Ze slaat haar handen voor haar onderbuik. Ze schudt heftig met haar hoofd, alsof ze een ernstige dreiging wil afweren.

Diana begrijpt niet direct wat er gebeurt.

'P-pij...' kreunt Margien.

Dan dringt de reden van haar paniek tot Diana door. De verschrikkelijke betekenis van die plek.

'Z-zo'n pijn...' Margien krimpt in elkaar alsof ze door hevige pijnen wordt overvallen. 'Het doet pijn!' Met beide handen wrijft ze hard over haar onderlichaam. 'Nee!' gilt ze dan.

Ze richt zich met moeite op. Met verwilderde ogen kijkt ze om zich heen. Dan rent ze ineens naar de deur.

Diana kan net op tijd achteruitstappen om niet met haar in botsing te komen. In verbijstering kijkt ze de vrouw na, die over het pad verdwijnt.

49

Joep doet zijn ogen dicht en stelt zich voor dat hij in een volière zit. Een enorme volière vol vrolijk kwetterende parkietjes. Die allemaal door elkaar heen zitten te snateren. Afgewisseld met zo nu en dan een kort gilletje of een parelend giecheltje. Met een brede glimlach op de lippen leunt hij achterover tegen de kussens en geniet van de geluiden van dit tropische paradijs. Meteen voelt hij dat de slaap hem overmant. De jetlag speelt hem parten.

Als er op zijn schouder wordt getikt, schiet hij overeind. Even heeft hij geen idee waar hij is, zo ver was hij van de wereld. Pas als hij het lachende gezicht van Rangsit boven zich ziet, daagt het hem weer. 'We gaan zo, hoor,' fluistert zijn Thaise vriend. 'Er is nog één tante die me komt begroeten, maar dan heb ik ze ook allemaal gehad.'

Dat moeten er wel meer dan honderd zijn. Rangsit had hem er van tevoren over ingelicht, maar dit gaat zelfs zijn wildste fantasie te boven. Het hele dorp is uitgelopen om de verloren zoon te begroeten. En onmiddellijk is het feest. Het is één grote, blije familie, waarin hij zich meteen liefdevol voelt opgenomen. Verlegen lachend drentelden direct al de allerkleinste kinderen om hem heen en toen de dapperste van hen hem voorzichtig durfde aan te raken, was het hek van de dam. Al snel buitelden ze allemaal gierend van het lachen over de grond.

En dan al dat eten. Al die verrukkelijke hapjes die hem voortdurend door de vrouwen en de meisjes worden aangeboden. Met hun uitnodigende blikken en hun prachtige glimlach. Hij weet dat het onbeleefd is om te weigeren, maar al snel stond hij zo ongeveer op knappen.

Hoe geweldig hij deze eerste Thaise ervaring ook vindt, het is een opluchting voor Joep als Rangsit hem eindelijk overeind trekt en naar de deur toe duwt.

'Kom, vriend, snel wegwezen hier.'

Het is een lastminutebeslissing geweest om met Rangsit naar Thailand te reizen. Natuurlijk ingegeven door de opzienbarende ontdekking van Diana. Na haar vertrek hebben Arno en hij nog zeker een uur nagepraat over de gebeurtenissen van de avond en allebei kwamen ze daarbij tot de conclusie dat dit wel eens de doorbraak zou kunnen zijn waar ze al zo lang naar zoeken.

Vandaar dat hij nog diezelfde nacht heeft bedacht eindelijk eens gehoor te geven aan de zo vaak geuite wens van zijn beste en oudste vriend om eens met hem mee te gaan naar zijn land van herkomst. Om te zien hoe hij daar is opgegroeid en zijn vrienden van vroeger, met wie hij nog altijd een sterke band heeft, te ontmoeten. En zijn familie, natuurlijk. Alle honderdvijftig.

Ook Arno was meteen enthousiast: hij is zeer gesteld op Rangsit en heeft Joep altijd voor gek verklaard dat hij nooit is ingegaan op diens uitnodiging. Wat is er leuker dan een vakantie met je beste buddy?

Maar datgene wat Joep uiteindelijk over de streep trok om het grote avontuur dan maar aan te gaan, was de prijs van het ticket. Omdat Rangsit een hoge functie heeft bij de KLM profiteert hij van aantrekkelijke voordelen rond het vliegen, waaronder een stand-byregeling met bijbehorende lage tarieven. En tot Joeps grote vreugde gold dat deze keer ook voor zijn medepassagier, zodat ook hij van Amsterdam naar Bangkok is gevlogen voor een schijntje. Joep is dol op goedkope tickets!

Tien dagen Thailand. De evenementenbranche moet maar even wachten.

Vanuit het raampje van de taxi ziet hij dat de omgeving landelijker is dan daarnet. Na het voorstadje van de miljoenenstad Bangkok met zijn chaotische verkeer en overvolle overdekte markten rijden ze nu door heel wat vriendelijker oorden. Met veel groen en uitgestrekte kwekerijen met een spectaculair aanbod aan tropische planten en bomen. Rijen schitterende orchideeën en ruisende bamboestruiken. Ploegende boeren op de velden en ossenkarren op de weg. Het biedt een tijdloos aangezicht.

'We zijn er,' zegt Rangsit als ze langs een vrij nieuwe, hoog opgemetselde muur rijden. 'Hierachter ligt mijn nieuwe huis. In dit gebied verrijst de laatste jaren de ene luxe compound na de andere en het is een heel goede investering om daar nu te kopen. En vergeleken bij Nederland zijn de huizen hier natuurlijk ook nog spotgoedkoop.'

Een oude man in een wit uniform opent een slagboom, waarna hij de papieren van de chauffeur controleert en vervolgens beleefd naar de passagiers achterin salueert. Joep schiet in de lach, maar voor Rangsit lijkt het de gewoonste zaak van de wereld. Ze rijden door lommerrijke straten waaraan mooie villa's liggen in ruime tuinen. Ze stoppen voor een groot, geel huis dat omringd is met overdekte terrassen.

'Welkom in Chau Sum Sau,' zegt Rangsit. 'Mijn appeltje voor de dorst.'

'Toe maar,' zegt Joep.

Aan het eind van de straat wordt getoeterd. Een grote suv komt aanrijden, met aan het stuur een jonge man. Naast hem zit een mooie jonge vrouw, die onder het slaken van hoge vreugdekreten wild uit het raampje zwaait.

'Mijn vrienden!' Op Rangsits gezicht verschijnt een brede grijns. 'Ja, Joepie, in Thailand ben je nooit alleen. Maar geen nood, ze spreken heel goed Engels.' Dan rent hij naar de wagen, waar zijn vriendin net uit klautert. Ze vallen elkaar dolgelukkig in de armen.

Een paar uur later, als Rangsits vrienden zijn vertrokken na een genoeglijke avond met veel geklets, gelach en vooral veel eten, praten ze nog wat na op de veranda. Hoewel het bijna middernacht is, is het nog steeds dertig graden. Er hangt een vredige sfeer over de compound, een intense stilte, slechts nu en dan doorbroken door het geluid van een krekel.

'Ik heb nu nog één verplichting,' begint Rangsit, 'en daarna ben ik geheel de uwe. Dan kan het recherchewerk beginnen. Maar morgenochtend vroeg moet ik eerst nog naar het klooster.' Hij schiet in de lach als hij Joeps verbijsterde blik ziet. 'Nee, wees niet bang dat ik daar ga intreden. Het is beduidend minder spectaculair. Veel Thaise jongens brengen een paar maanden van hun jeugd als monnik in een klooster door, vergelijk het maar met jullie militaire dienstplicht. En altijd als ik hier ben, ga ik erheen om te offeren aan Boeddha en te bidden.' Hij kijkt Joep aan. 'Je bent natuurlijk van harte welkom, maar ik ben bang dat je je er niet erg goed zult vermaken: de meditatieceremonie duurt zes uur en ik kom pas 's avonds laat terug. Als ik jou was, zou ik morgen helemaal niks doen. Wat wennen aan de temperatuur en het tijdverschil en zo goed mogelijk uitrusten. Want ik vermoed dat we de dagen daarna heel wat energie nodig zullen hebben.'

Een prima idee, vindt Joep. Als hij even later op zijn bed zit, voelt hij zich nog klaarwakker. Hij is nu helemaal over zijn slaap heen. Maar zodra zijn hoofd het kussen raakt, zinkt hij weg in een diep coma.

Als hij de volgende ochtend wakker wordt, is Rangsit allang vertrokken. Hij scharrelt wat rond in het huis en duikt dan op een ligstoel op de veranda met een ontbijtje van papaja's en bananen. Het regent hard, een tropische regenbui die maar niet ophoudt.

De hele dag klettert de regen op het dak. Urenlang staart hij vanaf de veranda naar het grijze gordijn van regen en gaandeweg slaat de verveling toe.

Als de bui om een uur of vijf in de namiddag van het ene op het andere moment ophoudt, weet Joep niet hoe gauw hij zijn rugzak moet pakken. Bij de hoofdingang lukt het met hulp van de bewaker een taxi aan te houden.

'*Sawasdee khrap,*' groet hij beleefd. De chauffeur grijnst zijn brokkelige gebit bloot.

'*Patpong, please.*' Hij haalt wat bankbiljetten uit zijn zak en houdt ze de chauffeur voor. '*Three hundred baht.*'

De grijns wordt zo mogelijk nog breder, waaruit Joep begrijpt dat hij een veel te hoge prijs betaalt. Zijn enige troost is dat de taxi er nu echt de vaart in zet en hem in korte tijd op zijn plaats van bestemming afzet.

Op de markt van Patpong is het om deze tijd van de dag een drukte van belang. In een zee van felverlichte uithangborden en knipperende neonlampen slenteren de voornamelijk westerse toeristen over straat. Joep sluit zich aan bij dit leger en loopt langs de kraampjes van de straathandelaren. Uit de omliggende bars en clubs klinkt harde discomuziek.

Na drie kwartier heeft hij het gevoel dat hij alle zonnebrillen, T-shirts, Gucci-tassen, Rolexen en Vuitton-koffers van de wereld heeft gezien, maar nog niet dat waarnaar hij op zoek is. Wel weet hij inmiddels dat de producten per straat worden aangeboden. In de ene liggen alleen maar cd's en cassettebandjes en in de volgende uitsluitend elektronica. Hij stapt een café binnen en drinkt een biertje aan de bar. Dan hervat hij zijn speurtocht.

Een halfuurtje later heeft hij geluk: een hele straat met alleen maar cosmetica. Alle grote wereldmerken zijn vertegenwoordigd: Lancôme, Estée Lauder, Chanel.

Bij elke kraam bestudeert hij nauwkeurig het aanbod en zijn meer dan gemiddelde belangstelling wordt al snel door de handelaren opgemerkt. *'Mister, mister, perfume for your girlfriend! I give you a good price!'*

En dan: bingo.

Hij voelt een steek van opwinding in zijn buik als hij achter in een stand, tussen flacons L'Oréal Haircare en flessen Fructis een bekende paarse tube ziet staan. Laurens Shining Silver. Hij wijst ernaar en de verkoper reikt hem de tube aan.

Uitgebreid bekijkt Joep het product. Niet van echt te onderscheiden. Het juiste ontwerp, de goede logokleur. In piepkleine lettertjes de opsomming van alle componenten, in vier talen: Engels, Duits, Frans en Nederlands. Streepjescode en zelfs – schaamteloos genoeg – de juiste copyrightvermelding: © Royal Dutch Laurens B.V., Wassenaar, The Netherlands.

Inmiddels worden hem door de omringende verkopers van alle kanten soortgelijke producten voorgehouden: *'You buy this! You buy this!'* Hij realiseert zich dat hij snel moet handelen en vraagt naar de prijs van de tube. Geheel tegen zijn gewoonte betaalt hij zonder te onderhandelen. Dan loopt hij snel door om van het opdringerige volkje af te zijn.

Koortsachtig denkt hij na. Wat is wijsheid?

Hij loopt terug naar het kraampje waar hij de tube heeft gekocht, haalt hem uit zijn rugzak en houdt hem de verkoper voor. Als de man hem vragend aankijkt, beseft hij het heilloze van deze poging, maar toch zet hij door.

'Where does this come from?' vraagt hij.

'Good for your hair. Normally very expensive. But from me very cheap,' is het antwoord.

'But where did yóú buy this?' dringt Joep aan.

Er verschijnt een lichte paniek in de ogen van de man. *'It's real, it's real,'* stottert hij. Hulpzoekend kijkt hij om zich heen. Een kleine, zwaarlijvige man komt aangesneld. *'You talk to my boss,'* roept de verkoper opgelucht.

Het slimste is nu gewoon door te lopen, weet hij, temeer daar hij inmiddels een hele oploop heeft veroorzaakt. Maar koppig als hij is, blijft Joep staan en herhaalt zijn vraag. Het resultaat is een uitvoerig betoog van de baas, waaraan hij geen touw kan vastknopen.

'Is this from Tjao Jing?' vraagt hij ten slotte. Wat volgt is een nog onsamenhangender stortvloed van woorden. Hij haalt zijn schouders op en baant zich een weg door de mensenmenigte die zich om hen heen heeft verzameld. Opnieuw worden hem talloze haarproducten onder de neus geduwd. Niet echt op zijn gemak loopt hij door. Zichzelf vervloekend om zijn stommiteit.

Dan wordt er aan zijn mouw getrokken. Het is een magere man, eigenlijk nog een jongen.

'Tjao Jing? You look for Tjao Jing? Mister, follow me.' Hij pakt Joeps mouw opnieuw vast en trekt eraan.

Joep laat zich door de jongen meevoeren. Al snel slaan ze rechts af, een smallere straat in. Geen kraampjes hier, maar schaars verlichte winkeltjes met groente en fruit. Her en der liggen grote hopen afval en de geur van verrotting is overal penetrant aanwezig. Linksaf, rechtsaf, algauw is Joep elk gevoel voor oriëntatie kwijt. 'How far?' roept hij hijgend naar de jongen, die een paar meter voor hem rent. 'Not far,' is het antwoord.

Dan duwt de jongen een verveloze deur van een haveloos huisje open. In de gang schiet een magere kat weg. 'Come,' roept de jongen ongeduldig als hij ziet dat Joep op de drempel aarzelt. Hij rent de trap op en gaat een deur in. Langzaam komt Joep hem achterna.

In de kamer staat geen meubilair en de enige verlichting is een kaal peertje aan een draadje. In de linkerhoek zit een oude vrouw op een versleten matje. Ze kijkt even op en gaat dan door met haar bezigheid: het pellen van een grote mand nootjes.

In het midden van de kamer staat de jongen. Hij wijst naar een andere hoek. Tegen de muur zit een meisje van een jaar of twaalf. Met grote, bange ogen kijkt ze Joep aan.

'You want Tjao Jing? Mister, look at this beautiful princess!'

50

'Je bent echt niet goed bij je hoofd! Heb je enig idee hoe gevaarlijk het is wat je hebt gedaan?' Rangsits ogen fonkelen. Om hem heen hangt nog de geur van wierook. Hij is net afgezet door zijn vrienden na de verre tocht het binnenland in en ze zitten met een glas thee op de veranda.

'Nounou, valt best mee,' sputtert Joep tegen. 'Ik sta heus mijn mannetje wel, hoor. En gelukkig kwam ik al heel gauw een tuktuk tegen, die me terugbracht naar de plek waar ik uit de taxi was gestapt. Wat me nog het meest gechoqueerd heeft is dat die jongen nota bene zijn eigen kleine zusje aan de eerste de beste vreemdeling aanbood!'

'Daar heb ik het helemaal niet over. Ik snap heus wel dat je oud en wijs genoeg bent om je uit zo'n pijnlijke situatie te redden. En je hebt superveel mazzel gehad dat die jongen geen klantenlokker was, want daar wemelt het van in Patpong. Zo eentje had je meegenomen naar een seksshow en daar was je niet zonder een gepeperde rekening weggekomen. Dat zou pas een ramp geweest zijn voor een echte Hollandse vrek als jij.'

Hij pauzeert even om de belediging goed tot Joep te laten doordringen.

'Nee, ik ben woedend op je omdat je in je eentje al die marktkooplieden tegen je in het harnas jaagt. Realiseer je je wel dat die lui allemaal lid zijn van dezelfde kongsi en dat ze geen moment zullen aarzelen je uit de weg te ruimen en spoorloos kunnen laten verdwijnen als hun dat zo uitkomt? En wat helemaal te stom voor woorden is, is dat je ook nog eens rare dingen over koninklijke personen loopt rond te bazuinen. Met een beetje pech word je daarvoor gearresteerd!'

'Hoe bedoel je? Nu ben je me echt even kwijt.'

'Misschien een ideetje om je de volgende keer van tevoren te verdiepen in dit land? Dan zou je weten dat het in Thailand een misdaad is de koninklijke familie te beledigen. Daar staan zware straffen op. Heb je niet gehoord van die Zwitser die vorig jaar het portret van onze koning heeft beklad? Die zit nog steeds in de gevangenis.'

'Hoe kom je erbij dat ik eropuit zou zijn jullie koningshuis te beledigen? Ik heb alleen maar de term "Tjao Jing" laten vallen.'

'Alleen dat is al verdacht. Als er een politieagent bij had gestaan, had die je meegenomen naar het bureau voor onderzoek. Nee, je mag de goden wel op je blote knieën danken dat je er ongeschonden uit bent gekomen.'

Hij geeuwt en rekt zich uit.

'Maar nu ga ik naar bed. Ik ben kapot.'

De volgende morgen, na tien uur slaap, is Rangsits humeur beduidend beter.

'Dus hier draait het allemaal om?' Hij pakt de tube Shining Silver en leest de informatie op de achterkant. 'Voor deze 250 milliliter shampoo ben jij bereid je leven te geven? Zo grijs ben je toch nog niet?'

'We moeten erachter zien te komen waar de producent van dat spul zit. Als we die kunnen opsporen, krijgen we misschien ook bewijsmateriaal tegen Patrick Groothof in handen.'

'Hmm, dat zal niet makkelijk zijn.' Rangsit staart in de verte. 'Maar ook niet onmogelijk. Vanavond is het mijn beurt.'

'Wat ben je dan van plan?'

'Dat ga ik jou niet aan je neus hangen. Maar ik kan je verzekeren dat ik niet van plan ben als een halvegare op de markt over een prinses te gaan lopen raaskallen.'

'Ik ga me even omkleden,' zegt Rangsit als ze klaar zijn met de avondmaaltijd. Hij verdwijnt naar boven.

Als hij een kwartier later beneden komt, heeft hij een metamorfose ondergaan.

'Hip, hoor, die slippertjes,' zegt Joep.

In plaats van zijn gebruikelijke trendy outfit heeft Rangsit een goedkoop T-shirt en een versleten spijkerbroek aangetrokken. Aan zijn voeten heeft hij plastic teenslippers. Hij heeft zijn hoofd onder de kraan gestoken, waardoor zijn anders zo onberispelijke kapsel in pieken om zijn gezicht hangt. Hij ziet er behoorlijk armoedig uit. Als een marktkoopman in Patpong.

'Je hoeft niet op me te wachten vanavond,' zegt hij tegen Joep.

'Het zou wel eens een latertje kunnen worden.'

Hij werpt een laatste keurende blik in de spiegel en is dan verdwenen.

Joep brengt een zenuwachtige avond door. Hij probeert wat te lezen, maar kan er de concentratie niet voor opbrengen. Als hij beseft dat hij voor de derde keer met dezelfde pagina in zijn reisgids bezig is zonder dat de inhoud tot hem doordringt, legt hij het boek maar terzijde.

Hij belt met Arno.

Hij sms't naar Diana.

Hij zit in de schommelstoel op de veranda en wacht.

Hij loopt op blote voeten door de kamer, waarbij hij probeert niet op de richels tussen de vloertegels te stappen.

Hij kijkt in de koelkast om te zien of er nog iets zoets is.

Hij pakt zijn boek op en legt het meteen weer weg.

Hij ligt op de bank en zapt langs Thaise kanalen.

Hij schrikt wakker als er ruw aan zijn schouder wordt geschud. Voor hem staat Rangsit. Zijn haar zit nog wilder dan toen hij vertrok en zijn voeten zijn stoffig. Over zijn rechterhand loopt een grote schram.

Uit de kontzak van zijn spijkerbroek haalt hij een gekreukt briefje, dat hij openvouwt en Joep voorhoudt. Joep staart glazig naar de Thaise tekst. Dan kijkt hij Rangsit vragend aan.

'Dit is het,' zegt die triomfantelijk. 'Het adres dat we zoeken.'

51

Met gebogen hoofden zitten Diana en Christa aan de tafel. De ramen zijn met rolgordijnen verduisterd en de enige lichtbron in de kamer zijn de kaarsen op een ouderwets dressoir. Daarboven hangt een grote spiegel, waarin het kaarslicht reflecteert. Links van Diana zit Annegreet, de oudere dame die de sessie zal leiden. Margien is nog druk in de weer met een soort plankje op wieltjes – een planchette, zoals ze het zelf noemt – dat ze met grote nauwkeurigheid op de ronde tafel plaatst. Precies in het midden van een cirkel van kartonnen kaartjes met letters en cijfers.

Diana en Christa turen allebei met samengeknepen lippen strak naar het tafelblad. Ze durven elkaar niet aan te kijken omdat ze weten dat ze dan de slappe lach zullen krijgen. Van de zenuwen en vanwege de dodelijke ernst waarmee de twee andere vrouwen zich voorbereiden. Vroeger deden ze dit soort spelletjes thuis. 'Glaasje draaien' noemden ze dat toen, waarbij de steeds terugkerende vragen van de pubermeisjes waren: met wie ga ik trouwen? En: hoeveel kinderen krijg ik later? Je wist nooit helemaal zeker of het glas uit zichzelf bewoog of dat er iemand stiekem zat te duwen. Het was lekker griezelig. Diana kan zich niet herinneren of er ooit een zinnig antwoord kwam.

Margien heeft inmiddels op de vierde stoel aan tafel plaatsgenomen. Ze kijkt hen een voor een aan. 'We gaan beginnen,' zegt ze plechtig. Dan legt ze haar handen plat voor zich op de tafel en sluit haar ogen. Annegreet doet hetzelfde.

Diana en Christa kijken elkaar een fractie van een seconde aan, maar doen dan allebei ook zo snel mogelijk hun ogen dicht om de sacrale stemming niet te verpesten met hun slappe lach.

'We gaan zo gauw mogelijk een channeling doen,' zei Margien toen Diana haar op vrijdagavond belde om te vragen hoe het met haar was. 'Dan zullen we de antwoorden op al onze vragen krijgen.' Ze ging niet in op Diana's vragen over wat er eerder op de middag was gebeurd, maar meldde dat ze al contact had gehad met een collega, die ruime ervaring had in de begeleiding van channelingsessies. Annegreet en zij hadden afgesproken dat die de volgende dag, op zaterdagmiddag, zou plaatsvinden.

In eerste instantie was Diana daar niet zo gelukkig mee. Ze was gepikeerd omdat Margien dit buiten haar om had bekokstoofd en daarbij had ze al een andere afspraak, die ze niet van plan was af te zeggen: voor het eerst sinds zeker een jaar zou Christa een weekend bij haar komen logeren. Een gezellige zaterdagmiddag winkelen, in de PC en op de Albert Cuyp, een etentje, een filmpje en vooral heel veel bijkletsen. Quality time tussen twee zussen, waar ze zich erg op verheugde. En waar ze juist nu erg veel behoefte aan had.

Maar toen Margien aanhield en verzekerde dat de aanwezigheid van een vierde persoon juist een positief effect zou hebben, besloot ze het idee toch maar aan Christa voor te leggen.

Die reageerde eerst wat teleurgesteld. 'We zouden toch de stad in gaan?'

En daarna afhoudend. 'Een channeling? Nooit van gehoord. Wat is dat precies?'

Diana legde het haar uit.

'Zoiets als Char?' In Christa's stem klonk een voorzichtig enthousiasme door.

Diana dacht van wel.

'Ik vind Char fantastisch. Wat ze allemaal weet over die mensen! Ik kijk altijd naar haar programma.' Christa stelde nog een paar vragen en zei toen volmondig ja. Een sessie met een medium dat contact zocht met overledenen... spannend!

Diana moest toegeven dat ze het daar eigenlijk wel mee eens was. Ze belde Margien en zei dat de sessie wat haar betrof kon doorgaan.

Maar ze had geen idee wat ze zich erbij moest voorstellen. En hoe er mogelijkerwijs verklaringen zouden kunnen komen voor de verrassende gebeurtenissen die eerder op die dag in de oranjerie hadden plaatsgevonden.

Na Margiens overhaaste vertrek uit de oranjerie vond Diana haar terug op dezelfde plek waar ze haar eerder had achtergelaten. Margien zat tussen de rododendrons op de grond met haar rug naar haar toe. Diana probeerde heel voorzichtig naar haar toe te lopen om haar niet op te schrikken. Stel je voor dat ze weer in trance was! Toen ze bij haar kwam, stapte ze bijna op haar zware bril, die naast haar op de grond lag. Ze zag dat Margien haar handen voor haar ogen had geslagen en dat haar schouders schokten. Ze kreeg diep medelijden met de stoere vrouw. Wat een heftige emoties had ze moeten doorstaan en wat een angst en pijn had ze op het laatst gevoeld.

'Margien,' fluisterde ze zacht. 'Margien? Hoe is het met je?'

Margien haalde haar handen voor haar ogen weg. Die waren rood en haar wangen waren nat. Maar haar gezicht straalde. Op haar gezicht lag een uitdrukking van gelukzaligheid die Diana nog nooit eerder bij haar had gezien.

'Gaat het wel met je?' vroeg ze nog een keer.

'Mijn gave,' zei Margien.

De tranen drupten op haar jas. Tranen van blijdschap, kennelijk, want ze lachte er breeduit bij. Ze sprong overeind en greep Diana vast in een wilde omhelzing, waarbij ze voortdurend dezelfde woorden herhaalde, die Diana niet begreep.

'Ik heb hem terug! Mijn gave! Ik heb hem terug!'

Pas later in de auto drong het tot Diana door waar Margien het over had. Zo stil en nukkig ze op de heenweg was geweest, zo uitgelaten en spraakzaam was ze nu. Dolgelukkig en struikelend over haar woorden. Ze hield maar niet op over haar gave die terug was. Hoe ongelukkig ze zich had gevoeld. Alsof alles in haar hele leven één grote leugen was geweest. En zijzelf de grootste leugenaar. Maar nu was alles goed. Sterker nog: beter dan ooit. Want nooit eerder had ze zo diep gevoeld. Nooit eerder was ze zo dicht bij het licht geweest. Maar ook bij de duisternis, voegde ze er onheilspellend aan toe... Toen ze hieraan terugdacht, gleed er even een schaduw over haar gezicht. Maar niet voor lang, want al snel was haar uitgelaten verrukking terug. Ze had weer contact gehad met de prinses! Ze had zoveel gezien. Margien orakelde maar door. Er was geen woord tussen te krijgen. Diana kon alleen maar luisteren.

Samen wachtten ze bij de bushalte. Diana durfde haar niet alleen te laten. En toen de bus wegreed, met Margien erin, keek ze hem lang en bezorgd na.

Het is nog steeds doodstil in de kamer. Er loopt een rilling over haar rug en ze heeft er spijt van dat ze geen vestje heeft aangetrokken. Het lijkt wel of de temperatuur een paar graden is gedaald. Door haar oogharen gluurt ze naar de anderen. Margien en Annegreet zitten nog steeds in dezelfde houding, in diepe meditatie. Christa is wat minder geconcentreerd. Ze maakt korte snuifgeluidjes alsof ze een niesbui moet onderdrukken en krabt aan haar neus.

Dan doorbreekt Annegreet de stilte.

'Is er een geest aanwezig in deze ruimte?' vraagt ze zonder haar ogen te openen.

Diana en Christa kijken allebei naar haar. Maar er gebeurt niets.

Annegreet herhaalt de vraag. 'Is er een geest aanwezig?'

Nog steeds niets. Met gesloten ogen en een regelmatige ademhaling zit Margien aan tafel.

Dan reikt Annegreet met haar rechterhand naar het plankje en nodigt Diana en Christa met een knikje uit hetzelfde te doen. Drie handen raken elkaar nu in het midden van de tafel aan.

'Wat is uw naam?'

Even lijkt het of het plankje iets verschuift, maar het kan ook verbeelding zijn.

Ingespannen staren ze nu naar de planchette. Geen beweging. Diana en Christa kijken elkaar veelbetekenend aan. Niet lachen nu!

Dan klinkt een vreemde stem, die uit het niets lijkt te komen.

'*Moeder.*'

Het is Margien die spreekt. Maar haar stem klinkt anders. Hoger. Met een vreemd accent.

'*Ik ben de moeder.*'

'Welkom, moeder, welkom in ons midden,' antwoordt Annegreet, alsof het de gewoonste zaak van de wereld is. 'Bent u gekomen om ons iets te vertellen?'

Geen antwoord. Maar Margien laat haar hoofd iets zakken. Een kort, minzaam knikje.

'Bent u dezelfde moeder die zich eerder manifesteerde en die een gids is van een van de aanwezigen aan deze tafel?' vraagt Annegreet.

Opnieuw een knikje.

'Wat wilt u met ons delen?'

Margien, of nee, de vrouw in wie ze is veranderd, kijkt op. Weer die zachte gelaatstrekken. Weer die trieste ogen... Dan krimpt haar bovenlichaam plotseling in elkaar alsof er een zwaar gewicht op haar drukt. Ze begint onverstaanbare woorden te prevelen. Pas na een tijdje dringt het tot Diana door dat ze een mengelmoesje van Nederlands en Duits spreekt.

'*Mein Kind... mein Kind, ich liebte es... und deshalb konnte ich mich von ihm nicht trennen...*'

'U verloor uw kind? Is dat wat u ons wilt vertellen?'

'*Mijn kind...*' zucht de vrouw, '*mijn troost en mijn gelijkenis, hij is zo jong gestorven.*' Een traan glijdt over haar wang. Dan haalt ze diep adem, alsof ze al haar moed verzamelt. Ze praat door op krachtiger toon. Haar stem is melodieus en ze articuleert zorgvuldig. Het is een deftige stem. '*Mijn kind stierf. Veel te jong. Ach, viel zu jung noch... Ik liet een kerk voor hem bouwen. Het godshuis te Erfurt was het monument voor de dood van mijn zoon.*'

Even is het stil. Diana ziet dat Christa met open mond zit te luisteren. Voor zichzelf moet ze constateren dat, hoe spectaculair het ook is wat hier gebeurt, ze er eigenlijk al een beetje aan begint te wennen. Via Margien voelt ze steeds sterker de nabijheid van de prinses.

'*Ik wist dat de ziel van mijn zozeer geliefde kind in Gods handen was,*' vervolgt de vrouw. '*Maar toch kon ik niet scheiden van hem. Ik kon... ik kon het niet verdragen dat ik hem kwijt was. Und darum...*' Ze aarzelt.

'Kon u hem niet loslaten,' constateert Annegreet kalm.

Het is alsof deze woorden de vrouw hard treffen. Even krimpt ze ineen, maar dan richt ze zich op en kijkt Annegreet strak aan. Er gaat een grote uitstraling van haar uit, iets... vorstelijks. Het is Margien, maar toch is het haar niet.

'*Ik... ik kwam in opstand tegen de wil van God... en... ik begroef mijn kind diep in mijn hart. Hij mocht niet dood en onbereikbaar zijn voor mij... Ik weigerde zijn geest los te laten. Ach mein Gott, hij moest bij me blijven!*' Deze laatste woorden komen eruit als een wanhopige smeekbede, waarbij de vrouw haar gevouwen handen ten hemel heft.

'Bleef u met uw zoon in contact?' In de stem van Annegreet klinkt voor het eerst een lichte belangstelling door.

'Het oranjehuis was mijn geheim.'

De vrouw is weer iets gekalmeerd.

'*Ik liet het bouwen, verborgen voor de wereld. Een enkeling slechts kende het bestaan. Slechts een enkele ingewijde, die, net als ik, de nieuwe leer van de levende geest aanhing... In het diepste geheim kwamen we bijeen om te spreken met onze geliefde overledenen. Ik bouwde het om in contact te blijven met mijn kind... Ik negeerde de grens tussen leven en dood... en riep zijn geest op om mijn eigen verdriet te kunnen dragen. Het oranjehuis was het monument voor het leven van mijn zoon.'*

Langzaam kijkt de vrouw omhoog. Tegelijkertijd strekt ze haar handen uit, de palmen naar boven. Precies hetzelfde gebaar als Margien maakte in de oranjerie. Wat ze nu zegt, klinkt zangerig.

'Door de glazen koepel valt het licht uit de hemel binnen. Het licht is als een groet van Johannes Willem, de bloem van mijn late leven. Mein geliebtes Kind...'

Op haar gezicht verschijnt een gelukkige glimlach.

Ze vouwt haar handen weer voor haar borst en laat haar hoofd zinken.

Een diepe ontroering heeft zich van Diana meester gemaakt. Maar ook een gevoel van gêne, alsof ze een voyeur is die een intiem moment tussen moeder en kind bespiedt.

Dan klinkt de stem van Annegreet. Hij trilt bijna van opwinding.

'U schiep een monument voor het leven van uw zoon. Waarom koos u juist die plek?'

De vrouw kijkt op.

'Het oranjehuis staat op een plaats van energie. Op een kruispunt met magische krachten. Zij die de gave hebben, weten dat.'

Haar blik gaat richting Diana. Die heeft het ijskoud. Ze heeft het gevoeld, die energie.

De stem gaat door: *'De zuiveren van geest vinden er positieve kracht. Maar... er is ook... Finsternis... Er is duisternis in het oranjehuis. Het is er vol negatieve energieën, die de kwaadwilligen tot duivelse daden brengen...'* In de stem van de vrouw is een schrille ondertoon geslopen. Paniek golft door Diana heen en ze slaat haar handen voor haar ogen.

'Het oranjehuis is ook de plek van... het kwaad...'
Diana wil dat de vrouw ophoudt met spreken.
'Hoed u voor het kwaad dat er schuilt!'

52

Ze hebben alle vier een groot glas rode port voor zich staan. Zelfs Margien, die het gewoonlijk bij kruidenthee houdt, is door de knieën gegaan. Er moet eventjes iets worden weggespoeld.

De beide zussen hebben net een kwartiertje in het kleine stadstuintje gestaan, waar Diana met trillende vingers een sigaret heeft opgestoken. Gelukkig was Christa nog té stupéfait om de vragen te stellen die zeker gaan komen. Maar nu nog even niet. Dat komt vanavond wel, als ze de tijd hebben uitgebreid met elkaar te praten. En Diana de kans heeft gehad om een plausibele verklaring te bedenken voor deze macabere sessie.

Annegreet nipt van haar drankje. Dan zet ze het glas bedachtzaam terug op het gevlochten onderzettertje en leunt achterover. 'Dus in de oranjerie hielden ze hun seances. Interessant. "De nieuwe leer van de levende geest", noemde ze het niet zo? Ingewijden die bijeenkwamen om in contact te treden met hen die waren overgegaan. Hmm. Qua tijd klopt het wel. Johannes Willem overleed rond 1860, dus de oranjerie zal kort daarna zijn gebouwd. In de tweede helft van de negentiende eeuw, de tijd dat Europa werd overspoeld door een golf van spiritisme. Het was een ware rage. Onder de gewone mensen, maar vooral ook in kringen van vorstenhuizen. Het was bij de adel erg en vogue om seances te houden. Zo is bijvoorbeeld bekend dat Sophie, de eer-

253

ste echtgenote van koning Willem III, spiritistische bijeenkomsten belegde, waarvoor ze beroemde mediums uitnodigde.'

'Toch wekte ze niet bepaald de indruk dat ze ermee te koop liep,' valt Diana haar in de rede. 'Het was eerder alsof ze zich ervoor schaamde.'

'Dat klopt. Ze moet gebukt zijn gegaan onder een verschrikkelijk schuldgevoel. Als gelovige vrouw ging ze hiermee namelijk recht tegen de leer van de Kerk in. Ze bood weerstand tegen Gods almacht over leven en dood. En daarom moest het in het diepste geheim gebeuren. Als het was ontdekt, dan was haar ziel tot in de eeuwigheid verdoemd.'

'Begon ze daarom over het kwaad?' vraagt Christa. 'Dat ging me door merg en been. Het ene moment leek ze zo gelukkig, het was of ze de nabijheid van haar kind voelde. Maar ineens sloeg dat om en begon ze hel en verdoemenis te preken.' Ze kijkt Diana aan. 'Jij schrok daar ook ontzettend van, toch? Ik zag hoe heftig je erop reageerde.'

Diana voelt dat ze verbleekt, maar ze houdt zich goed. Gelukkig neemt Annegreet het woord.

'Ik weet het niet... Om je de waarheid te zeggen kan ook ik daar niet precies de vinger op leggen. Ze beschreef de oranjerie als een energetische plek. Voor de bouw van zo'n spiritueel monument moet ze hebben gezocht naar een punt waar twee energielijnen elkaar kruisen. Het is interessant dat eens met een pendel of wichelroede te onderzoeken. Maar toch... blijkbaar zijn er tegengestelde energieën aanwezig. De positieve, van het licht. Maar ook negatieve. De zwarte krachten van het kwaad... de kwaadwilligen... Ik vraag me af wat of wie ze daarmee bedoelde.'

Diana voelt dat Margien naar haar kijkt. Om de aandacht af te leiden grijpt ze de portfles en schenkt de anderen nog eens in. Als ze hem met een vragende blik boven het glas van Margien houdt, schudt die langzaam haar hoofd.

Ze besluiten duur te gaan eten om het geld dat ze eigenlijk die middag aan kleding en make-up hadden willen uitgeven, alsnog te laten rollen. Het restaurant waar ze hun oog op hebben laten vallen zit voor die avond al vol, maar met de onuitputtelijke lijst van hotspots in haar mobieltje weet Diana toch een tafeltje te bemachtigen. Maar niet voor negen uur, dus dat geeft hun de kans eerst uitgebreid in haar kast te duiken om voor hen allebei een gepast outfitje uit te zoeken. Bij een fles goede chablis en uitgelaten als twee schoolmeiden plunderen ze de uitpuilende kasten van Diana. Volledig opgetut en lichtelijk aangeschoten zitten ze om halftien achter hun aperitiefje.

Diana kijkt Christa aan. Haar lieve zus. Voor het eerst sinds tijden voelt ze de aangename warmte van vertrouwdheid en verwantschap. Het gevoel van vriendschap dat ze kwijt is sinds haar breuk met Annemarie. Zo lang geleden lijkt dat nu al. Net zo lang als de tijd dat ze ook haar familie op een afstand heeft gehouden. Hoe heeft ze zo lang zonder gekund?

Ze heft haar glas. 'Op ons.'

'En op mama,' antwoordt Christa.

'En op mama,' herhaalt Diana. Ze klinken.

'Mama maakt zich zorgen over je,' zegt Christa, 'maar dat durft ze je zelf niet te zeggen. En je moet me ook beloven dat je haar niet laat merken dat ik erover ben begonnen. Maar ik wil toch dat je het weet, want dan kun je haar misschien geruststellen. Mama slaapt al een paar maanden heel slecht en ik ben al met haar naar de dokter geweest. Die zegt dat het aan haar leeftijd ligt, dat oude mensen minder slaap nodig hebben, maar dat geloof ik niet. Ze ligt wakker omdat ze ligt te piekeren. Over jou. Ze vindt dat je bent veranderd. Ze denkt dat er iets is gebeurd wat je haar niet vertelt. Daar is ze ongerust over. Ik probeer haar er steeds maar van te overtuigen dat dat uit de lucht is gegrepen. Dat we zo weinig van je horen omdat je het te druk hebt in je nieuwe baan. Dat het juist heel goed met je gaat... Maar misschien is het toch beter dat je dat zelf gauw aan mama vertelt.

Tenminste,' Christa kijkt Diana vorsend aan, 'als ik me daarin niet vergis...'

Christa's woorden komen hard aan. Om zich een houding te geven, begint Diana wat olijventapenade op een stukje stokbrood te smeren, dat ze Christa aanbiedt. Even overweegt ze om haar een – ietwat gecensureerde – versie van de afgelopen tijd voor te leggen, maar ze besluit dat toch maar niet te doen. Daarvoor kent ze Christa te goed. Die is gewoon te slim om zich om de tuin te laten leiden en zal aan een paar goedgekozen vragen genoeg hebben om de hele waarheid aan het licht te krijgen.

Natuurlijk heeft ze zich gerealiseerd dat Christa's deelname aan de channeling de nodige vragen en misschien zelfs argwaan zou opwerpen, maar dat risico heeft ze bewust genomen. Niet om haar zus deelgenoot te maken van de shit waarin ze momenteel zit, maar uit een intense behoefte om weer eens de nabijheid te voelen van iemand die daar juist niets van weet. Met wie ze ongecompliceerd kan omgaan, zonder dat die hele last van de afgelopen tijd als een loden bal tussen hen in hangt.

'Het gaat inderdaad gewoon goed met me,' zegt ze dan. 'En ik heb het knetterdruk. Maar je hebt gelijk, dat is natuurlijk geen excuus om mama te verwaarlozen. Dat spijt me echt heel erg. Ik beloof je dat ik haar morgen zal bellen. En dat ik snel eens langsga.'

Voor de tweede keer komt de ober aan hun tafel om hun bestelling op te nemen en ze duiken allebei ijverig in de menukaart, waarop ze tot nu toe nog geen blik hebben geworpen. Gelukkig is het een vlot type, dat met een paar heel aantrekkelijke suggesties komt. Allebei overhandigen ze hem met een gerust hart de kaart, in de overtuiging dat hij een goede keuze voor hen heeft gemaakt.

'Ik vond het wel heel bijzonder, hoor, vanmiddag,' begint Christa. 'Maar hoe ben je zo bij die paranormale dames verzeild geraakt? Ik vind dat helemaal niks voor jou, die hocus-pocuswereld, die degelijke kapsels en dat burgerlijke meubilair.'

Ze kijken elkaar aan en schieten alsnog in de lach, alsof ze sinds vanmiddag nog wat hebben in te halen.

Dan vertelt ze Christa het verhaal dat ze inmiddels heeft verzonnen. Dat ze tijdens haar werk in de oranjerie een spirituele energie heeft 'gevoeld' en er een deskundige bij heeft gehaald om haar vermoedens te bevestigen. En dat niet alleen zij, maar ook Margien volledig overdonderd was door de impact die dat had.

'Dus die Marianne heeft écht bestaan?' vraagt Christa ongelovig als ze is uitgesproken.

Kort vertelt Diana wat ze inmiddels allemaal van de prinses weet.

'Wat verschrikkelijk,' zucht Christa als ze bij de dood van Johannes Willem is aangekomen. 'De dood van je kind. Dat is het ergste wat een moeder kan overkomen.'

Het is alsof Diana door een moker wordt getroffen. Alsof Christa's woorden een open zenuw raken.

Het ergste wat een moeder kan overkomen...

Hoezeer moet Annemarie hebben geleden onder de angst dat Eefje zou sterven! Voor het eerst dringt dat besef volledig tot Diana door.

Haar schuldgevoel, dat tot nu toe een sluimerend leven in haar binnenste heeft geleid, komt genadeloos opzetten.

Ze moet nu echt eens iets gaan doen om het goed te maken met Annemarie!

53

Alleen al de stad uitkomen heeft bijna twee uur geduurd. Joep wist dat Bangkok groot was, maar dat het zo'n monsterlijke, uit zijn voegen gegroeide gruwelstad was, had hij niet gedacht. Meteen al vanaf het begin was er geen doorkomen aan. Met een slakkengangetje sukkelden ze door de brede straten. Vóór hen was de file eindeloos en achter hen ook. Er waren momenten dat ze meer dan tien minuten gewoon stilstonden. Gek was hij ervan geworden en hij heeft een paar keer serieus de neiging gehad om uit te stappen en te gaan lopen. Maar daarin was hij wel de enige, want in de auto's om zich heen zagen de chauffeurs en passagiers er doodkalm uit. Net als Rangsit naast hem aan het stuur. Stuk voor stuk straalden ze rust en geduld uit. Allemaal boeddha's in de dop. Hij was haast ontploft van ergernis.

Steeds als hij dacht – of eigenlijk hoopte – dat de stadsgrens nu wel nabij moest zijn en er eindelijk eens gas gegeven kon worden, doken er weer nieuwe wijken op met torenhoge kantoorgebouwen, supermarkten en winkelcentra. Blok na blok onafzienbaar beton. Hij had een tijdje zijn uiterste best gedaan om te kalmeren. Om zich te ontspannen en de spreekwoordelijke oosterse gelatenheid over zich heen te laten komen, maar zonder veel succes. Hij blijft een westerse driftkikker.

Rangsit zag daar wel de humor van in. En uiteindelijk was ook

Joep zelf in de lach geschoten. Als een boer die kiespijn heeft. Maar het had de spanning wel wat gebroken.

Helaas niet voor lang. Want daarna, toen er eindelijk wat schot in leek te komen en er op normaal tempo gereden kon worden, kwam er geen einde aan de rondwegen met hun fly-overs. En toen kondigde Rangsit ook nog eens aan dat er getankt moest worden en moesten ze dus opnieuw stoppen.

Om dit aan te kunnen, moet je gewoon een halve heilige zijn.

Wat natuurlijk wel een mazzeltje is, is dat ze de fourwheeldrive van Rangsits vriend mochten lenen. Dat heeft een hele hoop problemen opgelost, want Nakhon Thai, het stadje in het noorden waarheen ze op weg zijn, is niet alleen een kleine vierhonderd kilometer van Bangkok verwijderd, maar ook nog eens nauwelijks met het openbaar vervoer te bereiken. En zo'n terreinwagen is bovendien een uiterst comfortabele manier van reizen, als je de kosten even buiten beschouwing laat. Want dit brandstof slurpende gevaarte rijdt een op acht.

'Rij jij het volgende stuk?' vraagt Rangsit als ze van het tankstation naar de auto lopen. 'We komen direct op de National, de voornaamste verkeersader naar het noorden. Dan rijden we de centrale vlakte in, misschien niet het mooiste deel, maar wel het kloppende hart van mijn geliefde vaderland.'

De National is een brede autosnelweg waarop de talloze auto's, vrachtwagens en airconditioned tourbussen ruim baan hebben. Jumbojets vliegen gierend over van en naar het vliegveld van Bangkok. Hoog achter het stuur van deze gave Range Rover is Joep helemaal in zijn element. Met zijn duimen roffelt hij het ritme mee van de Thaise smartlappen die in de cd-speler zitten en steeds verder drukt hij het gaspedaal in, totdat Rangsit hem fijntjes op de borden wijst die de maximumsnelheid aangeven.

Aan weerszijden van de snelweg strekt het strakke patroon van de rijstvelden zich uit, omgeven door kaarsrechte aarden dijkjes.

Overal op de velden zijn boeren aan het werk. Ze dragen blauwe hemden en beschermen hun gezichten tegen de felle zon met strohoeden.

'Dit is bijna het einde van het droge seizoen,' zegt Rangsit. 'Zoals je gemerkt hebt zijn de regens dit jaar eerder gekomen dan normaal, dus zijn ze met man en macht in de weer om de akkers bouwrijp te maken.'

Sommigen van de boeren ploegen hun akkers nog met behulp van waterbuffels, om de droge en gebarsten grond te bewerken. Maar de meesten van hen zijn inmiddels overgeschakeld op tractoren.

'Als je hier over een maand komt, herken je het niet meer,' zegt Rangsit. 'Als de regens van de natte tijd zijn gekomen en de velden bevloeid zijn, schieten meteen de jonge rijstplanten op. Die zijn van een kleur groen die zo intens en helder is, dat je ogen er pijn van doen. Dit mag dan qua natuur niet het spectaculairste deel van Thailand zijn, het is wel het vruchtbare hart. De grote voorraadschuur die de bevolking al sinds mensenheugenis van voedsel voorziet. Rijst is onze rijkdom en het bestaan van vele Thai is nog steeds afhankelijk van een geslaagde rijstoogst.'

Nadat ze nog eens twee uur hebben gereden, besluiten ze tot een korte pauze. Ze stoppen bij een klein eettentje langs de weg, waar Joep na een korte blik op de uitgestalde etenswaren besluit dat het veiliger is zich te beperken tot een blikje cola en een rol biscuitjes. Rangsit daarentegen leeft helemaal op van het voedsel dat in de ongekoelde vitrines uitgestald ligt. Allemaal traditionele gerechten uit de boerenkeuken, vertelt hij, die in Bangkok nergens meer op de kaart staan – Joep vermoedt dat hij weet waarom. In zijn rappe taaltje instrueert Rangsit de oude kokkin hoe hij zijn lunch geserveerd wenst te zien en hij blijft zelfs bij haar staan kijken hoe ze de groenten en het vlees in de sissende olie bereidt. Aan het gammele tafeltje onder het stalen afdakje kneedt hij even later met zichtbaar genot met zijn vingers de kleefrijst tot kleine balletjes, die hij in de schaaltjes met de curries doopt. Pas als alles schoon op is, kunnen ze verder.

Weer kilometers lang over het zinderende asfalt. Op weg naar een onbekend doel.

54

Klokslag vier uur staat Natasja opeens voor haar neus. In een jurk. Zo heeft Diana haar nog nooit gezien. 'De afscheidsreceptie begint. We worden nu beneden verwacht.' Wat is die ineens punctueel, denkt Diana. Normaliter is zij het zelf die haar secretaresse opmerkzaam moet maken op een afspraak.

'Ga jij maar vast en zeg maar dat ik er zo aan kom,' zegt ze terwijl ze haar ogen weer op de Excelsheet richt.

'Het begint om vier uur precies.' Natasja klinkt ongeduldig, alsof ze grote haast heeft.

Ze kijkt op van haar scherm. 'Ik zeg je net dat ik zo kom,' zegt ze met nadruk op elk woord. Strak kijkt ze haar secretaresse aan. De bruine jurk staat haar van geen kant.

'Oké,' mompelt Natasja, en ze draait zich om.

Als ze langs haar naar de deur loopt, laat ze een lichte geur in de kamer achter. Een bitterzoete geur die Diana bekend voorkomt, maar die ze niet direct kan thuisbrengen. Een nieuw parfum? Nee, dat kan niet. Het is een... kamferachtige lucht. Natasja's jurk ruikt heel in de verte naar mottenballen.

Ze overweegt er iets over te zeggen, maar besluit dat toch maar niet te doen. Natasja is al getergd genoeg. En misschien is dit wel haar feestjurk, die ze alleen voor speciale gelegenheden uit de kast haalt. Zoals de afscheidsborrel van Tjibbe Elema.

Als ze tien minuten later de grote salon binnenstapt, is het er een drukte van belang. De afscheidsborrel van de voorzitter van de raad van commissarissen is in volle gang. Ze loopt tussen de groepjes kletsende mensen door, op zoek naar Tjibbe. Het valt haar op dat ze te midden van haar collega's en zakenrelaties zoveel onbekende gezichten ziet. Waarschijnlijk hebben de meesten van hen hun partner ook meegenomen. Ze ziet Antoinette van Rooy staan naast Karel. Hun dochter Elaine, die ze herkent van de nieuwjaarsreceptie, staat iets verderop, in gesprek met Natasja. Ze moeten ongeveer van dezelfde leeftijd zijn. Het is een groots afscheid voor een groots bestuurder, die Tjibbe is. Ze kent hem al sinds haar tijd bij Unilever, meer dan tien jaar geleden. Toen was hij ook al een markante figuur. Met hem wordt een tijdperk afgesloten.

Als ze hem en zijn lieve vrouw Monique heeft gezoend en uitvoerig heeft geïnformeerd naar hun toekomstplannen, pakt ze een glas bronwater van een dienblad dat haar wordt voorgehouden en loopt ze naar een van de hoge partytafels. Ze zet het glas en haar tas op tafel en neemt plaats op een kruk. Als ze ziet dat Patrick haar kant op komt, met aan zijn arm de onvermijdelijke Xenia, kijkt ze demonstratief de andere kant uit. Daar heeft ze nu even geen zin in. Gelukkig keuren ze haar geen blik waardig, maar lopen ze links en rechts groetend in de richting van het feestvarken, in de wetenschap dat alle ogen op hen zijn gericht. Sterallures waar David en Victoria nog een puntje aan kunnen zuigen.

'Mag ik bij je komen zitten?' Het is receptioniste Irma. Ook zij is anders gekleed dan gewoonlijk. Ze draagt een kuitlange rok met daarop een soort jak. Wat hebben die meiden toch vandaag?

'Natuurlijk. Sigaretje?' Ze houdt Irma het pakje voor en algauw zijn ze verwikkeld in een diepgaand gesprek over het verschil in smaak van de bekende sigarettenmerken. Irma blijkt verrassend geestig uit de hoek te kunnen komen en ze lachen heel wat af.

Na een minuut of twintig moet ze plassen. 'Let jij even op mijn tas?' vraagt ze.

'Tuurlijk,' zegt Irma, 'en zal ik ook nog een spaatje voor je bestellen?'

'Doe me nu maar een sjuutje,' zegt Diana.

Als ze even later terugkomt, zijn allebei de krukken leeg. Haar tas staat nog op tafel met daarnaast een glas jus d'orange. Net als ze weer gaat zitten, duikt Irma naast haar op.

'Sorry, Diana, maar ik werd net voorgesteld aan de nieuwe vriend van mijn collegaatje. Vind je het erg als ik even met ze blijf praten?'

'Helemaal niet. Het wordt tijd dat ik ook eens wat ga circuleren.' Ze pakt haar tas en het glas en loopt verder de zaal in, waar ze kort daarvoor Anton heeft gezien.

Als die haar ziet, breekt er een brede glimlach op zijn gezicht door. Met een galant gebaar nodigt hij haar uit naast hem plaats te nemen. Ze klinken, zijn biertje tegen haar sapje. Ze neemt een flinke slok.

Ze praten. Lachen. Met Anton is het altijd leuk.

Is het hier nou zo warm? Ze neemt nog een slokje. Dan zet ze het glas weg. Opeens staat die jus d'orange haar tegen. Misschien toch beter een watertje.

'Jij nog een biertje?' vraagt ze aan Anton. Ze kijkt om zich heen of ze een ober ziet.

Er glijdt een zweetdruppel over haar rug. Ze voelt dat ze draaierig wordt. Licht in het hoofd. Raar. Met een versteende glimlach op haar gezicht blijft ze luisteren naar de anekdote die Anton aan het vertellen is. Maar er dringt geen woord van het verhaal tot haar door.

Hoeveel heeft ze gedronken? Niks. Alleen spa. En jus. Alleen al als ze eraan denkt, wordt ze misselijk. Kan de jus d'orange bedorven zijn?

Het is hier om te stikken.

In haar tas klinkt het gegons van haar telefoon. Klinkt dat altijd zo hard? Ze pakt hem eruit en opent het sms'je. Leest het. Knippert met haar ogen en leest het opnieuw.

MISSELIJK, WIJF?

Het staat er echt. Haar hart begint sneller te slaan. Vlug drukt ze het berichtje weg. Haar hoofd tolt.

Ze kijkt op. Antons gezicht. Zijn lippen bewegen. Hij zegt iets tegen haar, maar ze kan het niet verstaan want het geroezemoes van het feestje is zo luid, dat het zijn woorden overstemt. Paniekscheuten in haar buik. Ze moet hier weg!

'Ik... ik... je moet me even verontschuldigen,' zegt ze. Tenminste, dat hoopt ze, want haar eigen woorden galmen in haar oren. Ze pakt haar tas en laat zich van haar kruk glijden. Zakt bijna door haar benen, maar grijpt zich net op tijd vast. Dan loopt ze weg, de mensenmassa in.

Het lawaai dendert op haar trommelvliezen en de vloer lijkt onder haar te golven. Waar is de uitgang? Ze struikelt en valt tegen een vrouw aan. Een guts rode wijn. Een verontwaardigde blik.

Daar is de deur. Ze strompelt ernaartoe en trekt hem achter zich dicht. Eindelijk alleen.

Op de gang zakt de paniek wat weg. Maar de zoem in haar hoofd blijft doorzeuren en de duizelingen houden aan. Gegons uit haar tas. Weer een sms. Om hem te kunnen lezen, moet ze haar linkeroog dichtknijpen.

MISSELIJK WIJF.

Het zuur brandt in haar slokdarm. Ze kokhalst. Snakt naar adem. Wat gebeurt er? Hoe kan ze zo acuut ziek geworden zijn?

Weer het gegons van een sms-bericht. Ze smijt de telefoon in haar tas.

Wat nu? Ze trilt over haar hele lichaam. De kakofonie in haar hoofd houdt maar aan. Een heftige kramp in haar maag. Zwaar steunt ze tegen de muur.

Achter de deur dreunt het doffe rumoer door, maar in de gang begint een ander geluid rond te zingen. Scheller. Het zwelt aan als een ouderwetse langspeelplaat die langzaam op toeren komt. Het komt overal vandaan en nergens. Steeds scheller wordt het, snerpender. Met haar handen bedekt ze haar oren. Maar het geluid snerpt er dwars doorheen. Dan herkent ze het. Het schelle lachje.

Xenia.

Schichtig kijkt ze om zich heen. Als een wild dier. Haar blik is onscherp, maar op de trap ziet ze een gestalte die naar boven schiet. Xenia? Weer klinkt het schelle lachje. Honend, dit keer.

Het moet haar wel zijn. Dat kutwijf. Ze daagt haar uit.

Ze moet achter haar aan. Haar de waarheid zeggen.

Deze kwelling moet ophouden.

De bedreigingen moeten stoppen. Het is nu of nooit.

Ze klampt zich vast aan de trapleuning. Hijst zichzelf de eerste tree op. De tweede... Met al haar wilskracht lukt het haar om de trap naar de derde etage te beklimmen.

Nahijgend tuurt ze de gang in. Ziet alles dubbel. De kleuren zijn feller. Het tapijt, de planten. Verder niets. Geen Xenia.

Doodse stilte nu. Alsof er een vacuüm in haar hoofd zit.

Dan opnieuw: het lachje. Halverwege de gang. Uit een van de kamers.

Eén deur staat op een kier.

De hare.

Een furieuze woede begint door haar aderen te kolken. Hoe durft ze!

Voetje voor voetje schuifelt ze naar de deur. Met elke stap die ze zet lijkt de gang langer te worden. Als in een boze droom. Er komt geen einde aan.

Eindelijk is ze er.

Ze geeft de deur een zetje. Hij zwaait open.

In de kamer is het koud. Een vlaag ijzige tocht in haar gezicht.

Geen Xenia.

Wel een geur. Ze sluit haar ogen. Snuift. Een waakhond die een spoor ruikt.

Ze ruikt... Ze kent die geur... Het is... Femme. Xenia's geur. Ze moet hier zijn. Haar prooi.

Ze opent haar ogen.

Alles in de kamer is vloeibaar. De muren glijden om haar heen en het tapijt deint onder haar voeten. Een onderwaterwereld.

De ramen van de ronde erker staan wijd open. De lange vitrages dansen op de tochtstroom, die ze naar buiten trekt.

Is ze daar?

Als door een magneet wordt ze naar de erker gezogen. Knielt neer op de lage vensterbank en kijkt naar buiten, het park in. Alles lijkt veranderd. Ze houdt zich vast aan het kozijn en helt voorover om in de diepte te kijken. De diepte die lonkt.

Een grote vredigheid daalt over haar neer. Een intense gelukzaligheid.

Vliegen.

Ze zou nu kunnen vliegen. En vergeten.

Dan laat ze het kozijn los.

55

Joep en Rangsit staan aan de rand van een hoog bergplateau. Onder hen strekt zich een weidse vallei uit met in het midden een groot meer. Het water heeft een gelige kleur. De oevers van het meer zijn bebouwd. Aan de zuidelijke kant staan houten vissershuisjes op palen in het water. Aan de terrassen hangen netten te drogen in de zon. Meer naar het noorden toe wordt de bebouwing moderner, de huizen zijn van beton en de meeste ervan hebben een tv-antenne op het platte dak.

Iets verder in de vallei, in westelijke richting, ligt hun doel. Een groot industrieel complex waar, volgens de informatie van Rangsit, de fabriek van Tjao Jing gevestigd moet zijn.

'Mag ik de verrekijker even?' vraagt Joep aan zijn vriend. Hij stelt de scherpte in en bekijkt nauwgezet het uitgestrekte fabriekscomplex. Vierkante hallen met een hoge schoorsteenpijp die grauwe rook uitbraakt. Daarnaast een soort woonblokken. Om het hele terrein heen staan stalen hekken met prikkeldraad. Het complex doet Joep denken aan een concentratiekamp.

De eerste dag van hun reis zijn ze niet verder gekomen dan Phitsanulok, een grote provinciestad 350 kilometer ten noorden van Bangkok. Volgens Rangsit moest het ooit een mooie stad zijn geweest, maar daar was niet veel van over na een grote brand die in de jaren zestig een groot deel ervan in puin had gelegd. Nu was het een tamelijk saaie collectie betonnen winkels en huizen. In het centrum vonden ze meteen een hotel, dat, zoals ze eigenlijk wel hadden verwacht, nog volop kamers beschikbaar had. En ook nog eens voor een zeer aantrekkelijke prijs. Aan het begin van de avond hadden ze eerst een rondje door de stad gelopen. Het oversteken ging beduidend gemakkelijker dan in Bangkok, ondanks de talloze riksjarijders, die zich druk bellend door het verkeer bewogen. Verder veel winkeltjes en weinig toeristen.

Daarna waren ze gaan eten in een van de talloze drijvende restaurantjes in de rivier en had Joep zijn mening over Phitsanulok moeten bijstellen: de kaden langs de rivier met hun kleurige woonboten waren ontegenzeglijk schilderachtig.

De volgende ochtend vertrokken ze tijdig over de provinciale weg in oostelijke richting en daarna waren ze naar het noorden toe de bergen in gereden. Vanaf hier had hun fourwheeldrive voor het eerst zijn nut bewezen, want de wegen werden allengs slechter. Op sommige plaatsen zat het wegdek vol diepe kuilen, waar Rangsit al zijn stuurmanskunst voor nodig had gehad. Een andere risicofactor vormden sommige medeweggebruikers en Rangsit moest meer dan eens op de remmen als er bij een daling een ossenkar voor hen opdoemde of een vrachtwagen die met een sukkelgangetje tegen de helling op reed. Na elke haarspeldbocht veranderde het uitzicht. Steile berghellingen met een soort wijngaarden en een paar watervallen, die, als hij Rangsit mocht geloven, in het regenseizoen imposant moesten zijn, maar nu een vrij armzalige aanblik boden. Van tijd tot tijd kwamen ze door dorpjes, die voornamelijk bestonden uit traditionele houten huizen op palen. Onder de huizen zaten vrouwen achter hun kookketels en een enkele man met een transistorradio. De dorpskinderen speelden op straat en de meesten van hen renden joelend van plezier achter de Range Rover aan.

Tot twee keer toe waren ze verkeerd gereden en een keer daarvan hadden ze de auto moeten keren op een doodlopende weg direct naast een angstwekkend diep ravijn. Het was maar goed dat Rangsit de tegenwoordigheid van geest had gehad om in Phitsanulok twee grote jerrycans met benzine te vullen, anders waren ze jammerlijk gestrand.

En uiteindelijk, na een vermoeiende rit van meer dan vijf uur, waren ze hier op dit plateau aangekomen.

'Als je niet beter zou weten, zou je denken dat het een gevangenis is,' zegt Joep tegen Rangsit als hij de verrekijker teruggeeft. 'Wat denk je, zijn die hekken bedoeld om pottenkijkers als wij op een afstand te houden of om de fabrieksarbeiders binnen te houden?'

'Om daarachter te komen zullen we een tijdje moeten posten. We zullen de boel een tijdlang in de gaten moeten houden. Kijken wat er gebeurt. Misschien wel de hele nacht.'

'Aantrekkelijk vooruitzicht. Het lijkt wel een militaire operatie.'

'Ja, vriend, we zijn hier niet op vakantie. Kom, in de auto liggen slaapzakken. Ik heb ook flessen water meegenomen. Verder zullen we ons met instantnoodles en droge koekjes moeten behelpen. Dat is waar ik nog het meest tegen opzie.'

Samen lopen ze terug naar de Range Rover, die in een inham naast de weg geparkeerd staat.

'Ik neem de eerste wacht op me en jij lost me over vier uur af.' Rangsit kijkt op zijn horloge. 'Dan is het zeven uur.' Hij opent de achterklep en trekt een groen dekzeil naar buiten. 'Hier, pak aan, kameraad!'

56

Met een schok komt ze overeind.

Waar is ze?

Ze ligt op een bed. In een grote kamer. Naast het bed brandt een nachtlampje.

Haar jasje hangt over een stoel. Daaroverheen haar zijden sjaal. Haar schoenen staan eronder. Snel kijkt ze naar beneden. Verder heeft ze alles nog aan. Alle knopen van haar bloes en broek zijn dicht. Godzijdank.

Maar hoe komt ze hier in godsnaam?

Ze kent deze kamer niet. Hoe is ze hier terechtgekomen? Ze probeert het zich te herinneren. Vreemde flarden komen boven.

De geur. De bedwelming van het parfum.

De vleugels die ze kreeg en diepte die haar riep.

De verrukking. De val.

Daarna is alles zwart.

Nee.

Langzaam maar zeker keert de realiteit terug. Ze was op de receptie. Anton was er. Ze dronk een glas jus.

Er zat iets in mijn drankje, denkt ze. Ze hebben iets in mijn drankje gedaan waardoor ik ging hallucineren. Wie?

Anton.

Een rape drug?

De deur van de kamer gaat open en er komt een man binnen. In zijn hand een glas water. Het is Anton.

Diana deinst terug.

Hij zit in de stoel, die hij bij het bed heeft getrokken. Kijkt haar met grote, bezorgde ogen aan.

'Ik durfde je niet alleen te laten,' zegt hij.

Hoe heeft ze maar één seconde kunnen denken dat hij het was? Deze lieve, sympathieke man die keer op keer bewijst dat hij een heel groot hart heeft.

Nee, het is duidelijk dat deze aanval uit dezelfde hoek komt waaruit tot nu toe alle bedreigingen zijn gekomen. Xenia.

Hij heeft haar verteld dat hij naar haar op zoek is gegaan. Toen ze na twintig minuten nog niet terug was, begon hij zich zorgen te maken. Hij had al zo'n vermoeden dat ze plotseling onwel was geworden.

Eerst heeft hij rondgekeken in de salon, om te zien of ze niet bij iemand anders was blijven plakken. En toen heeft hij het feestje verlaten en is naar de damestoiletten gegaan. Daar heeft hij gewacht tot er een vrouw naar buiten kwam. Die is op zijn verzoek even teruggegaan, maar verzekerde hem dat er echt verder niemand was. Op de terugweg naar de salon zag hij haar sjaal liggen, op de trap naar de kantooretage. Op zijn weg naar boven heeft hij hem opgeraapt.

De deur van haar kantoor stond open en het was er koud. Hij is zich wild geschrokken toen hij haar zag, gevaarlijk geknield op de lage vensterbank van de erker. Ze leek in een soort trance.

'Ik ben voorzichtig naar je toe gelopen. Ik was bang dat je zou schrikken. Ik heb zacht je naam geroepen, maar je reageerde niet. Toen heb ik je bij je schouders vastgepakt. Het was alsof je je wilde laten vallen.'

Hij ziet dat ze naar het glas water reikt en pakt het voor haar. Als ze het van hem overneemt, raken hun vingers elkaar.

'Je was heel ver weg en zei geen woord. Je staarde met een lege blik voor je uit. Het was alsof je... drugs had gebruikt.' Hij kijkt haar aan, maar zij reageert niet.

'Je kon onmogelijk terug naar de receptie. En ik wilde ook niet het risico lopen dat je in die toestand alleen naar huis zou rijden. Wat moest ik doen? Ik durfde je niet alleen te laten. Dus heb ik je in mijn auto gezet en meegenomen naar mijn huis. Dit is mijn logeerkamer.' Hij glimlacht verontschuldigend.

'Dank je,' zegt ze. Het zijn de eerste woorden die ze spreekt sinds hij is binnengekomen. Haar stem klinkt schor. Ze schraapt haar keel.

'Ik denk dat een grapjas iets in mijn jus d'orange heeft gedaan. Lsd of zo, of ecstasy. Nadat ik ervan gedronken had, begon ik te hallucineren. Alles veranderde: het geluid, de dingen die ik rook en zag. Ik heb een vreselijke bad trip beleefd.' Ze kijkt Anton aan. 'Geloof me, ik ben echt niet aan de drugs.'

'Maar wie zou jou zoiets aandoen? Dat is toch volslagen bespottelijk? We zitten bij Laurens toch niet in de onderwereld? We leven er toch niet in een crimineel milieu?'

Hij moest eens weten.

'Als dat zo is, dan is het politiewerk.' Anton begint zich nu behoorlijk op te winden. 'Dat valt toch niet te tolereren. Dit moet tot op de bodem worden uitgezocht!'

'Nee. Dat heb ik liever niet.'

Hij kijkt haar verbijsterd aan.

'Ik wil je vragen het te laten rusten. Misschien heb ik me vergist. Misschien ben ik gewoon oververmoeid.'

'Maar...' begint hij heftig. Dan zwijgt hij plotseling en denkt na. 'Het heeft toch niet met jou en... Patrick te maken, hè?'

Die woorden gaan als een schok door haar heen. Ze barst in tranen uit. Ze probeert haar gezicht in haar handen te verbergen.

Ze voelt dat hij zich over haar heen buigt. Zijn hand streelt zacht haar haar.

'Stil maar,' fluistert hij. 'Stil maar. Hier ben je veilig.'
Zijn armen glijden om haar heen.
Ze richt haar hoofd op. Haar wang raakt de zijne.
Zijn lippen zoeken de hare.
Heel even biedt ze weerstand, maar dan opent ze haar mond.

57

Saai.

Dat is het woord dat het het best beschrijft.

Doodsaai.

Hij zit hier nu al ruim een uur en de duisternis is allang ingevallen. In de huizen rond het meer zijn kleine lichtjes aangestoken en over het water hangt een melkachtig waas. De maan is net opgekomen. Hier en daar flakkeren kleine vuurtjes op, waarop de bewoners van de vallei hun eten bereiden. Het terrein van het fabriekscomplex wordt beschenen door drie enorme lichtmasten; de vierde functioneert niet. Het biedt daardoor een zo mogelijk nog naargeestiger aanblik.

In de auto ligt Rangsit te slapen. Met een opgerolde slaapzak als kussen. Zoals het een goede Thai betaamt is hij vertrokken zodra hij zich op de op de achterbank heeft neergevlijd. Een knappe jongen die hem nu nog wakker krijgt.

Al in de eerste uren van hun observatie hebben ze bij de fabriek de nodige activiteit waargenomen, die reden geeft tot zorg. Terwijl ze gebroederlijk naast elkaar op het dekzeiltje van hun karige maaltijd genoten, kwamen ze tot de ontdekking dat er met tussenpozen van ongeveer een halfuur bewakers over het terrein lopen, die het terrein en de gebouwen controleren. Nauwgezet inspecteren ze de deuren van de woonblokken en de doorgangen tussen de gebouwen, sommige zelfs met honden. En sinds de schemering is ingevallen dragen ze grote schijnwerpers met zich mee, waarmee ze elk donkere hoekje beschijnen.

Bij hen beiden heeft dit de indruk versterkt dat de bewaking niet zozeer gericht is op het gevaar van indringers, maar meer op dat van een uitbraak. Er is zelfs een moment geweest dat Joep zich afvroeg of ze wel het goede object in de gaten hielden. Het zijn eerder taferelen die je verwacht rond een werkkamp.

Een uur na het eten sloeg de verveling toe en heeft hij geprobeerd wat in de auto te slapen. Maar de achterbank was net te kort voor zijn postuur en de laadbak te hard, zelfs met een slaapzak. Zolang het licht was, kon hij nog een beetje lezen, maar daarna restte niets dan voor zich uit staren in de duisternis. Maar toen Rangsit hem kwam halen voor de aflossing van de wacht was hij toch in een soort halfslaap gesukkeld. In een verkeerde houding. Het duurde zeker een kwartier voor de zeurende pijn in zijn nek was verdwenen.

Hij schijnt met zijn zaklantaarn op zijn horloge. Nog geen half-negen. Zijn maag knort. Hij neemt een paar slokken water om het hongergevoel te onderdrukken. Dan pakt hij de verrekijker en focust op het terrein. Het lijkt of er ineens meer activiteit valt te bespeuren dan voorheen. Er lopen nu meer bewakers tegelijk rond en het is of ze elkaar dingen toeroepen. De lichtbundels van hun schijnwerpers dansen over de grond en de gebouwen. Dan nemen ze allemaal verspreid over het terrein een positie in. Twee bij de toegangspoort en de anderen in de buurt van de poorten van de fabriekshallen.

Er staat wat te gebeuren, dat is zeker.

Een sirene begint te loeien. Een jankend geluid, afwisselend kort en lang, kort en lang, dat echoot door de vallei. Bijna tegelijkertijd gaat de poort van de grootste fabriekshal open en stromen er tientallen arbeiders tegelijk naar buiten. De bewakers schreeuwen zenuwachtige commando's en de stroom vormt zich tot twee groepen, die voor de hal blijven staan. In eerste instantie denkt Joep dat hiermee de mannen van de vrouwen worden gescheiden, want de arbeiders in de ene groep zijn beduidend kleiner dan die in de andere. Maar als hij beter kijkt, ziet hij dat dat niet het geval is. De kleine groep bestaat niet uit vrouwen, maar uit kinderen. Jongens en meisjes, sommige niet ouder dan tien, schat hij, die bewegingloos naar de grond staan te kijken. Haveloos gekleed en op blote voeten.

Als een van de bewakers op een fluitje blaast, zet de groep volwassenen zich in beweging. Gedisciplineerd marcheren ze in de richting van de toegangspoort, waar de twee bewakers het hek al hebben geopend. Voor het eerst ziet Joep nu dat zich buiten het terrein ook al een groep mensen heeft verzameld. Mannen en vrouwen, uitsluitend volwassenen. Dat zal de nachtploeg zijn. Na een korte begroeting verdwijnen de arbeiders voor wie het werk erop zit in de nacht.

Terwijl de eerste rij nog naar buiten stroomt, klinkt er een tweede fluitje en komt er beweging in de tweede rij. De kinderen zetten een looppas in en vier van de bewakers sporen ze met geschreeuw aan tot meer haast. Met gebogen hoofden dribbelen de kinderen in de richting van de woonblokken. Joep raakt algauw de tel kwijt.

Een van de kinderen struikelt, een meisje, uitgeput waarschijnlijk van een lange dag arbeid. Ze valt tegen de jongen direct voor haar aan, maar wordt direct door de dichtstbijzijnde bewaker ruw aan haar arm omhooggesleurd. Hij schreeuwt tegen haar en trekt zijn wapenstok. Tot Joeps verbijstering slaat hij daarmee op haar rug terwijl hij naast haar meerent. Het kind krimpt ineen en ook de kinderen om haar heen duiken in elkaar.

'Hier klopt iets niet,' klinkt het uit de duisternis, en Joep schiet van schrik een stuk opzij. Rangsit staat achter hem, in T-shirt en boxershort.

'Jezus, man, je bezorgt me nog een hartverlamming,' zegt hij verwijtend.

'Dat kan niet erger zijn dan wat die kinderen overkomt.'

'Ja, daar heb je gelijk in.'

'Geef mij die verrekijker eens.'

Ingespannen tuurt Rangsit naar de gebeurtenissen in de vallei. Pas als het laatste kind in het woonblok is verdwenen, laat hij de verrekijker zakken.

'Als ik het niet dacht,' zegt hij.

'Wat?'

'Dat zijn geen Thaise kinderen. Die kleintjes daar komen waarschijnlijk uit Myanmar of Laos. Het zullen wel wezen zijn, of ze zijn als slaaf verkocht door hun ouders. Dat is niet ongebruikelijk.' Hij laat zich naast Joep op het zeiltje zakken en zegt met een zucht: 'En weet je wat het allerwrangste is? Dat ze nog van geluk mogen spreken dat ze niet in de prostitutie zijn beland.'

58

De wekker zoemt en ze drukt hem uit. Even hangt ze nog in de sfeer van de droom die ze net had, maar dan is ze opeens klaarwakker. Ze heeft met Anton geslapen. Hoe heeft ze het in haar hoofd gehaald? Is ze soms gek geworden?

Koortsachtig probeert ze te bedenken wat de gevolgen hiervan kunnen zijn, maar het overzicht ontbreekt haar op dit moment volledig. Zodra ze de tijd heeft, zal ze alles op een rijtje moeten zetten. Ze stapt uit bed, een nieuwe werkdag is begonnen.

Eén ding is zeker: dit kan ze niet lang meer volhouden.

Anton heeft haar in zijn armen genomen en zijn lippen op de hare gedrukt. Het gebeurde zo plotseling dat ze even terugdeinsde. Maar de manier waarop hij haar aanraakte was zo teder en zijn mond was zo weldadig zacht en warm dat ze de kus heeft beantwoord. Na een tijdje maakte hij zich los uit hun omhelzing en voerde hij haar mee naar zijn eigen slaapkamer. Daar kleedden ze elkaar langzaam uit. Haar hele lichaam stond inmiddels in vuur en vlam en ook zijn opwinding was duidelijk zichtbaar. De manier waarop ze met elkaar vrijden was vol van hunkering en passie en pas na uren lieten ze elkaar los. Alsof ze allebei uitgehongerd waren geweest. Twee mensen die te lang verstoken waren van seks.

Maar meteen daarna sloeg bij haar de twijfel toe. Hoe had ze het zover kunnen laten komen? Was hierdoor de situatie niet nog mateloos veel gecompliceerder geworden?

Ze is uit bed gestapt en heeft haar kleren bij elkaar gezocht. Koel heeft ze hem gevraagd haar naar haar auto te brengen en ze is naar de badkamer gegaan om zich aan te kleden. Hij keek haar verbaasd aan, maar heeft gelukkig geen vragen gesteld. Pas toen ze in zijn auto naast de hare op de parkeerplaats van Laurens stonden, heeft ze weer tegen hem gesproken.

'Het spijt me, ik ben hier nog niet klaar voor,' heeft ze gezegd.

'Ik begrijp het,' was zijn antwoord.

Ze heeft diep in zijn ogen gekeken, waaruit een intense oprechtheid sprak. Heel zijn wezen straalde sympathie en betrokkenheid uit. Wat een verschil met Patrick. Opnieuw voelde ze een sterk verlangen naar hem opkomen, maar ze opende resoluut het portier en stapte uit. Ruim een uur later is ze in haar eigen bed als een blok in slaap gevallen.

In de auto naar Wassenaar lukt het haar eindelijk om helder te denken. In minder dan een etmaal hebben zich twee dramatische ontwikkelingen voorgedaan, die beide verregaande gevolgen hebben. Ze is gedrogeerd. Ze snapt nog steeds niet hoe Xenia dat kan hebben geënsceneerd – hoe ze kans heeft gezien het spul in haar jus te doen en hoe het haar vervolgens is gelukt haar bijna uit het open raam te laten springen – maar ze begrijpt wel dat het een regelrechte poging tot moord is. En wel een die ijzingwekkend goed past in de analyse die Joep laatst maakte: het toevallige ongeluk van Eefje en de symbolische moord met de verbrande foto. En dus nu voor het eerst een concrete moordaanslag. Als je het rijtje doortrekt kan de volgende stap alleen maar... Ze wil er niet aan denken.

En dan Anton. Als ze aan hem denkt, krijgt ze het meteen warm. Ze voelt zijn huid weer tegen de hare en ruikt weer zijn heerlijke geur. Ze hoort de woordjes weer die hij in haar oor fluisterde terwijl hij bij haar naar binnen gleed. Met beide handen omklemt ze het stuur en ze moet al haar aandacht op de weg richten om geen ongeluk te veroorzaken.

Toch is het nu slechts een kwestie van tijd tot hij vragen gaat stellen. Want hoe je het ook wendt of keert: hij is en blijft haar werkgever... Hij zal toch een keer het fijne willen weten van de gebeurtenissen van de laatste tijd en geen genoegen meer kunnen nemen met ontwijkende antwoorden. Hij heeft natuurlijk in de gaten gehad dat ze zich vreemd gedroeg en tot nu toe heeft hij zich er wijselijk buiten gehouden. Maar nu is de situatie veranderd. Hij zal er zeker op terugkomen.

En hij is een van haar bazen. Het stomste wat ze kon doen, om uitgerekend met hem in bed te belanden. Haar enige steunpilaar. Nu moet ze ook van hem afstand nemen. Dat gaat ze nooit lang meer volhouden, helemaal in haar eentje in deze heksenketel.

Kortom, haar dagen bij Laurens zijn geteld. En wat daarna haar vooruitzichten in het bedrijfsleven zijn... ze weet het niet. Maar de kans is groot dat ze er genoegen mee zal moeten nemen dat Patrick haar verdere carrière zal vernietigen.

Tenzij Joep met een oplossing op de proppen komt. Maar ze heeft geen idee waar hij zit of waar hij mee bezig is. De afgelopen dagen is mobiel verkeer met hem niet mogelijk – hij moet op een plek zijn waar hij geen bereik heeft – en zelf heeft hij ook geen teken van leven meer gegeven.

Toch leek uit zijn laatste sms'je aan haar en zijn laatste telefoongesprek met Arno een sprankje hoop te spreken. Blijkbaar waren hij en zijn Thaise vriend iets op het spoor wat met de illegale Laurens-producten had te maken. Maar veel details kon hij er toen nog niet over geven, hij beloofde daar snel op terug te komen. Daarna heeft Arno noch zij meer iets van hem gehoord. Als hij maar niet in de problemen zit...

Alles hangt nu van Joep af. Als hij niet snel met resultaten komt, zal ze zelf actie moeten ondernemen. Al heeft ze geen idee hoe.

59

'Oké, verstop je nu. We zijn er bijna.'

Joep trekt het dekzeil over zich heen. Hij ligt in de laadbak van de Range Rover. Rangsit rijdt de auto tot aan de toegangspoort en claxonneert twee keer. Dan is het een kwestie van wachten: zullen de bewakers een onbekend voertuig binnenlaten of niet? Daarmee staat of valt hun plan.

Na hun schokkende ontdekking hebben ze de rest van de nacht zitten brainstormen. Hoe nu verder? Want hoewel het erop lijkt dat ze de locatie van Tjao Jing hebben getraceerd, en zelfs het zo mogelijk nog opzienbarender feit van de kindslaven op het spoor zijn gekomen, toch ontbreekt tot nu toe elk aanwijsbaar verband met de illegale Laurens-cosmetica. Om dat aan te tonen, zo beseffen ze allebei, ontkomen ze er niet aan zich in het hol van de leeuw te begeven. Er moet bewijsmateriaal worden verzameld. Ze moeten foto's maken. Joep heeft meteen zijn nieuwe digitale camera erbij gepakt om te kijken of de batterijen nog geladen zijn. Je weet maar nooit met die krengen.

Over het hek klimmen? Niet nog een keer. Tot groot vermaak van Rangsit heeft hij hem in geuren en kleuren verteld over zijn inbraak bij de Groothofjes en het natte pak dat daarvan het gevolg was. Nee, geen schijn van kans. Niet met al dat prikkeldraad en die bewakers.

Rangsit weer undercover? Doen alsof hij in de nachtploeg zit? Dat zal dit keer niet lukken. Want in tegenstelling tot Patpong kunnen ze ervan uitgaan dat iedereen hier iedereen kent en dat een vreemde eend in de bijt onmiddellijk als verdacht opgemerkt zal worden. Andere nadelen van deze optie zijn trouwens ook dat ze een kleine vierentwintig uur zouden moeten wachten tot de volgende dag en dat Joep geen deel zou kunnen hebben aan de invasie.

Daarom hebben ze besloten tot de meest directe methode. Het paard van Troje. Aanbellen aan de voordeur en je door de gastheer zelf naar binnen laten halen.

Rangsit toetert nog een keer. Dan komt er een bewaker aangerend, die voor de poort blijft staan. Hij lijkt geenszins van plan deze te openen, maar wacht tot de chauffeur zelf het initiatief neemt, zijn raampje opendraait of uit de auto stapt. Maar daarmee onderschat hij zijn tegenspeler toch echt. Het raampje blijft potdicht en Rangsit ontsteekt in een scheldkanonnade en wappert met een stapeltje formulieren naar de man, waarbij hij opnieuw een paar keer lang claxonneert. De bewaker kijkt onzeker om zich heen, maar versterking blijft uit. Dan besluit hij toch maar de poort te ontsluiten, waarschijnlijk om zelf naar buiten te stappen en te informeren wat de bedoeling is van al dit misbaar. Maar zodra hij de poort een heel klein eindje heeft geopend, geeft Rangsit gas en rijdt naar voren, waarmee hij de man dwingt de poort verder te openen. Wat volgt is een ongelijke strijd tussen mens en machine en ze zijn dan ook snel binnen.

Nu pas drukt Rangsit het raampje open en vanaf zijn hoge positie spreekt hij de man op snijdende toon toe. Joep heeft natuurlijk geen idee wat er allemaal wordt gezegd, maar hij hoort wel dat de man onderdanig op Rangsits arrogante superioriteit reageert.

Langzaam trekt de auto weer op.

'Ik heb gezegd dat ik zijn overste wil spreken en we rijden nu naar zijn kantoortje,' sist Rangsit tussen zijn tanden als het raampje is dichtgezoemd. 'Ik doe of ik zijn aanwijzingen niet goed heb begrepen en rij nu eerst naar de fabriekshal, waar je op mijn teken uit de auto moet springen. Als je geluk hebt, kun je gelijk naar binnen piepen. Over twintig minuten sta ik hier weer. Boeddha... o nee, God zij met je.'

'Liefst allebei,' grinnikt Joep, maar hij klinkt dapperder dan hij zich voelt. Hij kijkt op zijn horloge.

Rangsit remt.

'Nu,' sist hij. 'Meteen naar links, daar is een zijdeur.'

Joep grijpt zijn rugzakje en werpt het zeil van zich af. Met de automatische ontgrendelaar heeft Rangsit de achterklep geopend en Joep schuift naar buiten. Hij maakt zich zo klein mogelijk en drukt de klep dicht. Rangsit rijdt door. Zonder op of om te kijken spurt Joep naar de stalen deur en duwt ertegen, maar hij gaat niet open. Op slot. Dan gooit hij zijn hele lichaam ertegenaan, maar de stalen deur geeft geen millimeter mee. In paniek kijkt hij om zich heen, geen mens te bekennen. Maar ook zo gauw geen alternatieve ingang.

Hij kijkt nog eens goed naar de deur. De klink is verwijderd, er zit alleen een rond gat. Hij haakt zijn vinger erin en trekt. Wonder boven wonder geeft de deur nu mee. Hij gaat naar buiten open. Zweet gutst over zijn hele lijf.

Binnen is het warm. Nog warmer dan buiten. Wel veertig graden.

En donker. En stil.

Op de tast loopt hij een paar passen. Hij durft zijn zaklantaarn niet aan te knippen. Hij stuit op een muur. Als hij er met zijn handen overheen gaat, laat het pleisterwerk los. Hij besluit links af te slaan en sluipt door de duisternis, een hand tegen de muur. Na vijf stappen stoot zijn voet ergens tegenaan. De onderste tree van een ijzeren trap.

In opperste concentratie klimt hij naar boven, erop bedacht geen geluid te maken. De trap voert langs de wand omhoog. Hij telt achtentwintig treden. Dan staat hij op een klein platform. Nog een een stalen deur.

Hij haalt diep adem en trekt de deur een klein stukje open. Meteen hoort hij geluid, gedreun en gestamp van machines, maar gedempt, alsof het van ver weg komt. Ook achter deze deur heerst duisternis.

Hij blijft even staan om zijn hartslag tot bedaren te laten komen en ritst dan zijn rugzakje open. Met een bontgekleurde zakdoek wist hij het zweet van zijn gezicht. Dan pakt hij zijn zaklantaarn en doet hem aan.

Weer een lange, smalle gang. Rechts twee deuren op ongeveer dertig meter afstand van elkaar. De stank die hij bij de eerste deur al rook, is nu sterker. Hij schijnt op zijn horloge. Zes minuten zijn verstreken.

Hij kiest voor de dichtstbijzijnde deur. Trekt hem een klein stukje open. Het machinale lawaai klinkt op. Hij kijkt door de kier. Het moet een enorme hal zijn. Direct voor hem een loopbalustrade van gietijzer. Hij moet op zijn tenen gaan staan om eroverheen te kijken. Het gedreun is oorverdovend. Nog iets verder reikt hij omhoog en dan ziet hij een stukje van de werkvloer. Arbeiders die achter grote machines handelingen verrichten. Om een goede foto te maken, zal hij de balustrade op moeten. Niet te lang nadenken. Hij haalt zijn camera uit de rugzak en zet hem aan. Dan duikt hij in elkaar en kruipt de balustrade op. Hij steekt zijn hand met de camera omhoog, richt op goed geluk naar beneden en drukt af. Door de felle flits slaat zijn hart een slag over. Ongenadig stom rund, vergeten de flitsfunctie uit te zetten! Verstijfd blijft hij tegen de rand gedrukt zitten, in afwachting van de bewakers die elk moment op hem af kunnen stormen.

Maar er gebeurt niets. In het helse kabaal en de drukte is de flits blijkbaar niet opgemerkt. Hij bekijkt de opname. Een groot stuk van de werkvloer met arbeiders. Mannen en vrouwen, geen kinderen. En geen spoor van Laurens-producten. Hier hebben ze niet zoveel aan.

Hij verandert wat functies van het toestel en maakt nog een foto, alleen om te testen. Geen flits ditmaal, maar dat is op de tweede opname niet te zien. Prima toestel. Nu snel door.

De tweede deur komt uit op een soort trappenhuis. Hij besluit de trap naar beneden te nemen. Voelt toch veiliger, met de voeten op de aarde.

Beneden kan hij weer twee kanten op. Het begint op een doolhof te lijken. Als hij zo meteen de weg terug nog maar kan vinden. Hij kijkt op zijn horloge. Meer dan veertien minuten verstreken. Voor het eerst begint hij zich werkelijk zorgen te maken. Moet hij eigenlijk niet nu al terug? Dan heeft hij de beste kans door Rangsit te worden opgepikt. Verleidelijk idee. De twijfel knaagt.

Nee, dan is deze hele operatie voor niets geweest. Diana rekent op hem. En al die kinderen. Op de een of andere manier voelt het alsof hij die dan ook in de steek laat.

Niet laf zijn nu.

Hij loopt door. De stank is nu verschrikkelijk. Een vieze, chemische lucht.

Twee volgende deuren zitten op slot. Hij moet nu haast maken. Rent bijna door de gang. Trekt aan de derde deur. Op slot. Vlug! De vierde. Die vliegt open.

Meer dan twintig kinderogen kijken hem verbaasd aan. De stank is bijna niet te harden.

Volslagen perplex staat hij in de deuropening. Weet niet wat te doen.

Kleinere machines hier en minder lawaai. Hij ziet wat de stank veroorzaakt. Het is de geur van verbrand plastic. Een ruimte met zeker vijftig kinderen, jongens en meisjes, die bezig zijn met een soort gloeiende tosti-ijzers naden in plastic kokers te stansen.

Alleen de kinderen bij de deur hebben zijn komst opgemerkt en kijken naar hem. De rest werkt nietsvermoedend door. Te midden van de chemische dampen. Alle kinderen hebben een lap voor hun mond gebonden. Sommige hoesten onafgebroken. Een ongezond geluid.

Opeens weet hij het weer. Hij grijpt zijn camera en begint in het wilde weg te fotograferen. Geen tijd nu voor composities. Zoveel mogelijk kinderen erop zetten en wat ze aan het doen zijn. Een paar kleintjes dicht bij hem beginnen te giechelen. Hij lacht terug. Dan hoort hij geschreeuw. Een mannenstem. Hij is opgemerkt door een bewaker. Nog twee foto's voor de zekerheid. Een snelle knipoog naar de kleintjes en weg is Joep.

Terwijl hij zijn camera in zijn rugzakje propt, rent hij naar de trap. Als hij de deur boven openstoot, hoort hij dat hij wordt gevolgd. Zeker twee mannen zitten hem op de hielen.

Gang door. Niet struikelen. Trap af. Was het hier? Hij duwt tegen de deur. Daglicht stroomt hem tegemoet. Goed gegokt.

Maar geen auto.

Hij rent het terrein op en ziet de Range Rover staan. Zo'n zeventig meter verderop bij een klein gebouwtje. Rangsit komt net naar buiten met een van de bewakers, die een goede vriend lijkt te zijn. Uitgebreid beginnen ze afscheid van elkaar te nemen, eerbiedig buigend, de handen tegen elkaar voor de borst.

'Rangsit!' schreeuwt hij.

Die kijkt op, ziet hem, aarzelt geen moment en springt in de auto. Joep rent hem tegemoet. De deur achter hem knalt open en de twee bewakers stormen naar buiten. Ze schreeuwen luidkeels.

De Range Rover trekt met gierende banden op, maakt een korte bocht en scheurt zijn kant op. Als ze elkaar hebben bereikt, slipt de auto een stukje door vanwege de kracht waarmee Rangsit remt. Joep rukt het portier open en werpt zichzelf naar binnen. Nog voordat hij het portier heeft kunnen sluiten, trekt Rangsit op. Rijdt recht in op de twee achtervolgers. Ze duiken net op tijd opzij.

Op dat moment zien ze allebei wat het zwakke punt is van hun plan. Het heeft hen geholpen erin te komen. Maar eruit is een heel ander verhaal. Razendsnel komt de poort dichterbij. Hij is dicht.

'Zet je schrap,' roept Rangsit. Hij drukt zijn bovenlichaam naar achteren en geeft meer gas. Joep klampt zich met beide handen vast aan het dashboard.

Een knal achter hen. Joep kijkt achterom. De achterruit is versplinterd. De hoofdbewaker staat bij zijn kantoortje, een vuurwapen in de aanslag.

'Pas op, hij schiet weer!' roept hij. Instinctief duikt hij opzij.

Rangsit gooit het stuur om en draait het direct weer terug. Zigzaggend scheuren ze het laatste stuk naar de poort toe. De kogels fluiten om de auto heen.

Dan ramt de bullbar van de wagen de poort. Die vliegt open. Met gierende banden scheuren ze van het terrein af, de vrijheid tegemoet.

60

HI DEAR, BEN JE THUIS? IK HOOP HET. OPEN NU JE MAILBOX. JE ZULT VERSTELD STAAN. XX

Eindelijk een sms van Joep! Ze loopt naar haar computer en start hem op. Daarna opent ze Outlook Express. Het ophalen van de nieuwe berichten duurt even. Er moet een zwaar bestand bij zitten.

Drie nieuwe mailtjes. Alleen bij het derde zit een bijlage. De afzender kent ze niet, de naam klinkt Thais. Het onderwerp van het mailbericht is 'Tjao Jing'. Ze klikt het open. Een kort bericht van Joep en vijf jpg-bestanden.

Diaantje,
Het was een zware bevalling, maar wel de moeite waard. We hebben de plek gevonden! We moesten er helemaal voor naar het noorden. Het is in the middle of nowhere, je wilt het niet weten. Maar hou je vast, het wordt nog beter (of slechter, tis maar hoe je het bekijkt). Weet je waar die Patrick van jou, in die miljoenenvilla aan de Vecht, zich schuldig aan maakt? Aan kinderarbeid! Kijk maar naar de foto's! Sommige van die kleintjes zijn toch nog geen tien!? Het schijnt dat ze die kinderen uit de buurlanden halen, en dat ze gewoon als slaaf worden verkocht. Als slaaf! Wist jij dat dat bestond? Ik niet!

Hoe dan ook, confronteer hem er maar snel mee. Dit is toch duidelijk bewijsmateriaal? Die zak moet hiervoor boeten! En we moeten ook echt iets bedenken om voor die kinderen te doen, die moeten zo snel mogelijk worden bevrijd. Bel je zo.
Liefs, Joep

Ze opent de eerste foto. Een lelijk fabriekscomplex, gefotografeerd vanaf een hoog standpunt. Uit een vliegtuig? Zou hij voor haar met een vliegtuigje boven het land hebben gevlogen? Of in een helikopter? Ze bestudeert de foto nauwkeurig, maar kan nergens een verwijzing naar Laurens vinden. Geen naam of logo te bekennen.

De tweede foto is een uitvergroting van een deel van het terrein om de fabriek. Achter een afrastering loopt een man, een bewaker lijkt het, met een herdershond aan de lijn. Boven op de afrastering rollen prikkeldraad. Een foto die doet denken aan de afbeeldingen die je wel eens ziet van jappenkampen. Een nare foto, maar ook geen link met Laurens.

De derde foto veroorzaakt een wee gevoel in haar maag. Hij moet binnen in de fabriek zijn gemaakt. De kinderen over wie hij het had. Ze staan aan ouderwets uitziende machines en ze hebben allemaal een doek voor hun gezicht. Om niet te worden herkend? Lijkt haar sterk, zal wel een andere reden hebben. Duidelijk is te zien onder wat voor erbarmelijke omstandigheden ze moeten werken. Het moet daar een hel zijn. Wat ze doen of produceren is niet duidelijk. Iets met plastic hulzen.

De vierde foto lijkt erg op de derde. Alleen valt op dat de kinderen die het dichtst bij de fotograaf staan, zijn aanwezigheid hebben opgemerkt. Hun ogen lachen. Ondanks hun ellende. Wat zijn kinderen toch bijzondere wezens.

De telefoon gaat. Dat zal hem zijn.

'Diana! Met mij. Heb je de foto's gezien?'

'Joep, eindelijk! Hoe is het met je? We hebben dagen niks van je gehoord. Waar was je? Het leek wel of je geen bereik had.'

'Lang verhaal, waar ik je uitvoerig mee ga vervelen als ik terug ben. Maar het belangrijkste is nu even die foto's, vind je ook niet? Heb je die kinderen gezien? Daar breekt je hart toch van!'

'Ja, verschrikkelijk. En wij maar denken dat de slavernij is afgeschaft. Maar hoe erg ik het ook vind, ik heb eerlijk gezegd de link met Laurens nog niet ontdekt.'

'Echt niet? Hoeveel foto's zaten er bij het mailtje? Misschien zijn ze niet allemaal overgekomen.'

'Vijf.'

'Ja, dat zijn ze. Heb je ze allemaal bekeken?'

'Nee, de laatste nog niet.'

'O, dan begrijp ik het. Open die maar gauw, dan weet je waar ik het over heb.'

Met de telefoon in haar hand loopt ze terug naar haar pc en klikt de vijfde foto open. Hij lijkt op de twee voorgaande. Opnieuw de hal met de kinderen, maar vanuit een iets andere hoek. Links op de foto is een soort stellage te zien, waarop de hulzen staan waaraan de kinderen werken, maar dan in een volgende productiefase.

Deze zijn bedrukt. Met grote letters tegen een paarse achtergrond. Op de voorste is de tekst duidelijk te lezen.

Laurens Shining Silver.

'Joep, je bent een held! Dit is echt geweldig!'

'Yep. De ontbrekende schakel waarnaar we zo lang hebben gezocht. Hiermee wordt aangetoond dat de illegale cosmetica uit de Tjao Jing-fabriek komt, die met Patricks bv in relatie kan worden gebracht. Inkoppertje, toch? Wrijf het hem dan ook maar zo snel mogelijk onder zijn neus. Kijken wat hij erover te zeggen heeft, maar volgens mij lult hij zich daar niet uit. En daarna moeten we meteen iets voor die kinderen doen! Ik heb het er hier al met de vriend van Rangsit over gehad. Er is hier in Bangkok een organisatie die dat soort kinderen opspoort en bevrijdt. Voornamelijk uit bordelen. Fabriekskinderen schijnen niet hoog op de agenda te staan, maar als het aan mij ligt, gaat daar wat aan veranderen. Diaan, je hebt geen idee onder wat voor omstandigheden die kinderen moeten werken. Het is daar meer dan veertig graden en er hangen giftige dampen! Ze worden met stokken geslagen en na het werk worden ze opgesloten in barakken!'

Joep klinkt behoorlijk van de kaart. Hij houdt maar niet op over die arme kinderen. Het heeft hem diep geraakt.

'Natuurlijk ga ik hier meteen werk van maken. Morgen nog, dat beloof ik! Man, ik weet niet hoe ik je hiervoor moet bedanken. Ik sta nog steeds helemaal te trillen op mijn benen. Maar... was het niet gevaarlijk om die foto's te maken? Als ik die hekken zo zie en die man met die hond, lijkt het of ze niet erg gediend zijn van waarnemers uit de buitenwereld. Je hebt toch niet weer van die levensgevaarlijke toeren voor me uitgehaald, hè?'

'Hé, maak je daar nou maar geen zorgen over. Dat viel allemaal best mee. Een paar muggenbulten en wat blikschade, meer niet.'

'Hmm, ik hoor aan je stem dat je keihard staat te liegen. Maar goed, daar hebben we het nog wel over. Ik moet nu heel goed gaan nadenken hoe ik het moet aanpakken. En geloof me, dat ga ik nu meteen doen. Hoe sneller ik die klootzak van zijn troon kan stoten, hoe beter.'

De hele nacht ligt ze te piekeren. Heeft ze hiermee werkelijk de troefkaart in handen waarnaar ze zo lang heeft gezocht? Het lijkt een harde zaak, maar welbeschouwd is alle bewijs dat ze in handen heeft indirect. En hoe zal Patrick erop reageren? Ongetwijfeld met glashard ontkennen, daarvoor kent ze hem inmiddels goed genoeg. Wat moet ze dan doen? Elke keer als ze in haar hoofd het hele plan rond heeft, slaat de twijfel opnieuw toe.

Pas als het eerste ochtendlicht door de gordijnen naar binnen sijpelt, valt ze met een gerust gevoel in slaap. Ze weet wat ze moet doen.

Ze zal hem met zijn eigen wapens bestrijden.

Hem keihard confronteren met een voldongen feit. Heeft ze soms een andere keus?

Dat is de enige manier om zich uit zijn wurggreep te kunnen bevrijden.

61

Met een ijskoude blik in haar ogen staat ze voor hem. Ze heeft haar strengste mantelpak aan en zich iets zwaarder opgemaakt dan normaal. Alles aan haar straalt een koele zakelijkheid uit. Maar ze weet ook dat dit haar tegelijkertijd onweerstaanbaar en begeerlijk maakt, zeker voor mannen als hij. Ze heeft haar haren hoog opgestoken en haar hoogste hakken aan. Hierdoor lijkt ze zeker twintig centimeter langer dan ze in werkelijkheid is, waardoor hij gedwongen is tegen haar op te kijken. Dat geeft haar een goed gevoel.

Ze houdt hem de dikke envelop voor.

Hij maakt geen aanstalten om die aan te pakken, maar speelt zijn gebruikelijke machtsspelletje. Strak kijkt hij haar aan, recht in haar ogen. Wie van hen kijkt als eerste weg? Wie slaat als eerste de ogen neer?

Zij niet. Niet dit keer. Want dit keer is zij het die op hem neerkijkt.

Dan knippert Patrick met zijn ogen. Meteen haalt hij een zakdoek uit zijn broekzak, waarmee hij in zijn rechteroog begint te wrijven, alsof er een vuiltje in zit.

Goed, de machtsverhoudingen zijn vastgesteld.

Om zich een houding te geven, loopt hij om zijn bureau heen en klikt op zijn muis, alsof hij zijn mail checkt. Dan kijkt hij weer op, trekt zijn wenkbrauwen op alsof hij haar nu pas ziet.

'Een envelop? Voor mij?' vraagt hij met een spottende klank in zijn stem. 'Waarom doet dit me toch zo denken aan een kleine twee maanden geleden? Toe, help me eens. Ach ja, ik herinner het me weer. Toen stond je hier ook ineens voor mijn neus met een brief. Je ontslagbrief, weet je nog? En hopelijk ben je ook niet vergeten wat daar toen mee is gebeurd.' Met beide handen scheurt hij een denkbeeldige brief doormidden.

'Maak je geen zorgen, ook ik herinner me dat als de dag van gisteren. Een reactie die zo walgelijk was dat ik die onmogelijk over mijn kant kon laten gaan. Vandaar dat ik wat research heb gepleegd. Je weet dat ik daar goed in ben. En tot mijn grote vreugde ben ik zo het een en ander op het spoor gekomen. Natuurlijk niet alleen, maar geholpen door wat vriendjes. We zijn tegen een aantal van je opmerkelijke nevenactiviteiten aan gelopen. Enfin, kijk maar, het zit allemaal hierin.'

Ze gooit de envelop voor hem neer.

Met een vies gezicht kijkt hij ernaar.

'Geef me één geldige reden waarom ik deze brief niet opnieuw zal verscheuren. Wat mij betreft is er namelijk niets veranderd in de deal die we met elkaar hebben: je blijft nog een jaartje braaf bij ons. Je weet wat er gebeurt als jij je niet aan die afspraak houdt: dan is het einde oefening voor jou.'

'Dat dacht ik niet,' zegt ze. 'Je beseft het nu misschien nog niet, maar de rollen tussen jou en mij zijn definitief omgedraaid. Vanaf nu ben ik het die de regels bepaalt. En als jij je daar niet aan houdt, zou ik wel eens kunnen besluiten om wat in deze envelop zit openbaar te maken.'

'Je maakt me nu wel heel nieuwsgierig naar de inhoud.'

'Ik zou zeggen, lees het. En bekijk de foto's. En, o ja, voor ik het vergeet: eenzelfde envelop ligt bij mijn advocaat. Veilig opgeborgen in zijn kluis, met de duidelijke opdracht hem te openen mocht mij iets verdachts overkomen. En ik raad je aan dat laatste vooral ook duidelijk onder de aandacht van je opvliegerige vrouwtje te brengen. In haar milieu schijnt dat niet ongebruikelijk te zijn.'

'Ik begrijp je aversie tegen mij, maar wat heeft Xenia hiermee te maken?' Ze ziet dat ze hiermee een voor hem ongemakkelijk thema heeft aangesneden.

'O, van alles. Maar vraag het haar zelf. Ze kan je er heel wat over vertellen. En samen zullen jullie tot de ontdekking komen dat jullie meer gemeenschappelijk hebben dan jullie misschien dachten. Dat jullie geen van beiden terugdeinzen voor criminaliteit. Wellicht maakt dat jullie band sterker, en daar zul je nog heel wat aan hebben als ik besluit de documenten in deze envelop openbaar te maken. Dan hebben jullie op de hele wereld alleen nog elkaar om op terug te vallen.'

Hij kijkt haar met een blik vol haat aan. Ze weet dat hij zijn tegenaanval voorbereidt. Haar met zijn genadeloze hardheid op haar knieën zal willen dwingen, waarbij hij geen enkel wapen zal schuwen. En als hij wint... als hij erin slaagt al dit bewijsmateriaal teniet te doen, zijn connecties in te zetten om de hele affaire in de doofpot te stoppen... Als een bloeddorstig roofdier zal hij haar verscheuren, daar twijfelt ze niet aan.

'Goed,' zegt hij tot haar grote verbazing. 'Je punt is duidelijk. Ik zal de inhoud bestuderen. En welke consequenties zal ik daar wat jou betreft aan moeten verbinden?'

'Ik eis dat je terugtreedt als CEO van Laurens,' zegt ze. 'Om te beginnen. Daarna zal ik je snel laten weten wat ik verder heb besloten.'

'Toe maar,' zegt hij spottend. 'En anders?'

Ze negeert zijn hoon.

'Ik geef je vierentwintig uur. Daarna stap ik naar de pers. Je zult niet blij zijn met wat er dan de volgende dag in alle kranten staat.'

Ze loopt naar de deur. Daar draait ze zich om. 'Patrick.'

Hij kijkt haar onbewogen aan.

'Als je het niet doet, maak ik je helemaal kapot.'

Kaarsrecht, hoog op haar stiletto's, loopt ze de kamer uit. Kalm en beheerst. Maar zodra ze de deur achter zich heeft dichtgetrokken, zet ze het op een rennen.

Naar de toiletten.

Net op tijd knielt ze neer voor de pot om alle spanning uit haar lijf te kotsen.

62

Via de achterdeur komt ze de keuken binnen, net zoals vroeger. Haar moeder zit aan tafel met een meisje van een jaar of twaalf. Voor hen liggen boeken en een schrift. Als ze Diana ziet, breekt er een stralende lach door op haar gezicht.

'Kijk wie we daar hebben,' zegt ze. Dan wendt ze zich tot het meisje. 'Voor vandaag zijn we klaar. Ga maar lekker buiten spelen. Volgende week dezelfde tijd.'

Vervolgens kijkt ze weer op naar Diana. 'Mijn meiske,' zegt ze. Ze staat op en sluit haar dochter in haar armen.

Na haar ontmoeting met Patrick is ze rechtstreeks naar Vught gereden. Naar een plek die volstrekt niets te maken heeft met haar eigen leefwereld. Omdat ze weet dat de spanning anders ondraaglijk zal zijn. Dat de minuten uren zullen lijken en de uren dagen als ze thuis gaat zitten wachten op het verstrijken van de deadline die ze Patrick heeft opgelegd. Daarom heeft ze besloten om het komende etmaal volkomen onbereikbaar te zijn, volledig verstoken van media en communicatiemiddelen. Haar mobiele telefoon heeft ze uitgezet en haar autoradio heeft ze op Classic FM gezet. De komende vierentwintig uur is het ouderlijk huis in Vught haar afkickcentrum en haar onderduikadres.

Samen zitten ze aan de keukentafel met een kop koffie en een stuk ontbijtkoek voor zich. Haar moeder heeft de enorme bos gele rozen die ze bij zich had in een vaas gezet en zit nu met een naaimandje op schoot. Met haar rappe vingers zet ze een knoopje aan een mannenoverhemd. Mama's handen staan nooit stil.

'Wie was dat meisje?' vraagt Diana.

'Dat is Marleentje van hiernaast,' zegt haar moeder, terwijl ze het overhemd zorgvuldig opvouwt. 'Ik help haar met haar huiswerk, want die stakker kan niet zo goed meekomen op school.' Ze pakt een kinderspijkerbroek van de stapel en loopt de naden na. 'Ze heeft concentratieproblemen sinds de dood van haar moeder, drie maanden geleden. Borstkanker. Sindsdien staat haar vader er alleen voor. Drie opgroeiende kinderen.' Ze wijst naar de rest van het verstelwerk naast haar op de grond. 'Die arme man kan alle hulp goed gebruiken.'

Typisch haar moeder. Altijd klaar voor een ander.

'Maar nu over jou, lieverd. Hoe lang is het geleden dat we elkaar hebben gezien? Was dat niet met de kerstdagen?'

'Bijna een halfjaar geleden,' zegt Diana. 'Ik heb je schandelijk verwaarloosd. Het spijt me zo verschrikkelijk.'

'Je hebt een zware tijd achter de rug,' zegt haar moeder.

Verwonderd kijkt Diana op. 'Waarom denk je dat?'

'Moeders weten alles.'

Deze woorden klinken zo warm en zo liefdevol, dat Diana op het punt staat haar hart uit te storten. Maar ze houdt zich in. Ze wil niet dat haar moeder het weet, daarvoor is de uitkomst nog te onzeker en haar toekomst te ongewis.

's Middags doen ze boodschappen. Het duurt lang, omdat haar moeder niet naar de supermarkt gaat, uit solidariteit met de lokale middenstand. Daarom gaat ze voor haar brood naar de bakker, vlees naar de slager en groenten naar de groenteboer. En in elke winkel neemt ze rustig de tijd voor een praatje, precies zoals Diana haar haar hele leven heeft gekend. Maar wat nieuw is, is dat haar moeder veel kritischer is op de producten die ze koopt. Het fruit mag niet bespoten zijn en de karbonades alleen maar van scharrelvarkens. Ze koopt waspoeder met een ecokeurmerk en biologisch afbreekbare allesreiniger. Als ze de natuurwinkel binnenlopen grinnikt Diana inwendig. Haar moeder heeft wel wat van Margien. De elegante bankiersechtgenote van vroeger is veranderd in een sportieve vrouw van middelbare leeftijd met een kort, gemakkelijk kapsel. Haar keurige mantelpakjes heeft ze verruild voor een veel sportievere stijl. Het is duidelijk dat ze minder om haar uiterlijk geeft dan om het milieu. Toch ziet ze er jeugdig uit. Vitaal. Zichzelf. Margien en zij zouden vriendinnen kunnen zijn.

Na het avondeten kijken ze naar het journaal. Aan het commentaar van haar moeder op de diverse onderwerpen merkt Diana dat ze veel meer politiek betrokken is dan vroeger. Ze blijkt heel goed op de hoogte van alle internationale conflicten en heeft een niet mis te verstane mening over het asielzoekersbeleid van het huidige kabinet.

'Ach, weet je,' zegt ze als Diana haar vraagt hoe dat komt, 'naarmate ik ouder word, ben ik het leven anders gaan bekijken. Materiële zaken zijn minder belangrijk geworden. Voor mij draait het in de wereld om mensen, die allemaal evenveel recht hebben op geluk en liefde.' Ze kijkt Diana peinzend aan. 'Diep in je hart ben jij ook zo. Jij hebt dezelfde ziel als ik. Jij wilt raken en geraakt worden.'

'Niemand kent me zo goed als jij,' antwoordt Diana. Ze heeft het gevoel dat haar keel wordt dichtgeknepen. 'Ik verlang zo naar rust. Meer ruimte voor mezelf en voor andere dingen die belangrijk zijn in het leven. Maar op de een of andere manier lukt dat me niet. Ik trap steeds in dezelfde valkuil. Het leven neemt me steeds weer op sleeptouw.'

'Ik weet het,' zegt haar moeder. 'Ik zie hoe je de dingen die er niet zijn mist en daarom bid ik elke dag voor je. Maar ik weet ook dat het je zal lukken. Daar heb je de kracht voor. Blijf luisteren naar je hart en probeer het te volgen. Dan kom je vroeg of laat beter in harmonie.'

Als ze de volgende ochtend om een uur of tien de A2 naar Den Bosch op rijdt, dendert de realiteit als een tank haar hoofd binnen. Verdwenen zijn de warmte en de knusse Brabantse gezelligheid. De verdoving is uitgewerkt. Over een kleine twee uur zal het uur van de waarheid slaan.

En dan?

Wat als Patrick gehoor geeft aan haar eis en zijn functie neerlegt? Ze is er niet opuit om Laurens kapot te maken. Het bedrijf heeft haar niets aangedaan.

Anton.

De afgelopen dagen heeft ze niet aan hem gedacht, zo diep heeft ze hem weggestopt. Maar ineens is hij terug en ook het verlangen naar hem. Het hopeloze verlangen. Want Diana beseft maar al te goed dat ze alle schepen achter zich heeft verbrand. Alles wat met Laurens te maken heeft, zal ze voorgoed achter zich moeten laten. Alles en iedereen.

Nu moet ze zich concentreren op haar doel.

Wraak.

Patrick voor eeuwig buitenspel zetten.

Iets voor halftwaalf parkeert ze de Volvo voor de deur van haar appartementengebouw. Voor ze uitstapt, pakt ze haar mobieltje uit het dashboardkastje en zet het aan. Tweeëndertig gemiste oproepen. Het lijkt of de pleuris inderdaad is uitgebroken.

Ze stopt het toestel in haar tas. Eerst naar binnen, dan diep ademhalen en daarna...

Als ze de sleutel in het slot van de voordeur steekt, heeft ze het gevoel dat er iemand achter haar staat. Ze wil zich omdraaien, maar voordat ze dat kan doen, wordt er een arm om haar nek gelegd en met geweld iets tegen haar gezicht geduwd. In paniek probeert ze zich los te worstelen. Een scherpe, zoete geur dringt haar neusgaten binnen. Een intense verrukking daalt over haar neer.

En dan wordt alles zwart.

63

Geconcentreerd staat Arno achter zijn werkbank. Met grote precisie houdt hij de houten tafelpoot tegen de polijstschijf, waarbij hij ervoor zorgt dat hij elke vierkante centimeter van het hout gelijkmatig behandelt. Als dat is gebeurd, zet hij de machine uit en bestudeert de poot zorgvuldig. Want zelfs het kleinste foutje is voor hem onacceptabel, daar gaat hij zich later mateloos aan ergeren. Hij is nu eenmaal een enorme perfectionist en zal dat altijd blijven.

Hij zet de machine weer aan en bewerkt een microscopisch klein stukje aan de onderkant van de tafelpoot na. Nu pas is hij tevreden. Hij kijkt op de klok. Halfzeven alweer. Nu Joep er niet is, is hij elk besef van tijd kwijt.

Moet hij zich zorgen maken? Hij weet het niet. Zorgelijk is natuurlijk wel dat hij al twee dagen niets van hem heeft gehoord en dat ook zijn sms'jes niet worden beantwoord. Maar daar staat tegenover dat Joep, met name Joep, heel goed in staat is zijn eigen boontjes te doppen.

Veel beter dan hij. Daarvoor is hij zelf te onzeker. Daarom houdt híj zich liever op de achtergrond.

Niet dat hij geen bewondering heeft voor de manier waarop Joep zich keer op keer in het ongewisse stort. De brutaliteit waarmee hij zonder aarzeling besloot in te breken in het huis van

Patrick Groothof! En de resoluutheid waarmee hij nu halsoverkop naar Thailand is vertrokken. Wat Arno hierin ook heel erg
waardeert, is Joeps onvoorwaardelijke vriendschap voor Diana die
hieruit spreekt.

Een groter verschil tussen twee mensen dan tussen hem en Joep
is bijna niet denkbaar. Misschien is dat de grote kracht van hun
relatie. Joep de doener en Arno de denker. De schreeuwer en de
zwijger. De acteur en de toeschouwer.

Dat is de rol die hem het beste past, die van toeschouwer. De zwijg-
zame observator die meer weet dan de meeste mensen denken.

64

Is ze dood?

Als ze dood is, dan moet dit de hel zijn. Doodstil en pikdonker.

Of leeft ze nog...

Ze heeft geen idee hoe lang ze hier al ligt. Door de inktzwarte duisternis om haar heen is ze elk besef van tijd kwijtgeraakt. Een bonkende hoofdpijn maakt het bijna onmogelijk helder te denken. Voorzichtig probeert ze iets overeind te komen, maar verlamd door een stekende pijnscheut valt ze terug. De inhoud van haar maag komt naar boven en ze moet een paar keer stevig slikken om niet over zichzelf heen te kotsen. Maagzuur brandt in haar keel. Haar mond is kurkdroog en haar tong voelt aan als een leren lap. Het kost haar steeds meer moeite het besef van hopeloosheid onder de oppervlakte van haar bewustzijn weg te duwen.

Heel vaag herinnert ze zich de keren daarvoor dat ze is bijgekomen.

Eerst lag ze in een rijdende auto. Waarschijnlijk op een achterbank. Daarna stond de auto stil. Ook toen probeerde ze zich op te richten en om zich heen te kijken, maar ze was geblinddoekt. En telkens duwde iemand direct iets tegen haar mond en neus waardoor ze het bewustzijn verloor. Een verdovingsmiddel.

Even sukkelt ze weer weg. Om direct opnieuw wakker te schrikken. Waarschijnlijk is het middel nog niet helemaal uitgewerkt.

Ze heeft het koud. Haar kleren voelen klam aan. Ze zou haar armen om zich heen willen slaan om zichzelf wat te verwarmen, maar haar polsen zijn te stevig vastgebonden. Die heeft ze al eerder getracht los te wringen en ze weet dat haar dat nooit gaat lukken. Ze rilt en haalt diep adem door haar neus. Het ruikt hier vaag naar aarde. Er hangt een grondige geur.

Een kelder?

Maar waar?

Haar hart begint sneller te slaan.

In Muiden? Zou Xenia haar onder haar eigen huis gevangenhouden? Nee, onlogisch. Dat zou een veel te groot risico zijn.

Of... Patrick? Zou hij degene zijn die haar heeft laten kidnappen... Om haar uit de weg te ruimen voordat ze met het bewijsmateriaal tegen hem naar de politie stapt?

Ze zal het nooit weten. Ze komt nooit levend uit deze kelder.

Deze grafkelder.

Ze schrikt wakker uit een onrustige sluimer. Ze hoort iets. Een knarsend geluid. Een paar meter rechts van haar een streep licht op de grond. Daar moet een deur zijn. Iemand draait met een sleutel het slot open.

Ze komen haar halen. Een sprankje hoop. Weg uit deze eindeloze nacht. Maar tegelijkertijd slaat ook de doodsangst toe. Wat gaan ze met haar doen? Gaan ze haar vermoorden?

Krakend gaat de deur open. Iemand schijnt met een lantaarn de kamer in. Het felle licht verblindt haar. De persoon met de lantaarn komt binnen. Loopt naar haar toe. Zet de lantaarn op de grond en knielt naast haar neer.

Langzaam trekken de sterretjes op Diana's netvlies weg. De gestalte voor haar wordt duidelijker. De persoon naast haar is een vrouw. Ze drukt de lap weer tegen Diana's mond.

65

Ze slaat haar ogen open en ziet de maan. Door de koepel schijnt hij naar binnen. De glazen koepel van de oranjerie. Om haar heen branden kaarsen. Tientallen kaarsen die in een kring rondom haar staan. Ze ligt vastgebonden op een houten bankje. In het midden van de oranjerie. In een cirkel van vuur.

Buiten de cirkel is de zaal in duisternis gehuld. Is het nacht of avond? Ze heeft geen besef meer van tijd. Hoe lang geleden is ze gevangengenomen? Uren of dagen? Het enige waar ze nu achter is gekomen, is waar ze tot nu toe was opgesloten: in het geheime kamertje.

Niet in een kelder in Muiden, dus. En tot haar grote verwondering is de vrouw die haar net weer heeft gedrogeerd niet degene die ze verwachtte.

Niet Xenia.

Het is Natasja die haar gevangenhoudt. Maar waarom? Wat kan Natasja tegen haar hebben? Natuurlijk, hun omgang is van het begin af aan stroef geweest. In normale omstandigheden zou ze haar allang hebben laten vervangen. Ze is slordig en nukkig.

Maar met de beste wil van de wereld kan ze geen reden bedenken waarom haar secretaresse het op haar leven gemunt zou hebben.

In de verte klinkt geluid. Voetstappen komen dichterbij. Dan hoort ze Natasja's stem. Ze spreekt langzamer dan gewoonlijk, waardoor haar Oost-Europese accent nog slepender klinkt.

'Het tribunaal móét plaatsvinden. Nu.'

Tegen wie zegt ze dat?

Op dat moment klinkt een tweede stem. Ook van een vrouw.

'Ach, zuster Aradia... ik weet het niet...'

Het is een stem die haar bekend voorkomt, maar ze kan hem niet meteen thuisbrengen. En waarom die vreemde naam?

'Je weet dat het nodig is om nu een vonnis te vellen.' Weer Natasja, op dezelfde plechtige toon.

'Ik weet niet of... hoe moet ik het zeggen...' Een derde vrouw. Ze zijn heel dichtbij nu. Snel sluit Diana haar ogen. Deze stem kent ze niet. Hij klinkt jonger dan de twee andere.

De vrouwen blijven staan, ergens achter haar.

'Hoor eens,' zegt Natasja met haar gewone stem, ongeduldig nu. 'Tot nu toe heeft niets geholpen. Geen enkele waarschuwing. De bedreigingen van haar vrienden niet, de foto's niet en ook niet de kruiden die we haar hebben toegediend.'

'Ja, maar die waren gewoon niet sterk genoeg, dat heb ik toch al gezegd? Toen ik die in haar glas deed, zag ik al dat het te weinig was.'

Opeens weet Diana wie het is die dit zegt. Irma. Van de receptie. Dus het is Irma die iets in haar jus heeft gedaan. Kruiden... Natasja en Irma zitten achter de bedreigingen! En van wie is die derde stem? Niet van Xenia.

'Zuster, ik kom van het platteland in Roemenië!' Natasja klinkt nu heftig geëmotioneerd. 'Als meisje leerde ik daar al alles van planten en kruiden. Van bezweringen en de maan- en planeetstanden! Ik ben op mijn tiende ingewijd in de magie en er is geen rite die ik niet ken en geen formule die ik niet beheers. Dus kom bij mij niet aan met een verhaal dat een door mij gemaakt kruidenmengsel niet goed zou zijn!'

Met stijgende verbazing ligt Diana te luisteren. Bezweringen? Magie? Waar heeft ze het over?

'Nogmaals, het tribunaal zal nu plaatsvinden,' vervolgt Natasja. 'En we weten wat de eis is… De indringster zal uit de weg geruimd moeten worden. Ik eis… haar dood!'

De laatste woorden galmen door de ruimte. Diana verstijft van schrik.

'Ze is weer bijgekomen!' roept Irma met paniek in haar stem. 'We moeten haar weer bedwelmen! O god, als ze ons maar niet heeft gehoord!'

'Nee.' Natasja klinkt resoluut. 'Laat haar er maar bij blijven. Ze zal getuige zijn bij het ritueel van deze esbat. Het is tijd. Kijk, Moeder Maan staat op haar hoogste punt. Ze schenkt ons al haar energie. Zusters, neemt uw posities in.'

Diana hoort hoe de vrouwen van plaats veranderen. Alle drie lopen ze naar een andere plek. Hun blote voeten maken kletsende geluiden op de plavuizen.

Ze kan zich niet langer inhouden. Ze opent haar ogen.

Aan haar voeten staat Natasja. Ze heeft een grof geweven, lang gewaad aan met wijde mouwen. Dan kijkt Diana naar links. Daar staat Irma, in eenzelfde gewaad. Diana draait haar hoofd naar rechts. De derde vrouw. Nu herkent ze haar. Het is Elaine, de dochter van Karel van Rooy.

Hun van onderen door het kaarslicht beschenen gezichten zien er angstaanjagend uit. Bizar vertrokken grimassen.

Een heksenkring. Ze heeft erover gelezen bij Susan Smit. Heel hun bizarre gedrag wijst erop: de kring van vuur, hun wonderlijke kleding, de vreemde namen waarmee ze elkaar aanspreken…

'Waarom doen jullie dit?' vraagt ze, maar geen van de drie geeft antwoord. Alleen Elaine laat haar hoofd wat zakken, alsof ze zich schaamt.

'Het pentagram!' roept Natasja bevelend.

Alle drie raken ze met de wijsvinger van hun rechterhand hun voorhoofd aan. Daarna hun borst, onderbuik en schouders. Tot slot leggen ze hun armen gekruist over hun borst. Tijdens deze handeling prevelen ze onverstaanbare woorden. Dan haalt Natasja met haar rechterhand een voorwerp uit haar mouw. Een lange, smalle dolk. Het lemmet blinkt even op in het kaarslicht. Ze zet een voet een stukje naar voren en houdt de dolk naast haar gezicht, op Diana gericht. Als ze vervolgens met kracht haar bovenlichaam naar voren gooit en haar hand met de dolk naar voren schiet, gilt Diana het uit.

Wat zijn ze van plan? Willen ze haar echt vermoorden?

Met een geconcentreerde blik in haar ogen blijft Natasja naar voren gebogen staan, de dolk op de borst van haar slachtoffer gericht. Het is alsof er een vurige energielijn van de punt van de dolk recht naar Diana's hart loopt. Dan richt ze zich weer op en steekt de dolk onder het koord om haar middel.

'Waarom doen jullie dit?' herhaalt Diana in paniek. 'Ik heb jullie toch niks misdaan?'

'Niks misdaan!' valt Irma naar haar uit. 'Hoor haar! Alsof ze van de prins geen kwaad weet.'

'Ja, hang de vermoorde onschuld maar uit,' valt Elaine haar bij. 'Doe maar net of je van niks weet.'

'Je hebt hem van ons afgepakt!' Weer Irma.

'Afgepakt? Over wie hebben jullie het in godsnaam?' Die wijven zijn gestoord!

Dan klinkt weer de stem van Natasja. Langzaam en plechtig. Haar ogen staren strak in de verte. Alsof ze in trance is. Een gelukzalige trance.

'Hij is onze heerser. Onze bron van verrukking en extase. Met zijn ogen beveelt hij ons. Met zijn lichaam onderwerpt hij ons.' Dan lijkt het of ze uit de trance ontwaakt. Op haar gezicht verschijnt een uitdrukking vol haat. Haar ogen schieten vuur als ze Diana aankijkt. 'Maar sinds jij er bent, heeft hij geen van ons meer aangeraakt! Hij heeft alleen nog oog voor jou. En wat doe jij? Jij vals serpent? Je maakt hem gek! Je laat hem naar je smachten, hem voor je kruipen, waardoor hij alle anderen uit het oog verliest!' Ze weet zich weer te beheersen en vervolgt: 'Je hebt de regels overtreden. Je had er gewoon bij gemogen. Hem met ons mogen delen. Hij is een man. Hij heeft niet genoeg aan een, dat weten we allen. Maar niemand, niemand van ons mag hem voor zichzelf alleen opeisen! Iedere indringster wordt streng bestraft.'

Langzaam dringt tot Diana door over wie ze het hebben. Over Patrick. Hij heeft deze vrouwen in zijn ban. Blijkbaar heeft hij met alle drie een seksuele relatie. Had ze het niet gedacht! Hij pakt wat hij pakken kan. Koud en respectloos. En emotioneel labiele vrouwen zoals deze drie worden daar het slachtoffer van. Bouwen er een bespottelijk ritueel omheen om hun gefrustreerde gevoelens te kanaliseren. Het is om misselijk van te worden!

'Jullie hebben het echt bij het verkeerde eind...' begint ze. 'Ik wil niks met hem te maken hebben. Ik vind hem een griezel. Hij heeft me aangerand. Hier, precies op deze plek. Ik wil hem niet, maar hij... hij laat me niet gaan. Jullie moeten me wel laten gaan... me loslaten.'

'Daarover zal het tribunaal beslissen,' zegt Natasja. 'Ik zal als eerste mijn stem uitbrengen.' Ze stapt tussen de kaarsen door de kring in. Gaat vlak naast Diana staan. Ze buigt zich over haar heen en pakt met beide handen haar bloes vast. Met een ruk scheurt ze hem open. De knoopjes springen eraf en rollen weg, de duisternis in. Ze richt zich weer op en neemt de dolk in haar hand. Zet de punt ervan op Diana's borstbeen. In paniek probeert Diana zich los te wurmen. Ze kijkt naar de andere vrouwen.

'Help me dan toch!' roept ze. 'Ze gaat me vermoorden!'

Elaine heeft van schrik de hand voor haar mond geslagen. Ook Irma kijkt in verbijstering toe. Maar geen van beiden doet iets.

Natasja begint weer op zangerige toon te prevelen. Alsof ze verzen reciteert.

De dolk komt in beweging.

'De cirkel zul je driemaal keren en al het boze eruit weren.'

Terwijl ze de woorden als in trance opdreunt, trekt Natasja met de dolk een cirkel rond Diana's naakte linkerborst. De scherpe punt laat een rode striem achter.

'Ik zal weggaan... Laat me gaan,' smeekt Diana snikkend. 'Jullie zullen me nooit meer zien... geen last meer van me hebben.'

De cirkel is rond. Natasja tekent nu een kruis in de cirkel, ter hoogte van haar hartstreek. Gaandeweg zet ze meer druk op de dolk. Een druppel bloed welt op.

'Wees gereed bij volle maan. Hartstocht mag zijn weg dan gaan.'

Ze beweegt de dolk in de richting van Diana's hart.

Diana gilt het uit.

Natasja pakt de dolk nu met beide handen vast, klaar om toe te steken. Zweet staat op haar voorhoofd en de verzen die ze voortdurend reciteert zijn onsamenhangend en onverstaanbaar geworden. In haar ogen verschijnt een wrede blik.

Wild draait Diana haar hoofd heen en weer. Worstelt met heel haar lichaam om vrij te komen. Ze voelt hoe er steeds meer druk op de dolk komt te staan. Warm bloed stroomt langs haar borst naar beneden. Het druppelt op de vloer.

'Stop!' Geluid van kandelaars die omvallen. Stof die scheurt. Ineens is de dolk verdwenen.

'We kunnen haar toch niet vermoorden!' Het is Irma, ze heeft Natasja aan haar gewaad naar achteren getrokken en houdt haar nu stevig vast. Ook Elaine is uit haar shock bijgekomen en snelt toe om haar te helpen de heftig tegenstribbelende Natasja in bedwang te houden.

'Je bent toch niet gek! Dat gaat veel te ver! We zouden haar toch alleen maar bang maken!'

'Ik eis haar dood,' krijst Natasja. 'De bitch moet dood!' Haar speeksel sproeit in het rond.

Hard slaat Irma in haar gezicht, waarop ze kort ineenkrimpt. 'Dood...' gilt ze. 'Ze moet dood!' Meteen staat ze weer rechtop, de bloedige dolk op haar aanvalster gericht. Haar ogen flitsen naar Diana en dan direct weer terug naar de andere vrouwen. Het is duidelijk dat ze de situatie probeert in te schatten. De spanning is om te snijden.

Dan laat ze, tergend langzaam, de dolk zakken. Ze staat te ver van Diana af om in één keer toe te slaan. En ze heeft begrepen dat ze niet opgewassen zal zijn tegen de twee tegenstandsters, die allebei strijdlustig tegenover haar staan.

'Goed,' hijgt ze. 'Dan laten we het hierbij. Voor vannacht, tenminste. Het ziet ernaar uit dat wij zusters nodig met elkaar in conclaaf moeten...'

Even later, als Diana weer in het duister van het geheime kamertje ligt vastgebonden, dringt de absurde uitzichtloosheid van het geheel pas goed tot haar door.

Ze wordt gevangen gehouden door drie hysterische vrouwen. Van wie er een vastbesloten is haar te vermoorden. Een die ongetwijfeld haar overwicht weer op de andere twee zal doen gelden.

Hier komt ze nooit meer levend uit.

66

Steeds als ze in een onrustige sluimer wegglijdt, beginnen de waanvoorstellingen door haar hoofd te spoken. Halfnaakte figuren die een wilde dans uitvoeren. Een spoor van bloed. Groteske fantasieën die zo macaber zijn, dat ze er telkens weer van wakker schrikt. Om dan meteen de klamme duisternis weer om zich heen te voelen.

Haar hongergevoel is inmiddels verdwenen, maar de dorst is bijna ondraaglijk geworden. Daaruit leidt ze af dat ze inmiddels weer uren en uren hier moet hebben gelegen.

Hoe lang kan een mens zonder vocht?

Toch heeft ze nog steeds haar heldere momenten. Waarop ze koortsachtig probeert na te denken. Er moet een oplossing zijn.

Wie van haar vrienden weet van het bestaan van dit kamertje?

Joep. Hem heeft ze erover verteld. Maar vervolgens heeft ze hem verboden er verder met iemand over te spreken.

Christa niet. Uit de volkomen misplaatste overtuiging dat je een belofte nooit mag verbreken, is er tot nu toe nog steeds iets in haar wat haar ervan weerhoudt er met anderen over te spreken. Zoals altijd het braafste meisje van de klas.

En Margien? Ze weet het niet meer. Maar ze vreest het ergste. Waarschijnlijk heeft ze in de consternatie tijdens en na de vlucht van Margien uit de oranjerie vergeten haar over het kamertje te vertellen. Er gebeurde toen zoveel tegelijk.

Trouwens, hoe zou ze hen überhaupt kunnen bereiken? Joep zit waarschijnlijk nog in Thailand. Christa is thuis in Brabant, bij Hans en de kinderen.

Ze dwingt zichzelf aan iets anders te denken.

Aan Annemarie, die ook deze paniek en doodsangst heeft meegemaakt. Als ze hier levend uit komt, gaat ze haar meteen bellen.

Ze probeert zichzelf te troosten met gedachten aan Anton met zijn zachte handen en duizend lieve woordjes. En ze denkt aan haar moeder. Aan de woorden die ze zei en die haar diep hebben geraakt.

Jij hebt dezelfde ziel als ik.

Ook nu hebben ze een troostrijk en kalmerend effect op Diana. Een traan glijdt over haar wang en drupt neer naast haar gezicht. Dezelfde ziel. Als vanzelf komt het beeld van Margien haar voor de geest. En van de prinses. De oeroude ziel van de prinses.

De prinses is jouw gids. De woorden van Margien echoën door haar hoofd. *De lichtende geest die je leidt. Je beschermengel.*

Ineens is het gevoel van nabijheid weer heel sterk. Is ze hier?

Maar... waarom vraagt ze de prinses niet om hulp?

Meteen verwerpt ze deze gedachte. Absurd. Belachelijk. Wat denkt ze wel? Dat de prinses dan in haar vaart? Net zoals in Margien? Ze begint nu echt te malen.

Maar aan de andere kant: wat heeft ze te verliezen?

Ze duwt haar opgezwollen tong tegen de binnenkant van haar uitgedroogde lippen. Met veel moeite lukt het haar om haar mond open te krijgen.

'Marianne,' fluistert ze, 'moeder.'

Ze sluit haar ogen en probeert zich te concentreren. Maar ze is zo moe. Ze voelt dat ze weer wegzakt.

Ze knijpt haar handen tot vuisten. Helder blijven nu.

'Help me,' zegt ze tegen de duisternis. In haar hoofd maakt ze de prinses tot het brandpunt van haar aandacht. 'Help me alsjeblieft.'

Maar er gebeurt niets.

67

Ze schiet overeind. Grabbelt op het nachtkastje en vindt haar bril. Het loopt tegen twaalven.

Aandachtig luistert ze.

Het kwaad.

Gevaar.

De stem die om hulp roept. Ze weet wat haar te doen staat.

In haar adresboekje vindt ze het nummer. Pas als de telefoon vijf keer is overgegaan, wordt er opgenomen.

'Bertels.' Een slaperige mannenstem.

'Ik moet met Christa spreken. Uw vrouw.'

'Weet u wel hoe laat het is? En met wie spreek ik eigenlijk?'

'Het gaat om haar zuster. Ze is in gevaar.'

'Wie denkt u wel...' De man wordt afgebroken en er klinkt gestommel. Dan een heldere vrouwenstem.

'Ja, met Christa Bertels. Ben jij dat, Margien?'

'Het gaat over Diana. Ze is in gevaar.'

'Wat is er gebeurd?'

'Ze is op de plek van het kwaad.'

'Heeft ze een ongeluk gehad? Is ze gewond? O, vertel me alsjeblieft dat het niets ernstigs is. Wat moet ik doen? Ligt ze in het ziekenhuis?'

'Ze vraagt om hulp. Van de prinses. We moeten haar helpen.'

'De prinses? Waar heb je het over?'

'Ze is in gevaar. In levensgevaar. Ze is in handen van de krachten van het kwaad.'

Even is het stil.

'Heeft dit te maken met die seance die we laatst hadden? Dit is toch geen grap, hè?'

'We moeten erheen. Nu. Ik moet erheen, maar er rijden geen bussen meer. Dus ik dacht...'

'De krachten van het kwaad, was dat niet in die oranjerie bij haar werk? In Wassenaar?' Weer een korte stilte. 'Ik ben nu thuis, in Brabant. Ik wil er wel heen, maar...' Gerommel op de achtergrond. Een brommende mannenstem. 'Weet je wat, Margien, ik bel haar vrienden. Joep en Arno, die wonen bij haar in de buurt. Misschien weten zij waar ze is of hoe ze bij haar kunnen komen.'

68

'U bent aangekomen. De bestemming bevindt zich aan de rechterzijde. Einde van de navigatie.'

Arno parkeert zijn auto tegen de stoeprand, voor het enige huis in de wijk waar licht brandt. Meteen vliegt de voordeur open. Een lange, magere vrouw met kort haar en een bril stormt naar buiten. Is dat een vriendin van Diana? Ze rukt het rechterportier open en schuift naar binnen.

'Naar de oranjerie. Snel,' hijgt ze. 'Daar is ze.' Ze kijkt hem niet eens aan.

Hij haalt het papiertje waarop hij in de gauwigheid alle telefoonnummers en adressen heeft gekrabbeld uit zijn borstzakje en typt het adres in Wassenaar in op de navigator. Dan trekt hij op. In gedachten laat hij de ontwikkelingen van de afgelopen uren de revue passeren. Hij had natuurlijk wel zijn vermoedens dat er wat zou gebeuren, vooral nadat Joep hem verteld had van de fabriek in Thailand, maar dat er zo'n hectiek zou uitbreken, was niet in hem opgekomen.

'Sorry, maar Joep is in Thailand. Hij komt pas over drie dagen terug.'

De vrouw aan de andere kant van de lijn klonk gehaast. Christa Bertels. Het duurde even voordat hij had begrepen dat het de zus was van Diana, want hij had haar nog nooit ontmoet.

En eerlijk gezegd snapte hij werkelijk niet waar ze het over had.

Nee, ook hij had al een tijdje niets meer van Diana gehoord.

En ook hij had geen idee waar ze nu was.

Had ze haar zelf al gebeld? Ook mobiel?

In gevaar?

Hij gaf haar het mobiele nummer van Joep. Misschien wist die meer.

Na tien minuten rinkelde de telefoon opnieuw. Wat een drukte zo midden in de nacht. JOEPMOB zag hij op het display.

'Dag schat, heb je...'

'Arnie, Diana is in gevaar. Klinkt zeer ernstig. Pak even pen en papier.'

In korte bewoordingen had Joep hem de situatie uitgelegd. Diana was waarschijnlijk de confrontatie met Patrick Groothof aangegaan over die valse producten en het leek erop dat hij haar wat had aangedaan. Misschien was hij in paniek geraakt. Hoe dan ook, alles wees erop dat ze zich in een gevaarlijke situatie bevond. In Wassenaar, de plek waar ze werkte. Joep gaf hem een adres op in Voorburg, waar hij iemand moest oppikken die er met hem naartoe zou gaan. Margien, een vriendin van Diana. Ja, nu direct. Het was een zaak van leven of dood.

'Maar kunnen we dan niet beter de politie bellen?' probeerde hij nog.

'Geen tijd,' zei Joep.

De navigator geeft aan dat ze links af moeten slaan, een brede oprijlaan op. In de verte ziet hij een enorm gebouw, in het maanlicht ziet het er spookachtig uit. Langzaam rijdt hij ernaartoe. Het grind knerst onder zijn banden.

'Daar links kunnen we parkeren,' wijst Margien als ze bij het bordes zijn aangekomen. 'Verder moeten we lopen.'

Als hij de motor afzet, is het doodstil om hen heen.

Het pad achter het gebouw slingert langs een grote vijver en voert een bos in. Gelukkig kan hij in het licht van de volle maan net genoeg zien om niet te struikelen. Margien loopt stijf naast hem. Waarschijnlijk is ze net zo bang als hij.

Weer doemt een gebouw voor hen op. Kleiner, dit keer. Maar net zo donker.

Margien staat stil. Sluit haar ogen. Hij heeft geen idee wat hij moet doen of wat er van hem wordt verwacht. Hij overweegt om Joep te bellen.

Dan opent Margien haar ogen weer. 'Ja, ze is binnen,' zegt ze. 'We moeten erin.' Ze kijkt hem verwachtingsvol aan. Alsof ze ervan uitgaat dat hij nu de sleutel uit zijn zak zal halen.

'Dat lukt ons nooit,' zegt hij. 'Dat is natuurlijk zwaar beveiligd. We kunnen het best de politie bellen.'

'Nee,' zegt ze, en ze loopt naar het voorportaal. Ze pakt de klink van de deur en probeert hem te openen. Hij geeft geen millimeter mee. Dan stapt ze over het lage, geschoren heggetje naast de deur en loopt door een perk naar het dichtstbijzijnde raam. Ze duwt er hard tegen.

Meteen beginnen sirenes gierend te loeien en op verschillende plaatsen op het gebouw zwaailichten te draaien. Het alarm.

'Ben je helemaal gek geworden!' schreeuwt hij. Zijn hart klopt in zijn keel. 'We moeten hier weg! Voordat de beveiliging komt!'

'Nee!' roept ze terug. 'Ik blijf hier. Ze moeten ons erin laten!' Ze stapt weer over het hegje en gaat voor de voordeur staan. De sirenes blijven loeien en de lampen flitsen onheilspellend aan en uit. Het is een heksenketel.

Wat moet hij doen? Alles in hem schreeuwt dat hij nu hard moet wegrennen. Maar zij dan? In paniek overweegt hij weer om Joep te bellen. Maar wat hebben ze daaraan? En met al dat lawaai zal hij hem onmogelijk kunnen verstaan. Oké, wachten dan maar. God zegene de greep. Hij loopt naar het portaal en gaat naast Margien staan. Maar zijn benen trillen zo hevig, dat hij op de grond moet gaan zitten.

Met gierende banden komt de Volkswagen aangescheurd. INTER-SECURITY BEDRIJFSBEVEILIGING staat in blauwe, gestileerde letters op de motorkap. De voorportieren zwaaien open en twee geuniformeerde mannen springen uit de auto.

'Staan blijven!' schreeuwt een van hen.

Hun felle lantaarns verblinden hem. Maar hij kan wel zien dat ze allebei ook een vuurwapen bij zich hebben, de loop op hen gericht. Hij steekt zijn handen in de lucht.

Dan wordt hij ruw omhooggetrokken en voelt hij de handboeien om zijn polsen vastklikken.

69

Ze loopt door het park. Ze is naakt. Naast haar loopt Joep, maar ze kan hem niet bereiken. Het is alsof er een glazen wand tussen hen zit. Soms is haar moeder er ook. Met meester Hildebrand van de lagere school. Die heeft ze lang niet gezien. Opeens beginnen ze allemaal tegelijk te gillen. Een enorm kabaal, ze moet haar oren bedekken!

Ze schrikt wakker uit de nachtmerrie en beseft dat het lawaai echt is. Een ver geluid van gierende sirenes.

Pas na een tijdje dringt tot haar door wat er aan de hand is. Het alarm is afgegaan. Dat betekent dat de beveiliging er is.

Redding?

Ze begint te schreeuwen.

Eindeloos lang schreeuwt ze door. Ook als de sirenes allang zijn gestopt. Pas als er geen geluid meer uit haar keel komt, geeft ze het op.

Snikkend laat ze haar hoofd achterovervallen.

Alles doet pijn.

Haar kracht is uitgeput.

Laat dit dan maar het einde zijn.

70

Hij loopt de grote, koude zaal in. In het maanlicht kan hij de
voorwerpen in de ruimte gemakkelijk onderscheiden. Schilderij-
en aan de muur. Een groot bureau in het midden. Hij laat zijn
schijnwerper langs de muren glijden. Een viertal open doorgangen naar andere ruimtes. Die zal hij een voor een moeten inspecteren. Zal hij om versterking vragen? Van buiten is nog steeds
het krijsende geluid van de sirenes te horen.

Het lijkt een routine-inspectie. Nergens sporen van braak. De
twee verwarde geesten buiten zijn op heterdaad betrapt en afge-
voerd naar het bureau. De vrouw pleegde verzet. Klampte zich
vast aan de deur en bleef maar roepen dat ze naar binnen moest.
De man liet zich zonder moeite in de boeien slaan en sprak geen
woord.

Eindelijk zwijgen de sirenes. De plotselinge stilte slaat zwaar op
zijn trommelvliezen. Alsof zijn gehoor is verdoofd. De stilte suist
nu in zijn hoofd.

Speurend loopt hij verder. Kijkt onder het bureau. Schijnt naar
de grote haard. Hij begint weer wat te horen. Geluiden van de
nacht. Het ruisen van de bomen. Een uil.

Maar ook iets anders.

Gedempte kreten.

Van een mens?

Hij loopt in de richting van het geluid. Het komt van achter een van de pilaren in de zaal. Hij legt zijn oor ertegenaan. Daarachter is een vrouw. Ze schreeuwt.

'Kunt u mij horen?' roept hij.

Het geschreeuw houdt aan.

Hij beschijnt de muur. Betast de pilaar. Klopt ertegen. Een hol geluid.

Dan haakt hij zijn walkietalkie van zijn riem en zoekt contact met de meldkamer.

Als de versterking is gearriveerd, is het geschreeuw al een tijdje gestopt. Hij neemt het breekijzer over van zijn collega en zet het in een naad van wat een verborgen deur moet zijn. Met veel gekraak weet hij hem te openen.

Een lage gang.

Zijn collega, die achter hem staat, fluit verwonderd.

Iets verder nog een deurtje.

Ook dat breken ze open.

De stank van urine slaat hem in het gezicht. In het midden van het hok staat een klein bed. Er ligt een vrouw op, vastgebonden aan handen en voeten. Haar bovenkleding is opengescheurd. Over haar borst lopen bloederige schrammen. Veel geronnen bloed. Haar hoofd ligt achterover. Haar mond staat wijd open. Haar ogen zijn gesloten.

Is ze dood?

Dan opent ze langzaam haar ogen. Verdwaasd kijkt ze hem aan.

'Help me,' fluistert ze.

'Als ik het niet met eigen ogen had gezien, had ik het nooit geloofd.' Diana zet haar Gucci-zonnebril op en draait haar gezicht genotzuchtig naar de zon. Het late najaarszonnetje voelt aangenaam aan. Het is een mooie dag voor de derde week van oktober.

'"Zijn harem", zo noemden ze zich. Ze waren alle drie volledig hoteldebotel van hem. Wisten ook van elkaar dat hij het met de anderen deed, maar dat kon hun niet schelen. Ze gedroegen zich als een soort volgelingen en hadden er een heel heksenritueel omheen gebouwd. Heel sektarisch.'

'Ja, dat zie je wel vaker.' Annemarie neemt een slok van haar weißburgunder. De frisse witte wijn fonkelt in haar glas. 'Veelwijverij komt in veel sekten voor. Vooral in Amerika. Altijd met een charismatische geestelijk leider, die ze voor het uitzoeken heeft en aan wie ze zich volledig slaafs onderwerpen. Je moet er toch niet aan denken?'

'Ze hadden het wel perfect georganiseerd. Elaine was via haar vader altijd op de hoogte van de laatste beveiligingscode van de oranjerie, Irma hield de centrale agenda zo bij dat ze tijdens hun bijeenkomsten nooit werden betrapt. En Natasja... die nam het geweld voor haar rekening. Zij was het ook die die aanslag op jou en Eefje heeft gepleegd.'

Ze kijkt kort naar haar vriendin. Het schuldgevoel is nog niet helemaal geweken. Maar Annemarie lacht haar bemoedigend toe.

'Ik mag nog van geluk spreken dat ze ruzie met elkaar kregen,' vervolgt Diana. 'Anders hadden ze me zo vermoord. Maar achteraf beschouwd vind ik het best een zielig stelletje. In de media zijn ze volkomen belachelijk gemaakt. Als je de bladen leest, was het gewoon een stelletje doorgeslagen, hysterische wijven. Maar goed, daardoor zijn ze uiteindelijk ook niet zo zwaar gestraft. Alle drie verminderd toerekeningsvatbaar. Een korte gevangenisstraf met psychiatrische dwangverpleging.'

'Niet te geloven dat het alweer bijna een halfjaar geleden is,' zegt Annemarie.

Het is niet makkelijk geweest, de verzoening tussen de twee hartsvriendinnen. Maar die kon natuurlijk niet uitblijven. Vandaar dat hun eerste ontmoeting, een paar weken na de dramatische gebeurtenissen in de oranjerie, plaatsvond op neutraal terrein. In een bruin café in hartje Haarlem, qua afstand ongeveer even ver van Amsterdam als van Leiden. Daar hing de kou lange tijd in de lucht, gevolgd door bittere opmerkingen en snijdende verwijten. De frustratie aan beide kanten droop ervanaf.

Tot het moment dat er kleine scheurtjes in het ijs kwamen. En ze allebei weer bereid waren hun gevoelens te tonen. En hun begrip voor de ander. Toen was de fles algauw op tafel gekomen. En waren ze samen dronken geworden. Huilend, en gierend van het lachen. Net zoals vroeger.

Het was Annemaries idee, dit meidenverwenweekendje. Om eindelijk weer eens de tijd te hebben uitgebreid met elkaar te kletsen en om te vieren dat het weer helemaal goed is tussen hen. Maar het was Diana die op het idee kwam om hierheen te gaan. Naar Rheinhartshausen, het Duitse kasteel van prinses Marianne, nu een charmant vijfsterrenhotel aan de Rijn.

Ze zitten op het terras en kijken over de glooiende wijngaarden naar de rivier, die als een breed lint door de vallei stroomt. De wijnoogst is in volle gang.

'Achteraf vind ik het zo bizar dat ik al die tijd ervan ben uitgegaan dat Xenia de gevaarlijke gek was die achter me aan zat.
Terwijl het Patrick en die vrouwen bleken te zijn.'

'Nou, helemaal vreemd vind ik dat niet. Die Xenia is natuurlijk ook een behoorlijk gestoord wezen.'

'Ja, wat dat betreft waren Patrick en zij wel aan elkaar gewaagd. Allebei nogal maniakale karakters. Die mensen leefden
helemaal in hun eigen bizarre fantasiewereldje. Hij schijnt degene geweest te zijn die voor haar die bespottelijke naam Xenia
heeft bedacht. Naar een Montenegrijnse prinses uit de vorige
eeuw.'

'Hoe is het eigenlijk met hem? Wat me tot nu toe erg heeft
verbaasd, is dat hij nooit is opgepakt.'

'Hm, hm.' Over haar Gucci-bril kijkt Diana Annie veelbetekenend aan. 'Dat is mijn persoonlijke verborgen geschiedenis.'

'Je maakt me nu toch wel erg nieuwsgierig.'

'Nou, vooruit, omdat jij het bent. Maar beloof me: mondje
dicht verder.'

'Dat zweer ik bij God almachtig.' Met een overdreven gebaar
tekent Annemarie een kruis over haar borst.

'Oké dan. Toen bleek dat hij inderdaad gehoor had gegeven
aan mijn eis om af te treden, stond ik voor een enorm dilemma.
Ik was ervan overtuigd dat als ik de zaak voor de rechter zou
brengen, hij het hele bedrijf in de afgrond zou meesleuren. En
dat wilde ik niet.'

'En we weten ook waarom. En vooral om wie,' lacht Annemarie.

'Juist,' grijnst Diana. 'Vandaar dat ik besloot de zaak in de
doofpot te houden. Maar natuurlijk niet zonder repercussie.
Want bloeden zal hij, voor de rest van zijn leven. Kijk, hij komt
in het bedrijfsleven nooit meer aan de bak. De dubieuze omstandigheden waaronder hij zijn functies bij Laurens heeft moeten
neerleggen, hebben natuurlijk desastreuze reputatieschade veroorzaakt. Maar denk niet dat hij met al zijn miljoenen nu een
zorgeloos pensionadoleventje kan leiden. Daarvoor heeft hij het

te druk. Onder meer met zijn liefdadigheidswerk. Zo hebben diverse charitatieve organisaties de komende jaren gigantische anonieme donaties te ontvangen.' Ze kijkt haar vriendin veelbetekenend aan. 'Zoals het jou welbekende Astma Fonds, dat sinds deze zomer al zo'n vijf miljoen euro rijker is.'

Annemarie laat zich schaterend achterovervallen. 'O, fantastisch!'

'Maar ook een nieuw doel als de Stichting Red de Kindslaven van Zuidoost-Azië, kortgeleden door mijn grote vriend Joep opgericht, zal er wel bij varen.'

Annemarie ligt nu helemaal dubbel.

De volgende morgen wordt een copieus ontbijt geserveerd in een prachtige zaal die, blijkens een bordje bij de ingang, vroeger de balzaal van het slot moet zijn geweest. Boven een enorme open haard met zwierig beeldhouwwerk hangt een groot portret van Marianne. Ook elders in het paleis hangen nog schilderijen uit de verzameling van de prinses. Maar van Van Rossum en Johannes Willem is in het hele paleis geen spoor te bekennen.

In de loop van de ochtend besluiten ze tot een wandeling. Op hun gemak slenteren ze door de tuinen van het kasteel.

'Wat moet die Marianne hier gelukkig zijn geweest,' zegt Annemarie, 'in deze idyllische omgeving.'

'Ik denk dat ze hier haar grootste geluk heeft gekend, maar ook haar grootste verdriet,' antwoordt Diana. 'Want toen het er, na lange jaren van scheiding, eindelijk naar uitzag dat ze hier met haar minnaar en haar zoon een gezinnetje had, ging Johannes Willem plotseling dood. Daar is ze nooit meer overheen gekomen.'

'Dat kan ik me voorstellen,' zegt Annemarie zacht. Diana voelt een steek in haar buik als ze in gedachten opeens weer het kleine lijfje van Eef in het grote ziekenhuisbed ziet liggen.

Zwijgend en diep in gedachten lopen de vriendinnen verder

over de weg die zich tussen de wijngaarden door slingert. Na een tijdje komen ze aan in het dorpje Erbach. Op het centrale pleintje, dat omringd is door typisch Duitse vakwerkhuizen, wijst Diana naar de kerk. 'Die heeft ze laten bouwen ter ere van haar kind. Zullen we?' Ze duwt de zware deur open.

Na enig zoeken in het halfduister vinden ze het graf achter de preekstoel. Een eenvoudige witmarmeren steen met daarop een engelenfiguur en een simpele tekst.

RUHE SANFT, LIEBLING.

Meer staat er niet.

Na een calorierijke *Kaffee und Kuchen* in de lokale konditorei slenteren ze weer terug langs dezelfde weg. Als ze vlak bij het hotel zijn, besluiten ze nog tot een rondje over het kerkhof dat ertegenover ligt.

Helemaal voorin valt een meer dan levensgroot Christusbeeld op, dat met een hoog opgeheven arm een somber graf aan zijn voeten zegent.

Als Diana de tekst op de steen leest, gaat haar hart sneller kloppen. Dit kan geen toeval zijn.

HIER RUHT IN GOTT
IN DER ERWARTUNG EINER FRÖHLICHEN AUFERSTEHUNG
WILHELMINE FRIEDERIKE
LUISE CHARLOTTE
MARIANNE
VON NASSAU ORANIEN. PRINZESSIN D. NIEDERLANDE

Het graf van de prinses.

'Wel vreemd,' zegt Annemarie, die naast haar is komen staan. 'Zie je dat, onder haar naam staat dat ze de echtgenote was van prins Albert van Pruisen. Ze was toch allang van hem gescheiden toen ze stierf? Die hele Johannes van Rossum is blijkbaar door haar nakomelingen uitgewist.'

'Niet alleen hij,' antwoordt Diana. 'Ook Marianne zelf is zorgvuldig uit de officiële geschiedschrijving weggemoffeld. Bijna een eeuw lang is er niet over haar gesproken of geschreven en direct na haar dood zijn haar tijdgenoten aan de slag gegaan om al haar sporen uit te wissen. Ze werd volledig van de aardbodem gewist.'

Op het moment dat ze deze woorden uitspreekt, dringt tot haar door dat een soortgelijk tragisch lot ook haar deel had kunnen zijn. Als Margien haar wanhoopskreet niet had doorgekregen... Ze rilt bij de herinnering aan de doodsangsten die ze heeft uitgestaan in het kamertje. De gedachte dat ze haar nooit gevonden zouden hebben en ze op een verschrikkelijke manier aan haar einde zou zijn gekomen. Moederziel alleen. Niemand die ooit geweten zou hebben wat haar was overkomen. Joep niet. Haar moeder niet. Niemand van wie ze houdt.

Ze staart naar het graf.

'Toch ligt de prinses hier samen met de man die haar grote liefde was,' vervolgt ze. 'Toen een van haar kleindochters stierf, wilde die hier in dit graf bij haar grootmoeder worden begraven. Dat was in 1960 of zo, dus bijna vijfenzeventig jaar na Mariannes dood. Nadat het graf geopend was, troffen ze onder elkaar twee eikenhouten kisten aan, met koperen platen waarop de namen van Marianne en Johannes stonden gegraveerd. Uiteindelijk zijn de twee geliefden toch verenigd, zoals het hoort.'

Ontroerd staan ze bij de zerk.

Door het geluid van een sms schrikt ze op uit haar overpeinzingen. Ze grabbelt in haar tas en kijkt naar het schermpje. Op haar gezicht breekt een brede glimlach door.

'Laat me raden,' grijnst Annemarie.

Ze kijkt haar vriendin alleen maar aan. Dan opent ze het bericht.

JIJ WEET TOCH OOK DAT TWEE GELIEFDEN ALTIJD SAMEN
MOETEN ZIJN?
KOM GAUW TERUG.
IK MIS JE.
ANTON

Zielsgelukkig kijkt ze weer naar het graf.
'Dank u, prinses,' zegt ze tegen de steen.

VERANTWOORDING

Vals is fictie. Dat betekent dat alle personages en situaties verzonnen zijn en dat elke gelijkenis met bestaande personages en
situaties berust op louter toeval.

Hoewel...

Prinses Marianne, de 'Lady Di van de negentiende eeuw', heeft
echt bestaan. Ze werd geboren als dochter van de eerste Oranje-
vorst van Nederland, mooi, rijk en door iedereen aanbeden. Maar
ze ontwikkelde zich tot een eigenzinnige en voor haar tijd zeer
geëmancipeerde vrouw, die bij de Oranjes in ongenade viel toen
ze besloot om, tegen de fatsoensnormen van haar tijd in, haar hart
te volgen.

Het meeste wat in dit boek over Marianne wordt verteld berust op historische gegevens. Ze scheidde van haar vorstelijke
man en kreeg een kind van haar lakei. Ze kocht het landgoed
Rusthof te Voorburg, maar bleef voortdurend rusteloos reizen
door heel Europa, van haar ene paleis naar het andere. En ze werd
diep getroffen door de dood van haar bastaardkind op twaalfjarige leeftijd...

De bronnen waarop de auteur zich voornamelijk heeft geba-
seerd zijn de boeken *Prinses Marianne der Nederlanden, het avon-
tuurlijke en veelbewogen leven van een Oranjeprinses* van C.H. Voor-

hoeve (Zaltbommel, 1965) en *Marianne, een Oranjeprinses, trouw tot in de dood* van Kees van der Leer (Voorburg, 1998). En het prachtige artikel 'Het zwarte schaap van Oranje' dat journaliste Ageeth Scherphuis in *Vrij Nederland* publiceerde ter gelegenheid van de tentoonstelling over het leven van Marianne in Museum Swaensteyn te Voorburg in oktober 1998. Trouwens, dat museum bestaat echt en de Mariannekamer ook.

Of Marianne zich ooit heeft beziggehouden met spiritisme kan niet worden bewezen. Maar het was wel zo dat het bijwonen van seances erg 'in' was in haar kringen (zo maakt koningin Sophie, de echtgenote van haar neef koning Willem III, in haar brieven expliciet melding van door haar georganiseerde seances op Huis ten Bosch).

En ook zijn er in Mariannes biografie aanwijzingen te vinden die zouden kunnen wijzen op haar geloof in een leven na de dood. Bijvoorbeeld in haar levensmotto 'Begraaf uw doden diep in uw hart, zij zullen heel uw leven geen doden voor u zijn', dat tot speculaties heeft geleid over haar geloof in zaken als contact met gene zijde en reïncarnatie.

En in een brief aan haar goede vriendin Auguste Feller schreef zij:

'De wereld is voor mij één grote godsakker vol graven van mijn geliefden. Maar het graf aan de Rijn is het graf van mijn leven, want Johannes Willem wás mijn leven.'

Een paar dingen die in dit boek over Marianne worden verteld zijn echter niet waar en verzonnen ten behoeve van de plot. Zo heeft de oranjerie in Wassenaar, die met dat geheimzinnige kamertje, nooit bestaan.

Dat is helemaal fictie. Dus *Vals...*

Het Huis van Oranje ten tijde van Marianne

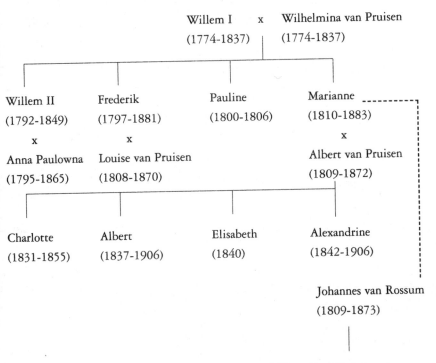

Willem I x Wilhelmina van Pruisen
(1774-1837) (1774-1837)

Willem II — Frederik — Pauline — Marianne
(1792-1849) (1797-1881) (1800-1806) (1810-1883)

x x x

Anna Paulowna — Louise van Pruisen — Albert van Pruisen
(1795-1865) (1808-1870) (1809-1872)

Charlotte — Albert — Elisabeth — Alexandrine
(1831-1855) (1837-1906) (1840) (1842-1906)

Johannes van Rossum
(1809-1873)

Johannes Willem Von Rheinhartshausen
(1849-1861)